로드킬

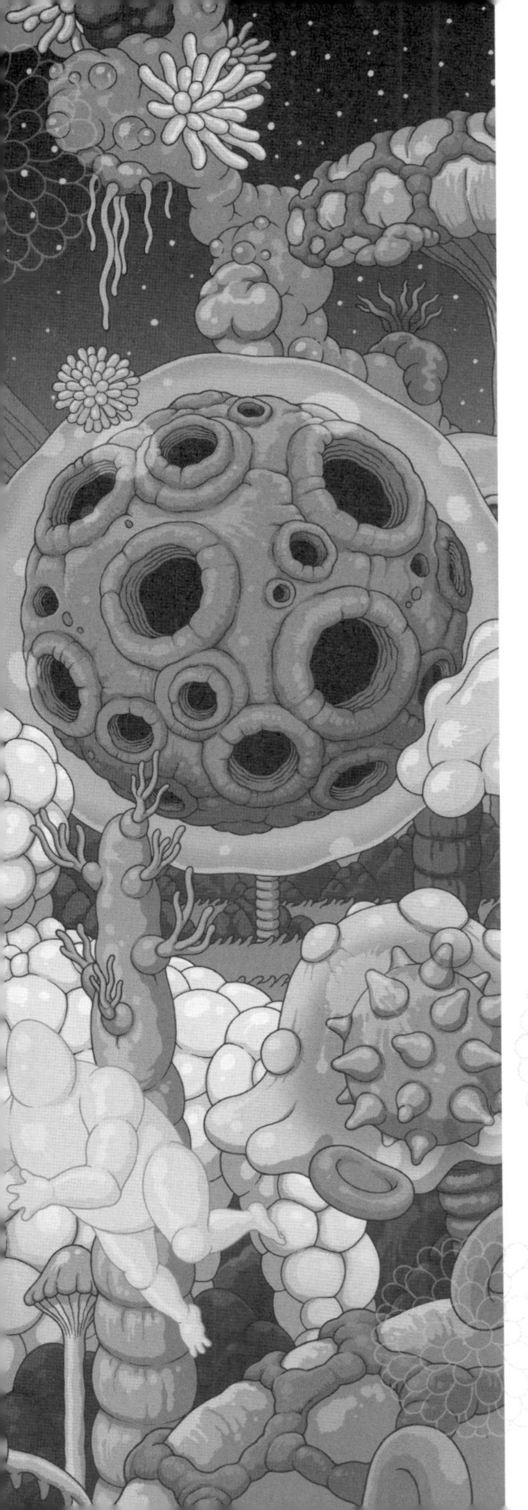

Selected Stories of Amil

로드킬

아밀 소설집

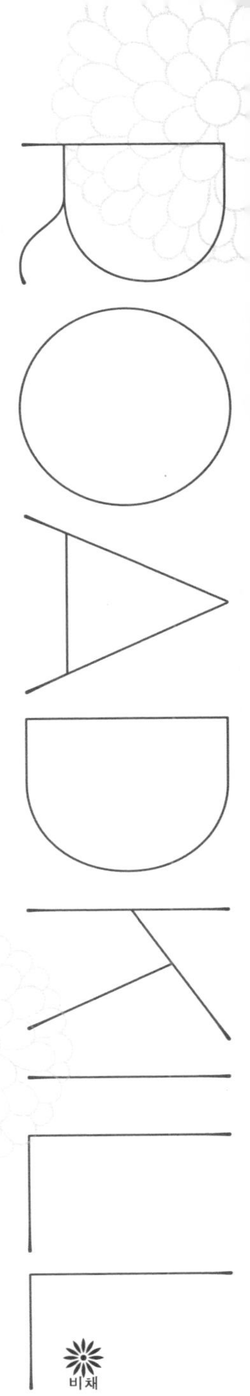

비채

Contents

ROADKILL

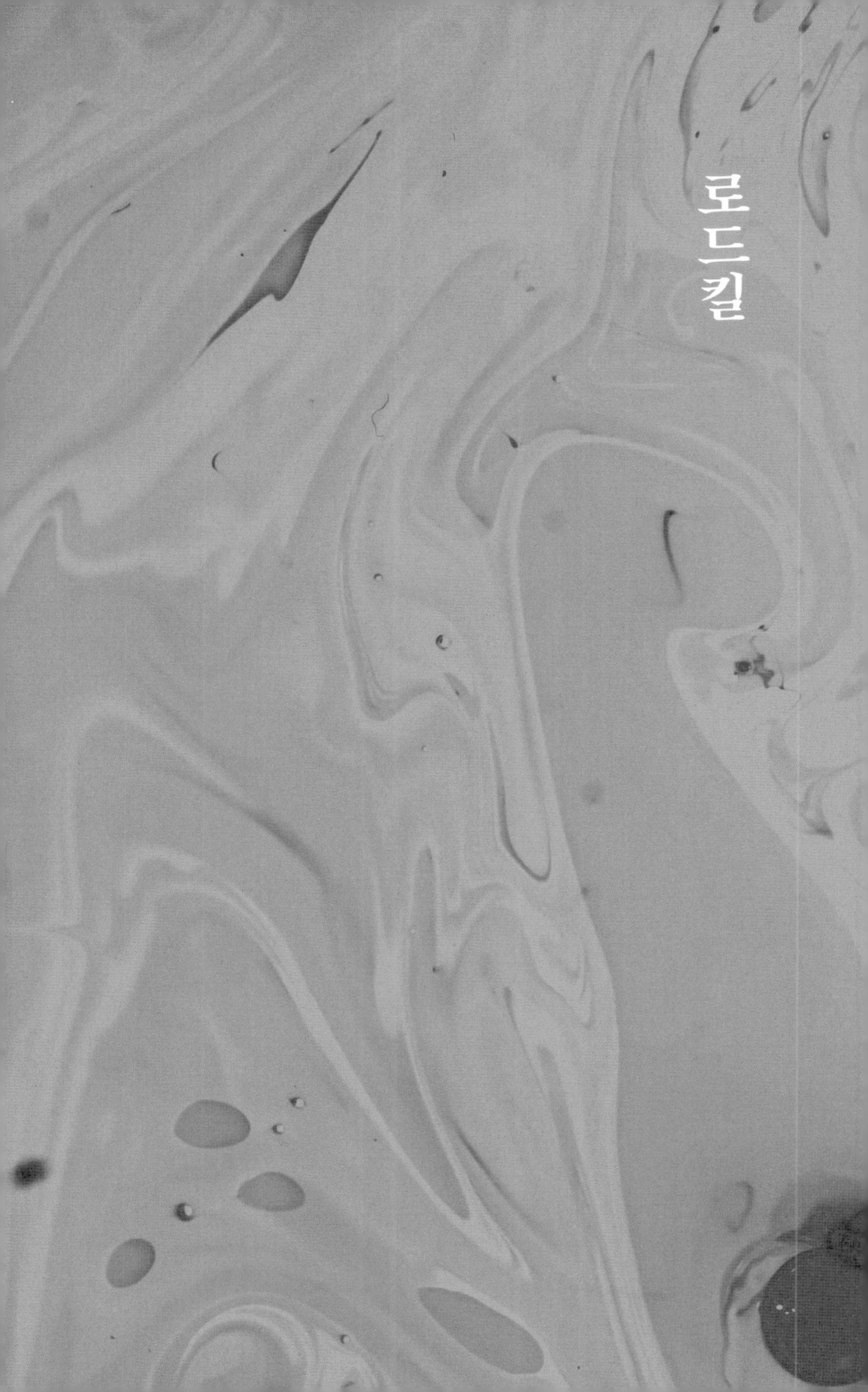
로드킬

로드킬

그 애의 이름은 여름이었다. 나는 여름의 어머니가 대체 무슨 생각으로 딸에게 그런 이름을 붙여주었는지가 늘 의문스러웠다. 모르긴 몰라도 아주 감상적인 사람이었을 것이다. 아니면 딸의 인생을 저주하는 사람이었거나. 그러지 않고서야 이 세상에서 사라져버린 계절의 이름을 가져다 붙이지는 않았을 것이다.

물론 여름이라는 것이 대체로 더운 날씨가 계속되는 시기를 뜻한다면, 엄밀히 말해 여름 자체가 사라진 것은 아니다. 지금 지구는 사시사철 여름인 셈이다. 습하거나 건조하거나 뜨겁거나 덜 뜨겁거나의 차이는 있지만, 모든 지역이 언제나 따뜻한 건 마찬가지라고 한다. 우리가 사는 곳도 다르지 않았다. 그곳엔 한 해의 절반은 바람이 많이 불고 한 해의 절반은 잠잠해지며, 연중 소나기가 자주 지나갔다. 그래서 우리는 한 해의 절반은 바람철, 절반은 고요철이라고 불렀다. 하지만 여름이라는 이름의 계절은 더 이상 존재하지 않았다.

그러나 실상이 어떤지야 알 수 없는 일이었다. 우리가 배운 것들이 과연 진실인지 검증할 방법은 없었다. 우리의 어머니가 어떤 사람인지 역시 막연히 상상할 뿐이었다. 우리에게 남아 있는 어머니의 유산이란, 각자의 어머니와 닮았을 게 분명한 신체적인 특성들과, 어머니들이 직접 붙여주었다고 하는 우리 이름뿐이었다. 그 밖에 어머니의 연락처나 주소나 사진 따위는 없었고, 하다못해 생사 여부조차 몰랐다.

달리 선택의 여지가 없었으므로, 우리는 우리의 어머니들을 이유 없이 사랑하거나 미워했다. 또한 달리 선택의 여지가 없었으므로, 우리는 우리 이름을 좋든 싫든 받아들였다. 여름은 자기 어머니를 사랑하는 타입이었다. 여름은 어머니가 아름다운 사람이었으리라고 상상했고, 이 세상 어딘가 아직 여름이라는 이름의 아름다운 계절이 존재하는 곳에 살고 있으리라고 상상했다. 당연하게도 자신의 이름 역시 마음에 들어했다. 여름에게 그 이름은 자신도 언젠가는 어머니가 사는 곳으로 갈 수 있다는 증표 같은 것이었다. 여름은 그 믿음으로 하루하루 살아가는 것 같았다.

여름은 여름이라는 계절이 있었을 시절에 존재했던 동물

들도 아직까지 지구상에 남아 있다고 믿었다. 쥐, 개, 고양이, 너구리, 다람쥐, 토끼, 노루, 고라니와 같은 네발짐승부터 참새, 비둘기, 꿩, 까치, 까마귀와 같은 조류에 이르기까지. 여름은 과학자들이 우리에게 준 멸종동물 도감이나 생태학 논문이나 자료 따위를 수없이 뒤적거렸고, 뒷산 곳곳을 돌아다니며 동물들의 흔적을 찾아 헤맸다. 그리고 내가 보기에는 도무지 아무 의미도 없어 보이는 뼈다귀나 배설물 덩어리, 발자국, 깃털 따위를 자랑스럽게 내보이며 그 동물들이 남긴 증거라고 주장했다. 불과 몇 년 전에 비둘기가 이곳의 나무 우듬지에서 머물고 갔다거나, 꽤 최근까지만 해도 토끼가 이 근처 언덕에 굴을 파고 살고 있었다거나, 심지어는 지금까지도 고라니가 이 뒷산 '어딘가'에서 숨어 살고 있다면서. 늘 그런 식이었다. 여름은 독학으로 자연을 배웠지만 그건 제대로 된 지식이 아니었고, 구체적인 장소나 일시나 수치는 대지 못했다. 늘 '어딘가'이거나 '언젠가'였다.

나는 그 애의 막연한 주장에 반문을 던지곤 했다. 그래서 대체 고라니들이 어디에 산다는 거냐고. 너는 대체 언제 여름이 있는 나라에 갈 수 있는 거냐고. 어째서 어머니가 좋은 사람일 거라고 확신하느냐고. 그렇게 믿을 만한 근거는 사실 없다고, 네 주장은 전부 추측이고 상상일 뿐이라고, 그런 허황된 희망을 왜 품고 있느냐고 따지곤 했다.

나는 비관론자였다. 만약 우리가 보고 알고 경험할 수 있는 것이 제한되어 있고, 우리가 가질 수 있는 것은 오로지 믿음뿐이라면, 비관적인 믿음을 품는 편이 낫다고 여겼다. 그래야 안전하니까. 최대한 의심해야 덜 실망할 수 있으니까. 하지만 여름은 그런 나를 이해하지 못했다. 그 애는 내가 던지는 반문에 특유의 선량하고도 성실한 어조로 답을 하다가, 이내 입을 다물고 시선을 피하다가, 결국은 울음을 터뜨리곤 했다. "너는 너무 잔인해." "나한테 왜 그러는 거야?" "왜 나를 그렇게 미워해?"

그러면 나는 내 특유의 날카로운 말투로, 너를 미워하는 게 아니라고 대꾸했다. 단지 사실을 지적하는 것뿐이라고. 그렇게 감정적으로 반응하지 말라고. 그러다가 결국은 "너랑은 도저히 대화를 못 하겠어"라고 결론을 내렸고, 그러고 나면 우리는 하루 종일 서로 말도 안 붙이고 부루퉁해져 있었다.

사실 이제 와 생각해보면, 나는 여름을 조금 미워했던 것 같다. 정확히는 여름의 그 대책 없는 낙관주의를. 그토록 굳건하고도 순전하게 세계에 대한 희망을 품을 수 있는 능력을. 왜냐하면 나는 그럴 수 없었기 때문이다. 그리고 여름을 보면 나 자신이 미워졌기 때문이다.

△

정부에서는 우리를 소수인종이라고 부른다. 정확한 공식 분류는 '1급 보호대상 소수인종'으로, 인류 문명 전체의 공익을 위해서 반드시 보호해야 하는 인종이라는 뜻이다. 즉 머지않은 미래에 멸종해버릴 거라는 뜻이기도 하다.

우리는 진화에서 도태되었다. 개나 다람쥐나 고라니가 그랬듯, 참새나 꿩이나 까마귀가 그랬듯, 점진적이고 눈에 띄지 않는 방식으로 감소했다. 아무도 우리가 도태되어 사라질 지경에 이르리라고는 예상하지 못했다고 한다. 그러기에 우리는 너무 흔하고 너무 많았으니까. 이제 와서는 믿을 수 없는 전설처럼 들리지만, 한때 우리는 전 세계 인구 절반을 차지했었다. 그때만 해도 우리는 그저 '인간 여자'였고, 지구의 아무 데서나 터전을 꾸리고 살았다고 한다.

하지만 오늘날의 생태계에서 우리는 아무 데서나 아무렇게나 살게 놔두면 하루도 못 가서 살해당하거나 '잡아먹힐' 연약한 인종이다. 그래서 특별한 보호와 관리와 교육이 필요하다고 한다. 특히 우리처럼 나이가 어린 개체들은 더더욱, 생태계에 내보내기 전에 적응 훈련을 거쳐야 한단다.

적어도 우리는 그렇게 배웠다. 우리를 관리하고 교육하는 보호소의 과학자, 공무원, 교사 들에게서.

그러나 '잡아먹히다'라는 말이 강간의 은유라고 가르쳐 준 것은 그들이 아니었다. 우리의 선배들이었다.

보호소의 소녀들은 많은 이야기를 선배들에게서 전해 듣는다. 대부분은 여름의 지식처럼 검증이 불가능한, 그러나 여름의 지식보다는 훨씬 그럴싸한 이야기들이었다. 알음알음 전해지는 전설들, 출처를 알 수 없이 흘러드는 소문들. 바깥세상에서 우리가 겪게 될 일들에 대한 경고나 예측 들. 그중 대부분은 성적인 내용이었다. 바깥세상 남자들은 우리를 욕망해서 늘 애가 닳아 있다더라. 우리를 엄청나게 비싼 값으로 불법 매매하기도 한다더라. 그런 남자들에게 붙잡히면 꼼짝없이 감금당한 채 매일같이 성교를 강요당할 거다. 우리 선배 중 몇몇은 그런 남자들이 찍는 포르노그래피에 출연하기도 했다, 그 포르노그래피를 우리 선배 누구누구가 직접 봤다, 역사 수업 시간에 어떤 선배가 발표할 시청각 자료를 실수로 잘못 트는 바람에 그 반 모두가 보았다……. "끔찍한데, 예뻤대." 그 이야기를 해준 동급생 소녀, 시윤은 우리에게 그렇게 말했다. "그 선배가 무지 예쁘게 나오더래, 그 영상에서." 시윤은 두려워하면서도 야릇한 흥분에 들뜬 표정으로 은밀하게 속삭였다.

여름은 그런 소문을 들을 때마다 겁에 질렸다. 커다란 눈을 꿈뻑거리며, 마치 그 일이 벌어지는 현장을 실제로 보고 있는 것처럼 얼굴이 하얗게 질려서, 내 옷자락을 꽉 움켜쥐곤 했다. 시윤은 여름의 그런 반응이 재미있어서 더 실감나게, 더 외설적으로, 더 과장해서 이야기했다. "원래도 우리보다 힘이 열 배는 세지만, 강간할 때는 우리보다 힘이 서른 배는 더 세진대." "아주 잘생긴 남자들도 있대. 우리가 만나는 과학자들이나 선생님들은 다 추남이래. 진짜 잘생긴 남자들은 전혀 다르다고 그랬어." "어떤 남자들은 근육이 너무 탄탄해서 만지면 금속을 만지는 것 같대." "그런 남자랑 결혼하면 매일 밤이 짜릿하대……."

우리 동기들 중 가장 선배들과 친한 시윤은 그런 소문을 부지런히 전해 날랐다. 점심시간에도, 쉬는 시간에도, 저녁 산책 시간에도 시윤은 늘 수다를 떨었고, 소녀들은 시윤의 옆에 둘러앉아 그 애가 묘사하는 '짜릿한 밤'에 귀를 기울였다. 남자의 근육, 남자의 외모, 남자가 발휘하는 완력의 매혹 따위에 흥분했다. 그리고 만약 좋은 남자를 만나지 못한다면, 우리 중 누군가가 나쁜 남자에게 포획당하는 불상사가 일어난다면 닥쳐올 사건들을 두려워하면서 그 괴담을 즐겼다.

그랬다. 그건 그들에게 괴담에 불과했다. 자신들에게 그런 불상사가 일어날 리가 없다고 믿었기 때문에. 보호소의 과학자와 공무원과 교사 들이 하라는 대로만 잘하면, 소녀들은 곧 성년이 되어 그곳을 떠나 좋은 남자와 결혼할 수 있다고 곧이곧대로 믿었다. 보호소에서는 우리 같은 귀중하고 아름다운 희귀 인종 소녀들을 아내로 맞아들여도 될 만큼 좋은 남자와 우리를 짝지어줄 거라고 약속한 바 있다. 정부의 엄격하고 까다로운 심사를 거쳐서 자격을 검증받은 남자들이 우리를 데리러 올 거라고. 그 남자들이 우리를 진짜 세상 한가운데로 데려가주고, 우리를 평생 지켜주고 아껴주고, 우리에게 행복을 안겨줄 거라고.

나는 소녀들의 이야기에 잘 끼지 않았다. 기숙사에서 밤에 잠들기 전, 불을 끈 방 안에서 소녀들이 소곤소곤 말을 주고받을 때면 그저 듣기만 했다. 그리고 소녀들이 미래의 남편감을 상상하며 눈을 감을 때, 나는 다른 것을 상상했다.

'여기서 탈출하려면 어떻게 해야 할까.'

나는 매일 밤 보호소에서 탈출할 방법을 궁리했다. 그건 내 오랜 취미이자 비밀이었다. 여름에게도 알려주지 않은.

탈출해서 뭘 어떻게 하겠다는 생각은 없었다. 어떻게 살아남을지, 어디로 갈지에 대한 구체적인 계획이 있는 것도 아니었다. 그저 나는 퍼즐을 풀듯이, 매일 정해진 일과를 반복하듯이, 탈출 루트를 연구하고 생각했다. 보호소의 감시가 소홀해지는 시간이 언제인지, 어느 통로를 통해 밖으로 빠져나갈 수 있는지, 잠금장치를 해제하려면 어떤 도구와 방법이 필요한지, 소녀들 중 누구를 신뢰할 수 있고 누구는 믿으면 안 되는지, 어떤 위험 요소들이 도사리고 있는지……. 그것은 나의 일상을 지탱해주는 습관이었다.

비밀이란 곧 정신의 힘이다. 가령 내가 경멸해 마지않는 역사 선생의 수업을 들을 때, 그가 우리 소녀들이 진화에서 도태된 과정을 가르치고 우리가 얼마나 열등한 존재인가를 각인시키려 할 때, 나는 귀를 닫아버리고 보호소 출입문의 잠금장치를 해제하는 코드 분석에 몰두할 수 있었다. 그리고 신체검사 시간에, 도무지 무슨 목적인지 알 수 없는 각종 검사와 실험을 받고 무슨 용도인지 알 수 없는 약물을 주입받고 내 몸의 성장과정을 차트에 꼼꼼히 기록당하는 동안, 나는 내 모든 것을 속속들이 안다는 듯 우쭐거리는 의사와 과학자 들을 은밀히 비웃을 수 있었다. '너희는 아무것도 몰라. 나는 너희 모두의 뒤통수를 후려치고 탈출할 거야. 곧 그렇게 될 거야.'

물론 그곳에서 나가고 싶어하는 건 나뿐만이 아니었다. 소녀들은 모두 하루라도 빨리 보호소를 나가고 싶어했다. 평생을 그곳에 갇혀 살았으니 지겹고 갑갑한 게 당연했다. 하지만 시윤과 같은 소녀들은 정해진 규율대로 보호소를 졸업하고 바깥세상의 남자와 결혼하는 미래가 자신들을 구원해 주리라고 믿는 것 같았다. 나는 그 미래까지도 싫었다. 현재뿐만이 아니라 그 미래에서도 탈출하고 싶었다. 어떤 남자의 소유물이 되어 또다시 '보호'를 받으며 살아야 하는 무력한 인생도 싫었지만, 무엇보다도 싫은 것은 그 남자와의 사이에서 딸을 낳을 경우였다. 그러면 그 딸은 나와 같은 '1급 보호대상 소수인종'으로 분류되어 강제로 이 보호소로 보내지게 된다. 그게 법이었다. 나는 내 어머니가 나에게 그랬듯이, 내 딸에게 나와 닮은 조악한 몸뚱아리 하나와 내가 직접 지은 이름 하나만을 달랑 물려주고서 절연해야 할 것이다. 내가 유년 시절 내내 지옥처럼 여겼던 이 보호소로 내 딸을 보내야만 할 것이다.

정부에서는 우리가 그렇게 인류의 유전적 다양성에 '기여'한다며, 그게 무척 위대한 일인 양 이야기했다. 하지만 그딴 게 위대함이라면 나는 위대해지고 싶지 않았다. 그저 그 모든 것에서 탈출하고 싶었다. 하지만 도저히 그럴 수 없었던 것은, 보호소를 졸업할 시기가 거의 다 될 때까지도 탈출할 시도조차 하지 못했던 것은, 여름 때문이었다.

나는 밤마다 여름을 그곳에 놔두고 혼자 도망치는 상상을 하는 것만으로도 죄책감을 느꼈다. 겁이 많은 여름. 여리디 여린 여름. 순진하고 부질없는 희망에 젖어 사는 여름. 내가 떠나고 나면 여름은 단 한 시간도 못 버티고 죽어버릴 것 같았다. 내가 지켜보지 않으면 여름은 금세 사라질 것 같았다. 자기 이름처럼. 자기가 그토록 사랑하는 멸종동물들처럼.

△

보호소는 깨끗하지만 오래된 건물 세 채로 이루어져 있었다. 소녀들의 교육, 숙식, 의료와 연구, 그리고 그곳 관리자들의 전용공간으로 쓰이는 건물들이었다.

보호소 부지의 서쪽에는 산이 하나 있었다. 소풍이나 야외 수업이나 산책을 위해 개방되어 있긴 했지만, 산 중턱에 높은 철책이 쳐져 있어서 그 밖으로는 넘어갈 수 없게 되어 있었다.

동쪽에는 고속도로가 놓여 있었다. 거대하고 기이한 괴물처럼 생긴 차들이 엄청나게 빠른 속도로 밤낮없이 지나다니는 도로였다. 그 도로 건너편에는, 멀어서 잘 보이진 않았지만, 연구소와 공장 들이 밀집된 산업단지가 있는 듯했다. 그리고 우리 보호소 부지와 도로 사이는 어김없이 높은 철책으로 가로막혀 있었다.

북쪽과 남쪽에는 각각 정문과 뒷문이 있었는데, 당연히 둘 다 철저히 보안되고 있었다. 그리고 그 문 양옆으로 육중한 콘크리트 담장이 뻗어 있었다. 그 밖에 뭐가 있는지는 시야가 차단되어서 보이지 않았다. 보호소 내 건물들의 옥상에서도 북쪽과 남쪽의 바깥 풍경은 내다볼 수 없었다.

그러니까 우리가 볼 수 있는 바깥 풍경은 오로지 뒷산의 살풍경한 나무들과 동쪽의 고속도로와 그 너머의 어렴풋한 공장들뿐이었다. 나는 짬이 날 때마다 그 두 방면에 쳐진 철책을 둘러보았다. 철책은 우리가 '길을 잃지' 못하도록 막아주는 기능을 하는 것과 동시에, 외부인들의 침입으로부터 우리를 보호해주는 기능도 했다. 즉 성인 남자의 힘으로도 넘을 수 없을 만큼 높고 튼튼하다는 뜻이었다. 나는 동기 소녀들 중에서도 키가 큰 축이었지만, 철책은 그런 내 키의 세 배는 될 만큼 높았다.

하지만 나는 철책의 약점을 알았다.

나는 보호소를 구석구석 둘러보았다. 철책, 담장, 감시카메라, 보안 시스템, 잠금장치의 이모저모를 살펴보았다. 오랜 시간에 걸쳐 습관적으로 관찰해온 덕분에 나는 그 모든 것을 내 침대 시트 무늬만큼이나 빠삭하게 꿸 수 있었다. 눈을 감으면 보호소의 지도가 머릿속에 자동으로 펼쳐질 정도였다. 그 지도를 누비고 나아가 탈출하는 나 자신의 모습도 상상할 수 있었다.

나는 의심을 살 만한 짓을 하고 있었지만 겉으로는 모범생인 척했다. 아니 어쩌면, 의심스러운 짓을 하고 있기 때문에 더더욱 모범생이 될 수 있었던 건지도 모른다. 말했듯이 비밀은 정신의 힘이기에. 나는 내가 탈출할 수도 있다는 가능성을, 여차하면 언제라도 그곳을 떠나버릴 거라는 자기암시를 동력 삼아 그곳에서의 생활을 버텨낼 수 있었다.

이제 와 생각해보면 우리는 모두 저마다의 방식으로 그 생활을 버티고 있었던 것 같다. 무언가를 반복하면서.

가령 시윤은 남자 이야기를 반복했다.

나는 탈출 작전 짜기를 반복했다.

여름은, 여름은 물론 동물의 흔적 찾기를 반복했다.

내가 철책을 탐색하는 동안, 여름은 뒷산을 탐색하는 데에 몰두했다. 사라진 동물들의 자취를 찾아 흙이며 나무며 돌 따위를 부지런히 살피고 다녔다. 그러다 보니 여름도 나중에는 내가 보호소 부지 시스템을 꿰는 것만큼이나 그 산의 구석구석을 잘 아는 전문가가 되었지만, 그렇게 되기까지는 험난한 과정이 있었다. 비록 완만하고 별 볼 일 없는 산이었지만, 여름은 워낙 조그맣고 연약해서 그 산에서 헤매기도 많이 헤맸고 다치기도 여러 번 다쳤다. 발을 헛디뎌 넘어지거나 바위에서 굴러떨어지는 건 예사였고, 곤충들 집을 헤집다가 쏘이기도 하고, 가시덤불에 찔리기도 했다. 그때마다 그 애의 뒤치다꺼리를 담당하는 건 나였다. 나는 다친 여름을 돌봐주고, 아픈 여름을 간호해주고, 어리광을 들어주고, 다시는 그런 실수를 하지 말라고 단단히 타이르는 데에 이골이 났다.

여름은 심지어 한번은 뒷산에서 길을 잃어서 실종되기도 했다. 얼마나 황당했는지 모른다. 그건 자기 집 뒷마당에서 실종되는 것이나 마찬가지였다. 그때 여름은 어느 후미진 풀숲의 나무 그늘 아래에서 잠든 채 발견되었다. 무슨 앙상하고 볼품없는 콩 꼬투리 같은 것을 고이 쥔 채.

여름은 그 꼬투리가 근처 어딘가에 고라니가 서식한다는 강력한 증거라고 주장했다. 자세한 이야기는 내가 너무 건성으로 흘려들어서 잘 기억이 나지 않지만, 요는 그 식물이 고라니의 먹이이며, 고라니가 실제로 그걸 먹은 흔적까지 자신이 발견했다는 이야기였다.

여름은 고라니를 좋아했다. 자신이 탐사하는 모든 옛 멸종동물 중에서도 고라니를 가장 좋아했다. 여름의 말에 따르면 고라니는 초식동물인 사슴의 일종으로, 사슴과의 여러 친척들과 같이 신생대 제3기에 걸쳐서 지구상에 나타났는데, 자기 친척들과는 다른 독특하고도 매력적인 특징이 있었다고 한다. 우선 여느 사슴과 동물들의 수컷에게는 수컷임을 상징하는 왕관과도 같은 뿔이 머리에 달려 있는데, 고라니는 암컷도 수컷도 모두 뿔이 없었다. 그리고 고라니는 일반적으로 우리가 상상하는 사슴의 유순하고 겁 많은 이미지와 달리 거칠고 호기심 많은 성격이었다고 한다. 커다란 송곳니 한 쌍이 주둥이 밖으로 튀어나와 있고, 주로 야밤중에 활동하는 데다, 무시무시한 귀곡성 같은 울음소리를 내지르거나 어둠 속에서 불쑥불쑥 튀어나와 사람들을 놀래곤 했으니, 오히려 위협

적이라면 위협적인 동물이었다는 것이다. "길고 우아한 목과 다리를 갖고 있어. 수영을 좋아하고, 힘차고 쾌활하게 뛰어다니지." 여름은 고라니를 직접 보기라도 한 것 같은 말투로 묘사했다.

나는 여름이 고라니에게 왜 그토록 각별한 애정을 느끼는지 알 것 같았다. 여름이 직접 그 이유를 말한 적은 없지만 쉽게 짐작이 갔다. 여름은 고라니라는 옛 동물의 처지가 자신과 비슷하다고 생각했을 것이다. 한때 이 나라에 수십만 마리가 서식할 만큼 번성했던, 그러나 언젠가부터 급격히 수가 줄다가 그예 자취를 감춰버린 동물들. 만약 지금까지 살아남은 개체가 있다면 그건 먼 옛날 포유류의 특성을 고스란히 간직한 '살아 있는 타임캡슐'과도 같을 것이고, 학계에서 귀중한 연구 대상이 될 것이다. 마치 우리 소녀들처럼, 희귀하고 신비로운 존재가 될 것이다.

우리는 늘 희귀하고 신비로운 존재였다. 우리는 어렸을 때부터 우리가 그런 존재라고 교육받았다. 다른 인간 여자들은 모두 편의와 힘을 위해서 자궁을 버리고, 유전자를 변형하고, 줄기세포를 이식받고, 장기를 대체하고, 수명 연장 약을 투여받았다. 다른 인간 여자들은 모두 자신의 딸들에게 새로운 유전자를 남겼고, 새롭게 진화한 인류의 조상이 되었다. 하지만 우리의 어머니들은 달랐다. 그들은 너무 가난했기 때문에 그런 선택을 하지 못했거나, 어떤 오래된 종교적 도덕적 신념 때문에 그런 선택을 거부했거나, 또는 변방의 오지에서 과학적 기술을 접해보지도 못한 채 '자연 친화적'인 생활 방식을 유지하며 살았다. 우리는 바로 그런 여자들의 딸이었다.

나는 가끔 진화한 여자들의 삶을 상상했다. 고통스러운 월경과 임신과 출산을 하지 않아도 되는 삶이란 어떤 것일까. 어디로든 마음대로 다닐 수 있고, 누구에게 보호받지 않아도 되고 누구에게 제압당하지 않을 수 있는 삶이란 어떤 것일까. 자기 몸을 수치스러워하지 않아도 되는 삶이란 어떤 것일까. 나도 다음 생에는 진화된 여자로 태어나고 싶다고 소망했다. 하지만 먼 옛날에 멸종해버린, 우리보다도 더 일찍 도태된 초식동물 따위에 나 자신을 대입해본 적은 추호도 없었다. 여름의 취미는 내게 지나치게 병적으로 느껴졌다.

△

그 일은 환절기에 일어났다. 고요철에서 바람철로 바뀌는 시기, 사방이 잠잠하다가 간헐적인 돌풍이 불어닥치곤 하는 때였다. 우리는 한 달 뒤면 졸업시험을 치를 예정이었고, 그래서 모두가 들떠 있었다.

졸업시험이란 게 별건 아니었다. 우리를 아내로 삼고 싶다고 신청한 남자들 중, 정부에서 정한 기준을 통과한 남자들이 우리를 직접 만나보고 선택하는 시간이었다. 즉 그들이 신붓감을 고르는 것이다. 우리가 준비할 것은 많지 않았다. 그저 신랑감에게 우리가 인간 사회에 순응할 자세가 되어 있다는 것과, 임신과 출산을 하기에 적합할 만큼 건강하다는 것을 보여주기만 하면 되었다. 물론 성적인 매력도 관건이겠지만, 보호소 측에서는 우리가 치장하는 것을 비윤리적이라고(정확히 왜 비윤리적이라는 건지는 모르겠다) 엄격히 규제했다. 그래서 소녀들은 교사들에게 들키지 않게끔 조심스럽게 간직해온 화장 도구들과 소박한 액세서리들을 꺼내보며 어떻게 하면 최대한 은근한 방식으로 예뻐 보일 수 있을지 밤 늦게까지 토론하곤 했다.

하지만 그날 밤은 흥이 나지 않았다. 시윤이 어딜 갔는지 소등 시간이 다 되도록 방에 돌아오지 않았기 때문이었다. 몸치장이나 남자들에 대해 잡다한 지식을 전달해줘야 할 시윤이 없으니 소녀들의 수다는 맥이 빠져서 자꾸만 끊어졌다. 그 탓에 화제는 예전에도 지루하게 반복했던 내용으로 돌아갔고, 평소에는 수다판에 잘 끼지 않거나 끼지 못했던 나와 여름까지도 대화에 끌려들게 되었다.

"너는 어떤 남자한테 선택받으면 좋겠어?"

소녀들은 우리에게 그렇게 물었다. 각자가 꿈꾸는 이상

형에 대해 이미 수없이 했던 이야기를 늘어놓은 뒤였다. 나는 그 애들이 실제로 신랑감 남자들을 대면하게 되면 엄청나게 실망할 거라고 말해주고 싶은 충동을 참아야 했다.

'쓸데없는 의심을 사면 안 돼. 나는 곧 여기서 탈출할 테니까.'

나는 나만의 자기암시를 되새기며 적당히 둘러댔다. 이해심 많고 착한 사람이었으면 좋겠다, 머리색은 어땠으면 좋겠고 나이는 어느 정도였으면 좋겠다는 식으로(기억도 잘 안 난다).

반면 여름은 그런 거짓말을 잘 못 했다.

"나는……."

여름은 자기를 쳐다보는 소녀들의 시선을 멍하니 마주하면서 생각에 잠겼다. 그러다가 느릿느릿 대답했다.

"여름이 있는 나라에서 온 남자였으면 좋겠어."

그 한마디에 모두가 피식 웃음을 흘렸다. 노골적으로 코웃음을 친 아이도 있었다.

나는 이상할 만큼 화가 났다.

"정말이야. 나는 그냥 그거면 만족해……. 그러면 나는 충분히 그 사람의 아내가 되고 그 사람 아들의 어머니가 될 수 있을 것 같아."

여름은 마냥 진지하게 덧붙였고, 소녀들은 또 웃음을 터뜨렸다.

여름은 그토록 순응적이었다. 교사들이 가르치는 '너는 한 남자의 아내이자 어머니로서 이 세상에 큰 역할을 할 사람'이라는 잠언을 외우다시피 했다. 그런 고리타분한 가르침을 진지하게 받아들이는 소녀는 여름밖에 없었다. 하지만 여름은 보호소 관리자들 이외의 바깥세상 남자들을 막연히 무서워했고, 누군가의 아내이자 어머니로 사는 삶을 구체적으로 상상하지도 못하는 것 같았다. 여름의 상상력은 옛 동물, 자신의 어머니, 먼 이국의 자연과 같은 비현실적인 차원에만 머물러 있었다.

"대체 어떻게 할 생각이야?"

참다 못한 나는 여름을 공용 화장실로 데리고 나가서 붙잡고 따졌다.

"네가 자꾸 그런 식으로 구니까 사람들이 다 비웃잖아. 설마 시험 때도 그딴 바보 같은 대답만 늘어놓을 생각이야?"

여름은 당황해서 나를 쳐다보며 눈을 깜빡였다. 초식동물 같은 순한 눈동자로.

"'그런 식'이 뭐야?"

"너무 엉뚱하다고. 너무 현실과 동떨어진 말만 한다고. 여기서야 그런 너를 귀엽게들 봐주지. 하지만 바깥세상 남자들은 뭐 이런 이상한 애가 있나 생각할 거란 말이야. 넌 가뜩이나 몸이 약해서 우리 중에서 신체발달 점수도 가장 낮잖아. 그러다가 아무한테도 선택 못 받으면 어쩌려고 그래? 마지막까지 아무도 널 안 데려가면? 그래서 막판에 별 허접한 남자가 낼름 널 주워가버리면?"

나는 속으로 아차 싶었지만 도무지 주체할 수가 없었다. 그 애 앞에서는 자꾸만 자제심을 잃고 날카로운 말을 내뱉게 되었다.

여름은 의기소침해져서 어깨를 잔뜩 움츠리고 조용히 말했다. 화장실 어딘가에서 물이 새서 바닥에 떨어지는 똑 똑 소리가 여름의 말소리보다 더 크게 들릴 정도였다.

"그래도 괜찮아. 나라에서 좋은 남자들만 엄격히 심사해 준다니까……. 나 같은 애도 분명 좋은 남자를 만나게 되겠지 뭐."

"넌 그 말을 믿어? 그럴 리가 없잖아. 물론 어디서 빌어먹는 거렁뱅이나 술꾼 같은 작자가 오지야 않겠지. 하지만 그 중에서 그나마 너를 잘 보살펴줄 남자, 그나마 가장 정신머리 멀쩡하고 지각이 있는 남자를 네가 선택할 수 있어야 하잖아. 네가 나서서 그 사람들 마음에 들 줄 알아야 한다고. 그런 요령 정도는 너 스스로 부리란 말이야. 언제까지고 내가 네 옆에 붙어 다니면서 뒤치다꺼리 해줄 순 없어."

"나도 알아. 사람들이 나 별로 안 좋아하는 거. 너도 나를 안 좋아하니까…….”

“야, 사람이 걱정해서 충고를 하면 충고로 받아들이라고 몇 번을 말해? 내가 너를 안 좋아하면, 굳이 이런 충고를 왜 하겠어?”

여름은 슬픈 눈빛으로 나를 바라보았다.

“나도 그러고 싶어. 충고는 충고로 받아들이고, 합리적으로 생각하고……, 너처럼 키도 크고, 기도 세고, 적당히 요령도 부릴 줄 알고, 그러면 얼마나 좋을까?”

나는 뭐라고 받아치려 했지만, 여름의 다음 말에 말문이 막혀버렸다.

“고라니들도 꼭 너 같을 것 같아.”

그때 화장실 밖에서 누군가의 발소리가 들렸다. 이쪽으로 빠르게 다가오는 구둣발 소리였다. 교사들인 것 같았다.

나는 재빨리 여름을 데리고 청소도구실에 들어가 숨었다. 글쎄, 지금 생각하면 왜 굳이 그랬는지 모르겠다. 소등 시간이 넘어서 돌아다니는 건 규칙 위반이지만, 화장실에 가는 것 정도는 상관없었다. 나는 규칙보다도 우리가 나누던 대화 때문에 지레 뜨끔했던 것 같다. 그 대화를 교사들이 혹시 들었을까 봐 겁이 났다.

그런데 들켜서는 안 될 대화를 나누고 있었던 건 우리가 아니었다. 그 교사들이었다.

"시체는요?"

그 첫마디에 우리는 흠칫 놀라 서로의 얼굴을 돌아보고는, 숨을 죽이고 귀를 기울였다. 화장실에 들어온 교사 두 명은 바깥문을 닫고서 음산한 어조로 속닥거렸다.

"그래도 멀쩡한 상태로 수습됐대요. 누가 건드리진 않은 모양이에요."

"그나마 다행이네요. 발견조차 못 하는 경우도 허다하잖아요."

"하지만 시윤이가 죽었다는 걸 소녀들에게 어떻게 설명해야 할지……."

여름이 조그맣게 비명을 올렸다. 나는 부리나케 여름의 입을 틀어막았다. 다행히도 교사들은 수돗물을 틀었고, 자기들 말소리와 물 흐르는 소리 때문에 우리의 기척을 듣지 못한 것 같았다. 그렇게 우리는 좁은 공간에서 서로를 꽉 부둥킨 채로 충격적인 소식을 엿들었다.

시윤이 보호소에서 탈출하려다가 죽었다.

시윤이 철책을 넘었다. 내가 지금껏 숱하게 관찰하기만 했을 뿐 넘어본 적은 없는, 바로 그 철책을 넘어서 밖으로 나갔다. 그리고 맨몸으로 도로를 건너다 그대로 차에 치여 죽었다.

"정말 당혹스럽네요. 저는 시윤이라면 분명히, 소녀들

중 그 누구보다도 정상적인 결혼 절차에 잘 적응할 줄 알았는데요……. 졸업시험 치는 날만 목이 빠지게 기다려온 아이잖아요."

교사 한 명의 말에, 다른 한 명이 한숨을 쉬었다. 한숨을 쉰 교사는 내가 싫어하는 역사 선생이었다. 나이가 많고 꼬장꼬장한, 온갖 냉철한 척은 다 하는 그 선생.

"소녀들은 워낙 예측 불허예요. 절대로 안심해서도, 신뢰해서도 안 되죠. 아무리 멀쩡해 보여도 원시의 야생에 가까운 생물들이라고요. 우리가 괜히 소녀들을 사회화시키자고 여기서 이러고 있겠나요."

젊은 교사가 신음을 흘렸다. 그리고 철벅거리는 물소리가 멎더니, 화장실의 바깥문이 열리는 소리가 났다.

"그건 그렇죠. 이런 사고가 처음 있는 일도 아니고요. 차라리 소녀들에게 경고해줘야 하는 게 아닐까요? 도로를 건너다가 죽을 수 있다고, 허튼 생각일랑은 품지도 말라고……."

"안 될 말이죠. 그걸 어떻게 설명해요? 자동차라는 물건에는 자동 운전 시스템이 내장되어 있다, 그 차들이 사고를 일으킬 위험은 절대로 없으니 안심해라, 그렇게 알려져 있잖아요."

"난처하다는 건 알아요. 하지만 이렇게 매년 반복되는 일을……."

교사들의 발걸음 소리가 멀어져가고, 문이 닫히는 소리가 났다. 그리고 화장실 안에는 다시 정적이 깔렸다.

나는 어안이 벙벙했다. 내가 방금 무슨 이야기를 들은 건지 이해가 잘되지 않았다. 다른 누구도 아닌 시윤이 탈출을 감행하다니. 게다가 탈출 시도를 하는 소녀들이 매해 있었고, 그중 태반이 죽는다니. 보호소에서 멀리 벗어나보지도 못하고, 코앞의 도로에서 차에 치여 비명횡사한다니…….

그런 터무니없는 이야기들을 어떻게 받아들여야 할지 감도 오지 않았다. 다만 막연한 분노가 들었다. 그 교사들의 대화가 지나치게 한가롭고, 일상적이고, 옅은 웃음기마저 섞여 있었기 때문이었다. 이런 일이 그들에게는 으레 반복되는 해프닝 정도라는 듯이. 우리의 어리석음이 재미있다는 듯이.

"시윤이는 연애를 하고 있었어."

품 안에서 여름이 조그맣게 속삭였다. 여름은 울고 있었다.

"시윤이는 바깥세상 남자랑 남몰래 연애를 하고 있었어. 그 남자를 만나려고 철책을 넘었을 거야."

여름은 몸을 심하게 떨면서 흐느꼈다. 하지만 나는 그 애를 달래줄 생각도 못 하고 멍하니 되물었다.

"설마. 그걸 네가 어떻게 알아?"

여름은 나를 한 번 올려다보더니, 재빨리 시선을 피했다.

그리고 내 품에서 떨어지면서 대답했다.

"시윤이가 나한테 말해줬어. 나라면 믿어줄 것 같다면서……."

△

교사들은 시윤이 갑자기 아파서 병원으로 이송되었다고 거짓말했다. 큰 병이라서 당분간 못 만날 거라고. 소녀들은 당황했지만 그 설명을 믿는 것 같았다. 하기야 달리 믿지 않을 이유도 없었을 것이다. 나와 여름은 그 애들에게 구태여 진실을 알리지 않았다. 우리는 침묵했다. 그리고 우리가 보지 못한, 앞으로도 영영 보지 못할 시체에 대해 생각했다. 아니, 시체들에 대해 생각했다.

'다행히도 누가 시체를 건드리진 않은 모양'이라던, '발견조차 못 되는 경우도 허다'하다던 교사들의 말이 도무지 뇌리를 떠나질 않았다. 시체를 '건드린다'는 게 무슨 뜻일까? 발견조차 못 한 시체들은 대체 어디로 갔단 말인가? 누가 가져갔단 말인가?

섬뜩한 일이었다. 무섭기도 하고, 화도 났다. 공포와 분노는 내게 한 감정의 두 얼굴인 것 같았다. 분노를 뒤집으면 공포가 나타났고, 공포를 뒤집으면 다시 분노가 나타났다. 나는 시윤을 죽인 그 차들에게 화가 났다. 그리고 그 차들이 정확히 무엇인지 알지 못하는 나 자신에게 화가 났다. 차라는 게 어떻게 움직이는 건지, 자동 운전 시스템이라는 게 뭔지, 안전하다고 알려진 그 차들이 대체 어째서 안전하지 않은 건지 나는 전혀 몰랐다. 교사들이 우리에게 알려주지 않는 비밀이 무엇인지 너무나 궁금한데 물어볼 수조차 없었다. 어떻게 해야 차에 치이지 않을 수 있나? 차에 안 치일 방법은 아예 없는 건가? 도로를 건너면 거의 무조건 죽게 되어 있는 건가?

나는 보호소에서 탈출할 방법을 그토록 오래 궁리해왔으면서, 철책을 넘은 이후의 일에 대해서는 정말이지 아무런 대책이 없었다. 어떻게 한 번도 그런 생각을 못 했는지, 스스로도 어이가 없었다.

바람철이 오고 있었다. 밤마다 바람이 거세게 불기 시작했고, 창밖의 나무들이 흔들리면서 잎사귀를 떨구었다. 뒷산과 보호소 정원 일대에 무성히 자란 나무들의 잎사귀가 일제히 맞부딪히는 요란한 소리가 울릴 때면, 철책 밖 도로를 지나가는 차 소리도 묻혀서 들리지 않게 되었다. 그것만은 좋았다.

여름과는 사이가 완전히 서먹해져버렸다. 그날 화장실에서 벌였던 말다툼 때문인지, 아니면 시윤의 죽음이 우리에게 어떤 영향을 미쳤기 때문인지는 몰라도, 여름은 나를 슬그머니 피했고 나도 그 애에게 무슨 말을 건네야 할지 엄두가 나지 않았다. 가끔 여름이 혼자서 훌쩍거리며 우는 걸 봤지만, 나는 위로조차 할 수 없었다. 그 애와 시윤 사이에 그동안 어떤 대화가 오고 갔는지, 둘의 친분이 어느 정도였는지 몰랐으니까.

어쩌면 약간의 배신감도 느꼈던 것 같다. 그전까지 나는 여름에게 친구는 오로지 나뿐인 줄 알았다.

그런 상태에서 우리는 첫 졸업시험을 치렀다. 신랑감 남자는 보호소 측에서 소녀들의 신체, 지성, 성품 등의 특성을 일목요연하게 정리해놓은 자료를 열람한 뒤, 그중에서 직접 만나보고 싶은 몇 명의 후보를 선택했다. 그리고 그 후보들을 한 명씩 면담실에 불러다 앉혀놓고 십 분 정도 이야기를 나누었다. 그게 우리의 졸업시험이었다.

그 첫 번째 후보들 중에는 나도 포함되어 있었다.

나는 면담을 하기가 싫었다. 나는 그 어느 때보다도 불신으로 가득했고, 바깥세상 남자에게 결혼이라는 빌미로 나 자신을 덥석 맡겨버린다는 게 생각할 수도 없는 언어도단으로 느껴졌다. 정부에서는 우리의 신랑감이 될 남자들의 자격 조건을 까다롭게 심사한다지만, 만약 그 자격 조건이라는 게 자동차에 들어 있다는 그 있으나 마나 한 '자동 운전 시스템'처럼 불완전하고 미심쩍은 것이라면 어쩌나? 만약 그 남자들이 좋은 남편 행세를 하며 우리를 데려가놓고는 비싼 값을 받고 어딘가에 팔아넘기기라도 하면? 감금해두고 매일같이 성교를 강요한다면? 포르노그래피에 출연시킨다면? '원래도 우리보다 힘이 열 배는 세지만, 강간할 때는 우리보다 힘이 서른 배는 더 세진대.' 시윤에게 들었던 괴담들이 새삼 떠올랐다. 평소 듣는 둥 마는 둥했던, 기억하는 줄도 몰랐던 이야기들까지 우르르 떠올라 마음을 어지럽혔다.

그럼에도 나는 어쩔 수 없이 면담실로 갔고, 신랑감이라는 남자를 처음으로 대면해야만 했다. 그리고 그 남자를 본 즉시 침착을 되찾았다.

신랑감 남자는 그리 무시무시해 보이지 않았다. 괴상하지도 않고, 근육이 우락부락하지도 않고, 특별히 잘생기지도 않았다. 그냥 우리를 담당하는 교사나 공무원이나 과학자 중 한 명처럼 보였다. 평소 우리 보호소에서 쭉 보아온 어른들과 별반 다르지 않은 남자 같았다. 대체로 별 이유 없이 자신감이 넘치고, 별 이유 없이 여유롭고, 안일하고 게으르고 무신경한 아저씨들.

특출난 미남이 올 거라고 기대했던 소녀들이 얼마나 실망할지 불 보듯 뻔했다.

나는 그가 던지는 질문들에 마냥 시큰둥하게 대답했다. 뭘 좋아하느냐, 뭘 싫어하느냐, 어머니에 대해 어떻게 생각하느냐, 바깥세상에 나가면 뭘 제일 먼저 하고 싶으냐, 훌륭한 결혼 생활이란 어떤 것이라고 생각하느냐……. 그런 질문들에 대한 모범 답안은 이미 충분히 배웠지만, 나는 배운 대로 하고 싶지 않았다. 내 퉁명스럽고 무례한 답변에 남자는 적잖이 당황한 듯 보였다.

면담은 금방 끝났다. 내가 일부러 시험을 망친 건 그때가 처음이자 마지막이었다. 묘하게 통쾌하고 기분이 좋았다. 다음 순서의 소녀들이 면담을 보는 동안, 나는 혼자 정원을 어슬렁거리며 바람 소리에 귀를 기울였다. 평생 보아왔던 나무들과 꽃들을 새삼스러운 눈길로 둘러보았고, 그 식물들을 다시는 못 보게 될 수도 있다는 생각을 처음으로 했다. 그리고 그 변변찮은 신랑감 남자가 우리 중에서 과연 누구를 신붓감으로 선택할지 궁금해했다.

결과는 그날 저녁에 발표되었다. 첫 졸업시험 통과자는 여름이었다.

△

"취향이야."

대체 어떻게 여름이 선택된 거냐는 내 질문에, 상담 교사는 그렇게 간단히 대답했다. 나는 멀뚱히 되물었다.

"취향이라고요?"

"그 남자는 여름 같은 여자애가 취향이래. 조그맣고 하얗고, 엉뚱하고, 가냘픈 여자아이 말이야. 재미있지? 요정 같아서 마음에 든다나."

교사가 어깨를 으쓱하곤 킥킥 웃으면서 말했다. 나는 전혀 재미있지 않았다.

"하지만…… 여름이가 모범 답안대로 대답하지 않았다는 거잖아요? 그런데도 시험에 통과하다니, 이해가 안 돼요. 그럼 우리가 그동안 배운 것들은 다 무슨 소용이에요?"

그제야 교사는 내 얼굴을 진지하게 살폈다. 그러더니 묘하게 체념하는 표정을 지었다. 교사들이 종종 짓곤 하는, 내가 싫어하는 종류의 표정이었다. 나 같은 소녀들에게는 설명해도 이해 못 할 거라는 표정. 우리처럼 인간도 아닌, 인간이 되다 만, 인간이라고 하기에는 지나치게 조잡하고 불완전하고 어리석은 존재들에게는 세계의 비밀을 온전히 알려줄 수 없다는 듯한 저 고고한 태도.

"뭐, 어쨌든 잘되지 않았니? 한시름 덜었잖아. 네가 여름이가 졸업을 못 할까 봐 얼마나 걱정했는지 우리 모두 잘 알지. 이제는 마음이 편안하겠구나."

그 말에 나는 아무 대답도 할 수 없었다.

교사의 말이 맞았다. 나는 마음이 편안해야 했다. 그동안 나는 항상 여름을 걱정하느라 속을 태웠고, 여름이 자신만의 유아적인 몽상에 파묻혀서 현실에서 점점 더 도태될까 봐 염려했고, 허약한 체력과 부주의한 성격 때문에 어디서 무슨 사고를 당해 죽는 건 아닐까 노심초사했다. 그런데 이제 여름이 무사히 졸업하게 됐으니 나는 비로소 마음을 놓을 수 있게 된 셈이었다. 여름이 자신이 원했던 대로 '한 남자의 아내이자 어머니로서 이 세상에 큰 역할'을 하게 되었다는 것을 축하하고 기뻐해주어야 했다.

하지만 그럴 수가 없었다.

마음으로는 축하한다고 말해주고 싶었다. 자신의 합격 소식에 어리둥절한 여름에게 다가가 정말 잘됐다고 말해주고 싶었다. 하지만 점심시간에도, 쉬는 시간에도, 저녁 시간에도 여름은 다른 소녀들에게 둘러싸여 있었다. 소녀들은 여름에게 대체 어떻게 그 남자의 마음에 든 거냐고, 면담 시간에 어떤 대화를 나눴느냐고 캐물었다. 그리고 기분이 어떻냐는 둥, 실감이 나느냐는 둥, 밖에 나가면 꼭 연락하라는 둥, 예쁜 옷과 화려한 극장과 맛있는 음식을 실컷 즐기라는 둥……. 후배들까지 여름에게 찾아와서 쉴 새 없이 북적이며 호들갑을 떨었다.

내가 그 애에게 묻고 싶은 건 한 가지밖에 없었다. 그 남자가 사는 곳에 여름이라는 계절이 있더냐고 묻고 싶었다.

나는 멀찍이 떨어져서 여름을 지켜보기만 했다. 여름은

조금 얼떨떨하고, 조금은 기쁘고, 조금은 슬픈, 이상야릇한 표정을 짓고 있었다. 그러다가 나와 눈이 마주치면 황급히 시선을 돌렸다. 나는 어쩐지 슬퍼졌다. 여름은 나를 떨쳐버리고 자신의 인생으로, 진화된 인간들의 세상으로, 아내이자 어머니가 되는 미래로 나아가는데, 나만 혼자 우리의 낡은 관계에 얽매인 유령이 된 것 같았다. 내가 모르는 사이에 여름은 자기만의 비밀을 지닌 채 훌쩍 커버렸고, 내가 모르는 낯선 사람이 된 것 같았다.

나는 저녁 일찍 침실에 들어가서 이불 속에 파묻혔다. 하필 그날 생리도 터졌다. 나는 아픈 배로 피를 줄줄 흘리면서 이불을 뒤집어쓰고 울었다. 내 몸이 한심하고 내 마음도 한심했다. 그 와중에도 나는 여름이 나보다 훨씬 심한 생리통에 시달렸고 생리 주기도 들쭉날쭉했다는 걸 떠올렸고, 과연 여름이 그런 몸으로 임신과 출산을 무사히 할 수 있을지 걱정되었다. 바보같이 걱정을 좀처럼 놓을 수가 없었다.

다음 날 아침 일찍 잠에서 깨어난 나는 뒷산으로 나갔다. 실내에 틀어박혀 있기가 너무 답답했다. 나는 여름과 함께 걷던 산책로를 따라 올라가면서, 여름이 하던 것처럼 풀숲이며 나무껍질이며 바위 밑 같은 데를 살펴보았다. 쥐, 개, 고양이, 너구리, 다람쥐, 토끼, 노루, 고라니의 배설물이나 발자국을 찾아서. 참새, 비둘기, 꿩, 까치, 까마귀의 깃털이나 뼈를 찾아서. 하지만 나는 그걸 어떻게 찾아야 하는지, 무엇이 동물의 흔적인지 알아볼 수 없었다. 더구나 바람이 이렇게 심한 계절에는 어차피 무엇도 남아 있을 것 같지 않았다. 나무와 풀과 덤불이 일제히 이 방향 저 방향으로 물결치며 노래하고 있었다. 거대한 바람에 산 전체가 뒤흔들리는 것처럼 느껴졌다.

그래서 나는 뒤에서 누가 따라오는 발소리도 눈치채지 못하고 있었다. 여름이 내 팔을 잡았을 때에야 나는 화들짝 놀라 뒤를 돌아보았다.

"왜 이렇게 걸음이 빨라? 내가 부르는 소리 못 들었어?"

여름이 발갛게 상기된 얼굴로 숨을 몰아쉬며 나를 올려다보고 있었다. 나는 너무 놀라서 금방 반응하지도 못하고 그 애를 쳐다보았다.

내가 아무 말도 하지 않자, 여름은 긴장한 티가 역력한 얼굴로 마른침을 삼키고서 말했다.

"나, 내일 떠나. 남편 될 사람이 데리러 올 거래. 나는 짐만 꾸리면 된대. 짐이랄 것도 별로 없지만."

"그래. 축하해."

본의 아니게 퉁명스러운 대꾸가 튀어나왔다.

"너는 이제 어떡할 거야?"

"어떡하다니?"

"탈출할 거지? 계획대로?"

나는 이번에는 몸을 흠칫 떨 정도로 놀랐다. 그런데 여름은 그런 내 반응에 도리어 어리둥절한 표정이었다.

나는 그동안 내내 탈출 계획을 여름에게 비밀로 해왔다고 생각했는데, 여름은 처음부터 뻔히 알고 있었던 것이다. 딱히 비밀이라고 생각하지도 않을 만큼 뻔히.

"글쎄. 아마도."

나는 애매하게 대답했다. 그러나 지난 며칠 동안 탈출에 대한 생각은 아예 하지 않았다. 내게 탈출은 막연한 상상일 뿐이었다. 시윤처럼 그 상상을 감히 진짜로 실현시킬 각오 따윈 품어본 적도 없었다. 그러기에는 내가 너무 겁이 많았다. 나는 그동안 내가 여름이 걱정돼서 차마 그곳을 떠나지 못하는 거라고 믿었지만, 사실 그건 핑계에 불과했다. 나는 그저 탈출할 용기가 없었을 뿐이었다. 내가 모르는 세상으로 혼자 뛰쳐나갈 용기도, 의지도 없었다.

"그렇구나."

여름이 떨리는 목소리로 말하면서 내 팔을 놓더니, 이번에는 두 손을 잡았다. 무언가 힘겨운 이야기를 꺼내려고 말을 고르는 눈치였다.

"나…… 헤어지기 전에 네게 고맙다는 말을 하고 싶었어. 끝까지 나를 위해 여기 남아 있어줘서."

나는 멍하니 그 말을 들었다. 내 신경은 온통 여름의 손에 쏠려 있었다. 그 애의 피부는 부드럽고도 차가웠다. 신비롭도록 부드럽고, 신비롭도록 차가웠다. 먼 옛날 사계절이 남아 있던 시절, 늦여름 밤에 북쪽에서 불어오는 산들바람 한 줄기가 이럴까 싶었다. 이대로 손아귀로 움켜서 호주머니에 고이 숨겨두고 싶었다. 아무 데로도 못 달아나게.

"그동안 나 때문에 많이 성가셨을 텐데…… 너는 여길 정말 싫어하는데, 하루 빨리 이곳을 떠나고 싶었을 텐데, 나 때문에 너무 오래 발이 묶여 있었지. 나, 나도 노력했어. 제대로 졸업하고 결혼하려고, 내 앞가림하는 사람이 되려고……, 열심히 되새겼어. 나는 누군가의 아내가 되고 어머니가 되어야 한다고, 그게 내게 정해진 삶이라고……. 그래야 네가 마음 편히 떠날 수 있을 테니까."

여름은 새빨갛게 충혈된 눈에 눈물이 그렁그렁하면서도 용케도 울음을 참아냈다.

"이제 나 걱정하지 말고 가도 돼. 나는……, 나도 행복해질 거야."

지난 며칠간 이상야릇하고 불가해하고 멀리 동떨어진 듯 보이기만 하던 여름의 표정이 처음으로 명쾌해 보였다. 불현듯 모든 게 또렷해지는 것 같았다. 온 세상이 선명해지는 것 같았다. 바람마저 잔잔해지는 것 같았다. 고양이와 토끼와 고라니와 비둘기와 까치와 올빼미가 우리의 대화에 조용히 귀를 기울이는 것 같았다.

나는 맞잡은 여름의 손에 힘을 꽉 주었다.

"여름아, 결혼하지 마. 나랑 같이 탈출하자."

여름이 눈을 깜빡였다. 그러자 고여 있던 눈물이 뺨에 굴러떨어졌다. 나는 그 애의 눈물을 닦아주었다.

"나는 너 없인 못 떠나."

△

시간이 없었다. 여름의 신랑이 다음 날 아침에 여름을 데리러 올 테니, 우리는 당장 그날 밤 탈출해야 했다. 치밀하게 준비하는 건 포기하고 무작정 부딪쳐보는 수밖에 없었다. 그동안 내가 머릿속으로 구상해온 계획을 믿고.

보호소 부지에서 벗어나는 것까지는 충분히 가능할 터였다. 그것까진 확신했다. 문제는 고속도로였다. 우리는 도로에서 차를 피하려면 어떻게 해야 하는지 전혀 몰랐고, 알아낼 가망도 없었다. 화장실에서 엿들었던 교사들의 대화가 머릿속을 맴돌았다. 시윤이 죽은 지 일주일도 안 돼서 또 똑같은 일이 생겼다고, 역시 1급 보호대상 인종 소녀들은 '원시야생'에 가까워서 무모하고 미련하다고 그들이 비아냥거리는 소리가 들리는 것 같았다.

자칫 개죽음만 되면 어쩌나 두려웠다. 단지 도로만이 아니라, 바깥세상에 무슨 위험이 어떻게 도사리고 있는지는 짐작도 할 수 없었다. 나 혼자라면 몰라도 여름의 목숨을 빼앗길까 봐 겁이 났다. 하지만 동시에 여름이 곁에 있기 때문에 단호한 결의가 섰다. 나는 여름을 그 남자에게 보낼 수 없었고, 여름도 나를 떠날 수 없었다. 그러느니 차라리 죽는 게 나았다.

그래서 우리는 간단한 짐을 꾸리고, 소등 시간이 지나기를 기다렸다. 그리고 모두가 잠든 깊은 밤 조용히 침실에서 나왔다.

복도에 설치된 감시 카메라들은 내가 망가뜨렸다. 순찰을 도는 수위들과 마주치지 않을 수 있는 안전한 경로 역시 파악해두었다. 나는 건물 출입문의 잠금장치를 해제하기 위한 코드 번호까지도 알고 있었다. 시윤의 탈출 사건 때문에 혹시라도 코드를 바꾸어놓았으면 어쩌나 걱정했는데, 다행히도 그대로였다.

우리는 수월하게 건물 밖으로 빠져나갔다. 믿을 수 없을 정도로 쉬웠다. 모든 게 내가 머릿속으로 시뮬레이션했던 그대로였다. 우리는 건물이 드리운 그늘 속에 몸을 숨긴 채 보호소 앞마당을 살금살금 가로질러 나아갔다. 이제 보호소 부지를 둘러싼 철책만 넘어가면 탈출은 성공이었다.

철책에는 허술한 데가 두 군데 있었다. 그중 한 군데는 도로변 철책에 뚫린 구멍이었는데, 꽤 큰 구멍이라서 우리 같은 여자아이들 덩치 정도면 몸을 억지로 들이밀어서 통과할 수 있었다. 하지만 아마도 시윤이 이미 그 구멍을 통해 탈출했을 테니, 보호소 보안 관리자들이 발견하고 막아놓았을 것 같았다. 게다가 그쪽으로 나가면 꼼짝없이 고속도로를 건너야 한다. 도로는 웬만하면 피하는 게 상책일 듯싶었다.

그래서 우리는 뒷산 철책을 넘어가기로 결정하고 산을 올라갔다. 철책 끝자락 즈음에 커다란 바위 두 개가 겹쳐 놓여 있는 곳이 있었는데, 그 바위를 디딤대 삼아 올라서면 나는 간신히 철책을 기어올라갈 수 있을 것 같았다. 여름은 키가 작아서 힘들긴 하겠지만, 내가 손으로 받쳐주면 할 수 있겠거니 생각했다.

그런데 막상 그곳에 도착해보니 바위가 내가 기억했던 것보다 낮았다.

"할 수 있겠어?"

나는 철책과 여름을 번갈아 보면서 물었다. 한눈에 보기에도 철책은 지나치게 높았고, 여름의 얼굴은 하얗게 질려 있었다. 그 애는 이제껏 기척을 숨기고 최대한 빠른 걸음으로 기숙사 건물에서부터 뒷산까지 올라온 것만으로도 벌써부터 힘겨워서 숨을 헐떡이고 있었다.

"할 수 있어. 할 수 있어."

여름은 나에게 하는 말이라기보다 혼잣말처럼 중얼거리고 결연하게 고개를 끄덕였다. 나는 걱정스러웠지만 일단 두 손을 그 애의 발밑에 대주었다.

여름이 발을 딛고 체중을 싣는 순간, 팔이 기우뚱 내려앉으려 하는 느낌이 났다. 나는 간신히 근육에 힘을 주고서 여름을 허공으로 받쳐 들었다. 여름의 몸이 휘청거렸다. 나는 비명이 나오려는 걸 참고, 조그맣게 다그쳤다.

"빨리! 지금 빨리!"

여름이 팔을 허우적거리면서 철책 꼭대기를 두 손으로 붙잡았다. 나는 그 애의 다리를 잡고 확 밀어 올려주려 했다. 하지만 여름은 1초도 채 버티지 못하고 철책을 놓치고 말았다. 나는 밑으로 떨어지는 여름을 그대로 떠안고서 바닥에 주저앉았다.

"야, 내가 뭐랬어? 평소에 운동 좀 하랬지?"

"미안……."

"됐어. 다시 해보자."

나는 여름을 일으켜주었다. 그 애의 얼굴이 달빛에 비쳐 더더욱 하얘 보였다. 바람이 심하게 불어서 여름의 머리카락이 엉망으로 헝클어져 흩날리고 있었다. 나는 괜찮다고 애써 웃음 짓고, 긴장을 풀라고 등을 쓸어주었다. 그리고 다시 그 애의 발밑에 손을 받쳐주었다.

그렇게 대여섯 번쯤 시도한 것 같았다. 하지만 아무리 해도 잘되지 않았다. 오히려 하면 할수록 둘 다 힘이 빠지고만 있었다. 나 역시 이대로는 혼자서 저 철책을 못 넘어갈 것 같았다.

절망감이 닥쳐왔다. 여기까지 와서 실패할 순 없었다. 나는 이런 식으로는 안 되겠다고 여름을 잠시 쉬게 한 뒤, 주변에서 디딤대로 쓸 만한 것들을 더 찾아보았다. 넓적한 돌이나 널판지 따위를. 그리고 바위 위에 그 물건들을 탑처럼 쌓아 올려보았다. 하지만 그것만으로는 충분히 높지 않았기에, 우리는 챙겨 온 가방들 중 하나를 버리기로 하고 물건들의 탑 위에 가방을 겹쳐 얹었다.

한창 그 작업을 하고 있을 때, 산자락 저 밑에서 누군가의 발소리가 들리더니 회중전등 불빛이 허공을 휙 갈랐다.

"저기다! 저기 있어!"

그와 동시에 우리는 일제히 용수철처럼 튀어 일어났다.

지금까지 안 되었던 게 어이가 없을 정도였다. 우리는 마치 잘 짜인 안무를 추는 무용수들처럼 일사불란하게 움직였다. 나는 내가 쌓아놓은 탑 위로 올라가 여름을 향해 두 손을 받치고, 여름은 사뿐히 내 손을 밟고 올라서고, 무게중심이 정확히 잡힌 순간 나는 손을 들어 올리고, 여름은 그 관성을 이용해 철책 꼭대기 너머로 단숨에 기어올라갔다. 여름이 철책 건너편으로 떨어지면서 풀썩 하는 소리와 함께 짧은 비명 소리가 났다. 나는 즉시 뒤이어 뛰어올라 철책 꼭대기를 붙잡고, 철책 중간의 가로대를 발판 삼아 짚고서 몸을 위로 힘껏 끌어올렸다.

마침내 내가 철책 꼭대기에 발을 디딘 순간, 총성이 울렸다.

너무 놀라서 나는 균형을 잃고 철책 너머로 고꾸라졌다. 다행히도 내가 떨어진 자리는 푹신한 풀숲이어서 그리 아프지 않았다. 하지만 여름은 발목을 접질렸는지 다리를 부여잡고 신음하고 있었다.

"괜찮아?"

여름은 고개를 끄덕이면서 눈으로는 철책 반대편을 두리번거리고 있었다.

"방금 그거 총이야?"

"마, 마취총일 거야."

나는 확신 없이 말했다. 보호소에서는 우리를 둘도 없는 귀중한 자원처럼 취급했는데, 설마 도망 좀 치려고 했기로서니 무턱대고 사살하려 들 성싶지는 않았다. 하지만 알 수 없는 일이었다.

여름은 절뚝거리면서 일어났다.

"얼른 가자."

"괜찮겠어?"

"가야 돼……. 여기까지 왔잖아. 얼른."

나는 안타까운 마음을 삼키고 일단 여름을 부축했다.

여기서부터는 새로운 세상이다. 우리는 이 산을 헤아릴 수 없이 많이 와봤지만, 산의 이 구역에는 한 번도 발을 디뎌 본 적이 없었다. 나는 가져온 회중전등을 켜고 어둠 속을 비추며 길을 잃지 않으려 안간힘을 썼다. 그러다가 어느 순간부터는 여름에게 길잡이 역할을 맡겼다. 여름도 길을 모르기는 매한가지였지만, 적어도 그 애는 나보다 산에 익숙했다.

우리는 연신 뒤를 돌아보면서 걸음을 옮겼다. 여름이 다리를 절어서 걸음은 너무나 더딘데, 뒤에서 언제 총알이 날아올까 싶어서 오금이 저렸다. 하지만 바람 소리가 너무 시끄러워서 뭐가 제대로 들리지도 않았다. 나뭇가지들이 우수수 흔들리는 소리 너머로 어딘가 저 멀리서 고함 소리 같은 게 들리는 것 같았는데, 확실하지 않았다.

"미안해……."

여름이 숨을 헐떡이면서 울음기 섞인 목소리로 말했다. 내 어깨에 기대오는 그 애의 몸이 점점 무거워지고 있었다. 나는 이를 악물고 뇌까렸다.

"지금 울고 불고 할 여유 없어."

"그래도……."

"징징대지 말랬지. 길이나 찾아."

여름은 조용해졌다. 우리는 묵묵히, 천천히 발을 옮겼다. 그래도 슬슬 내리막길이 나오는 걸 보니 산에서 벗어날 수는 있을 모양이었다.

바람 소리는 점점 더 시끄러워졌다. 태풍이 몰려오기라도 하는 건지, 귀가 먹먹할 정도였다. 처음에는 그 바람 때문에 주위 상황을 파악할 수가 없어서 불안했는데, 가다 보니 점차 익숙해지는 것 같았다. 이렇게 시끄러우면 우리의 소리도 적들에게 들리지 않을 테니까. 마치 소음이 우리를 숨겨주는 듯한 느낌이었다.

갈수록 길이 단단하고 넓어졌다. 사람들의 발로 오랜 세월 잘 다져진 흙길이었다. 이제 곧 산이 끝날 터였다. 산이 끝나면 그다음엔 뭐가 나올까? 그다음엔 어떻게 해야 하나? 나는 흥분과 동시에 공포에 사로잡혔다. 그런데 불현듯 새로운 공포가 뇌리를 스쳤다.

피부에 바람이 스치는 느낌이 없었다.

바람이 불고 있지 않았다. 언제부턴가 우리의 머리카락도, 옷자락도 나부끼지 않았다. 살을 때리는 공기의 흐름이 느껴지지 않았다. 공기는 실내처럼 잠잠하기만 했다. 그런데 나무들은 흔들리고 있었다. 길 양옆의 나무들이 흔들리면서, 우수수 우수수 소리를 내고 있었다.

"여, 여름아, 잠깐만. 지금……."

"이제 거의 끝이야!"

여름이 나를 잡아 끌고 발길을 재촉했다. 그 애는 거의 굴러떨어지듯이 내리막길을 걸어 내려가고 있었다. 이윽고 무성한 가시덤불을 끼고 모퉁이 하나를 돌자, 우리의 눈앞이 별안간 탁 트였다.

그곳은 고속도로였다.

우리는 그 자리에 멈춰섰다. 우리의 앞으로 거대한 괴물처럼 생긴 차들이 엄청나게 빠른 속도로 지나가고 있었다. 보호소 철책 너머로만 구경해왔던 고속도로와는 느낌이 전혀 달랐다. 아무런 장애물도 없이 우리의 바로 코앞에서 지나가는 그 차들은, 정말이지 무시무시하게 빨랐다. 차가 도로 저 멀리서 달려올 때는 그렇게 빠른 것 같지 않은데, 바로 우리 앞을 지나가는 순간에는 무슨 초능력이라도 쓰는 것처럼 갑자기 속력이 높아졌고, 저편으로 멀어져가면서는 또 좀 느려지는가 싶더니, 정신을 차리고 보면 지평선 너머로 사라져 있었다. 모든 차가 그 과정을 반복하고 있었다.

도로 건너편에는 벌판이 펼쳐져 있었다. 우리가 이름을 모르는 초록빛 풀인지 밭작물 같은 것이 심긴 드넓은 벌판이었다. 그리고 저 멀리 검푸른 숲이 벌판에 섬처럼 떠 있었다.

무릎에서 힘이 풀리는 느낌이 들었다. 이젠 끝장이었다. 저 도로를 건너간다는 건 불가능했다. 전속력으로 뛰어서 건너도 저 차들을 피할 순 없을 것 같은데, 지금처럼 여름이 다리를 저는 상황에서는 더더욱 어림도 없는 일이었다. 내가 여름을 업고 간다? 아니, 그건 자살행위나 다름없었다.

어떻게 해야 하나? 저 차들을 세울 방법은 없을까? 머릿속이 하얘지는 것 같았다.

"우리 이거…… 이제 어떡……."

내가 입을 열었을 때, 여름이 옆에서 내 팔을 잡아당기더니 속삭였다.

"쉿. 저기 좀 봐."

나는 여름이 가리키는 곳을 돌아보았다.

그곳은 우리가 빠져나온 산의 다른 쪽 기슭이었다. 비탈에 심긴 나무들을 본 순간, 나는 고속도로의 충격 때문에 깜빡 잊었던 것을 다시 기억해냈다. 여전히 바람이 없는데 나무들이 흔들리고 있었다. 누가 일부러 흔드는 것처럼.

그리고 그 나무들 틈에서 무언가가 불쑥 튀어나왔다.

나는 반사적으로 여름을 부둥켜안았다. 처음엔 우리를 쫓아온 적들인 줄 알았다. 그다음 순간에는 무슨 외계에서 날아온 괴물인가 싶었다. 그리고 어스름한 가로등들과 차들의 전조등 불빛 속에서 마침내 그 생물들의 정체를 알아차리기까지, 아마 3초 정도의 시간이 걸렸던 것 같다. 하지만 그 시간이 내게는 3분처럼 길게 느껴졌다.

산에서 나온 것은 고라니들이었다.

윤이 흐르는 담갈색의 털로 뒤덮인 고라니 다섯 마리가 길고 우아한 목과 다리를 움직이며, 경쾌하게 도로변으로 뛰어나오고 있었다. 다들 주둥이 밖으로 긴 송곳니가 튀어나와 있었고, 그 흰 빛깔의 고귀한 장식물 같은 송곳니들이 달빛을 받아서 동그란 반원을 그리며 번뜩거렸다. 마치 고대 어느 부족의 장엄한 군대를 보는 것 같았다. 부드럽고도 탄탄한 가죽을 몸에 두르고, 편리하기보다는 정교하고 아름다운 무기를 손에 든 군대. 그중 한 마리의 까맣고 또렷한 눈동자가 나와 여름에게 향했다.

시간이 멈춘 것 같았다.

우리는 숨도 못 쉬고 그 동물들을 바라보았다. 동물들도 우리를 바라보았다. 고라니들은 무슨 생각을 하는지 알 수 없는, 평온하고도 무감동한 눈길로 우리를 관찰하고 있었다. 그 시선에 나와 여름은 꿰찔린 것처럼 미동도 하지 못했다. 만약 조금이라도 움직였다가는 저 놀라운 생물들이 순식간에 신기루가 되어서 공기 속에 흩어져버릴까 봐 겁이 났다.

먼저 움직인 것은 고라니들이었다.

한 마리가 뿔피리 같기도 하고 사람 비명 같기도 한 기이한 소리로 울부짖었다. 그걸 신호로 고라니 다섯 마리가 한꺼번에 도로로 걸어 들어갔다. 너무나 가뿐하게, 자기 집 거실에 깔린 융단에 걸음을 내딛는 사람들처럼.

나와 여름은 간담이 철렁 내려앉아서 동시에 비명을 올렸다. 하지만 우리가 염려했던 사태는 일어나지 않았다. 고라니들이 도로 한가운데에 나타나자, 맹렬하게 질주하던 차들이 거짓말처럼 매끄럽게 속력을 줄이다가 멈춰서는 것이었다. 이윽고 차들의 문이 하나둘씩 열리더니 안에서 사람들이 놀란 얼굴로 내려섰다. 그들은 모두가 아연실색한 얼굴로 고라니들을 쳐다보고 있었다.

뒤에서 오던 차들도 모두 따라서 멈췄다. 사람들이 멈췄다. 나무들의 흔들림도 멎었다. 그 고요한 정지 상태에서 움직이는 것이라고는 오로지 고라니들뿐이었다. 마치 시간의 흐름을 무시하고 나아가듯, 그들은 도로 건너편으로 유유히 이동하고 있었다.

"우리도 따라가자."

여름이 내 옷자락을 끌어당겼다.

나는 잠시 망설였다. 여름은 확신에 찬 듯 보였지만 나는 어쩐지 두려웠다. 고라니들을 따라가는 게 두려운 건지, 저 도로에 발을 내딛는 게 두려운 건지, 정확히 뭔지는 알 수 없었다. 만약 나 혼자 있었더라면 저 동물들이 도로를 다 건너 갈 때까지 꼼짝도 못 하고 얼어붙어 있었을지도 모르겠다는 생각이 들었다. 하지만 여름이 나를 잡아끌었기 때문에, 그 조그마한 몸으로 다리를 절뚝거리면서도 지극히 단호하게 도로로 걸어갔기 때문에, 나도 여름을 뒤따라갔다.

우리 둘이 고라니들을 따라 도로를 건너는 동안, 움직이는 것은 아무것도 없었다. 하늘의 구름도 운행을 멈추고 우리를 가만히 내려다보고 있었다.

그리고 마침내 여름과 내 발이 도로 맞은편의 연석에 올라섰을 때, 나는 더 이상 뒤를 돌아보지 않았다.

» 걸그룹 오마이걸에게 이 소설을 바칩니다.

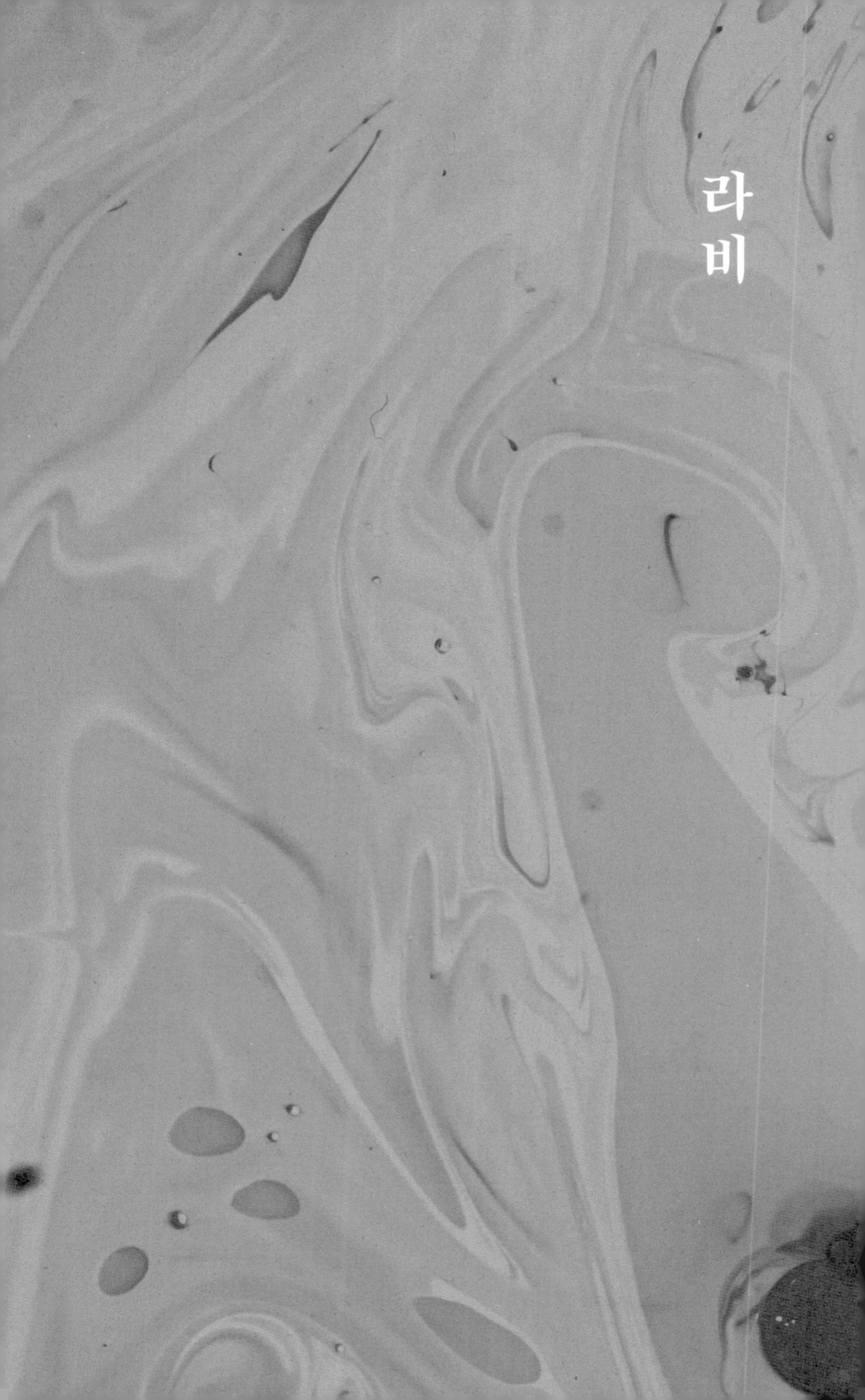
라비

라비

라비는 주술사의 하나뿐인 손녀였다. 라비의 삶은 태어나기 전부터 결정되어 있었다. 다음 대 주술사가 되는 길 외에 다른 선택지란 있을 수 없었다. 적어도 라비의 할머니는 그렇게 믿었다.

옛날 같았으면 라비에게 주어진 삶은 명예로웠을 것이다. 이 열대 부족 사람들이 오랜 전통과 습속대로 살던 시절이었다면 분명 그랬을 것이다. 남자들이 숲에 나가서 뱀과 멧돼지와 물고기를 잡아 오고, 여자들이 야자 섬유와 나무껍질로 옷을 짜고, 모두가 밭에서 캐낸 토란과 고구마를 나누어 먹던 시절이었다면. 인근의 바닷가와 강가와 숲의 부족 사람들과 혼례를 올리고, 전쟁을 하고, 그릇과 패물과 술을 서로 거래하던 시절이었다면. 그런 옛날 같았으면, 주술사는 철마다 장엄한 축제와 의례를 도맡아 집전하고 부족 사람들의 생사고락을 책임지며 존경과 경외를 한 몸에 받았을 것이다. 건기의 바람과 햇살도, 우기의 구름도 주술사의 손짓 한 번과 치맛자락의 나부낌에 달려 있었을 것이다.

그러나 지금은 그런 시대가 아니다.

나는 오래전부터 이 부족의 주술사들을 지켜보았다. 주술사 집안의 어머니가 딸에게, 또 그 딸이 자신의 딸에게 책무를 전해주는 과정을. 자기 어머니나 할머니와 닮거나 닮지 않았던 수많은 딸들의 얼굴을. 나는 모두 지켜보았고, 모두 기억한다. 라비는 그중에서도 가장 가업을 달가워하지 않는 딸이었다.

라비는 제 엄마의 배에서 나올 때부터 모두를 애먹였다. 여자애 같지 않게 몸집이 우람한 데다 탯줄을 팔에 휘감고 있었던 탓에 라비의 엄마는 심한 산고를 겪었고, 라비를 낳고 반나절 뒤에 죽어버렸다. 어쩔 수 없이 라비의 할머니가 아이를 키웠는데, 아이가 얼마나 그악스럽게 울고 보채는지 질녀들에게 젖을 동냥하기에도 눈치가 보일 정도였다. 말을 떼면서부터 라비는 '왜'라는 질문을 끊임없이 던져댔다. 주위의 모든 것을 의심하고 모든 것에 도전했다. 꽃은 왜 피는지, 비는 왜 오는지, 이는 왜 잡아도 잡아도 다시 생기는지, 도마뱀은 왜 몸이 잘려도 살아남는지, 달은 왜 달인지, 해는 왜 해인지, 할머니는 왜 할머니이고 라비는 왜 라비인지. 물론 그들 부족에는 각종 자연 현상과 인간사의 연유를 설명해주는 신화와 전설 들이 전해져 내려왔고, 주술사들은 그 이야기들을 누구보다도 많이 외우고 있었으니, 라비의 할머니는 호기심 많은 아이들의 손에 쥐여줄 답변을 얼마든지 가지고 있었다. 그러나 라비는 그 어떤 이야기에도 만족할 줄 몰랐다. 라비의 할머니가 어렸을 때 자신의 할머니에게 들었던 이야기 백 가지를 라비에게 들려주면, 라비는 그 이야깃값을 고스란히 치르기라도 하듯 쉰 가지의 질문과 쉰 가지의 의견을 내놓았다. 할머니는 당돌하다고 혼을 냈지만, 라비는 반드시 대들었다. 할머니는 윽박지르고 화를 냈지만, 라비는 그에 질세라 악을 쓰며 울어댔다. 할머니가 때리면, 라비는 눈물마저 뚝 그치고는 표독스러운 눈빛으로 노려보았다. 할머니는 그런 라비가 종종 무서웠다. 라비는 단순히 호기심이 많거나 말썽만 피우는 것이 아니었다. 라비는 일종의 독기를, 해소되지 않는 불만을, 자신의 기원과 집안의 내력과 세계의 규칙에 대한 어떤 생래적인 악의마저 가지고 있는 것으로 보였다. 라비의 할머니는, 늙은 주술사는, 손녀가 불길했다. 아니, 자신을 둘러싼 세상 전체가 불길했다.

부족의 전통은 걷잡을 수 없이 무너져가고 있었다. 이제 사람들은 공용어를 썼고, 정부에서 권고하는 국교를 믿거나 또는 아무것도 믿지 않았다. 부족의 옛말을 온전히 구사할 수 있는 사람은 늙은 주술사와 그 동년배 두어 사람밖에 없었다. 나머지 사람들은 어렴풋한 맥락만 알아듣는 정도였고, 젊은 이들은 아예 이해하지도 못했다. 젊은이들에게 그 언어는 혼인식 때 접하는 기묘한 주문과 노랫말, 그리고 어렸을 때 공기놀이나 땅따먹기를 하면서 뜻도 모르고 되뇌었던 놀이말로만 남아 있을 뿐이었다. 사실 그들은 옛말이 우스꽝스럽고 구질구질하다고 생각했다. 그런 생각을 겉으로 내비치는 건 아니었다. 대부분은 주술사를 여전히 존경하는 듯 행동하면서 체면을 깎아내리지 않으려 노력했다. 그러나 내심으로는 업신여긴다는 것을 주술사도 모르지 않았다. 부족의 대소사는 사실상 정기적으로 선출되는 추장이 거의 다 맡아 보았고 주술사에게는 형식적인 권한만 남아 있었다. 추장들은 거의 항상 남자였고, 공용어에 능통했다. 그들은 부족에 필요한 물건을 조달하고, 정부나 복지 당국과 연락을 주고받고, 외부인들 앞에서 부족의 대표자로 나섰다. 누군가가 병들거나 다치면 사람들은 즉시 의사를 부르거나, 부잣집에 있는 차나 오토바이를 빌려서 가까운 병원으로 환자를 데려갔다. 그럴 때에 주술사가 직접 캐서 갈아둔 약초 가루나, 동물의 뼈와 식물의 뿌리를 고아 만든 연고를 가지고서 치유를 하겠다고 나서면, 사람들은 늙은이의 어리광에 마지못해 장단을 맞춰준다는 듯한 성가신 표정을 숨기지 못했다.

아예 장단 맞추는 시늉조차 하지 않을 때도 있었다. 주술사가 아이들의 교육에 관여하려고 할 때가 그랬다. 주술사는 아이들에게 많은 것을, 이를테면 옛 언어와 전래의 사냥법, 혼인과 상속의 법칙을 가르치고 싶었지만, 그런 가르침을 원하는 부모는 아무도 없었다. 어미들은 한결같이 말했다. "주술사님, 죄송하지만, 그건 먹고사는 데에 도움이 되지 않는 걸요." "안 돼요, 주술사님. 우리 아이들은 읍내 학교에 보내야 해요. 그래야 복지수당이 나온다고요." 추장은 더 복잡한 표현을 써가며 점잖게 주술사를 타일렀다. "아이들은 공용어를 배워야 하오. 현대의 과학과 경제관념을 배워야지요. 그러지 않으면 우리 부족이 미래에 살아남을 수 없어요." 현대. 과학. 경제. 그 단어들은 홍수에 떠내려오는, 출처를 알 수 없는 잡동사니처럼 마구잡이로 밀려들었다. 대학교, 인터넷, 할리우드, 법률사무소, 이민정책, 성차별, 테러, 채식주의……. 늙은 주술사는 그 단어들을 들을 때마다 현기증이 일었다. 그것들이 무슨 뜻인지 도무지 이해할 수 없었다. 그런데 그런 말을 쓰는 사람들도 의미를 모르는 것 같았다. 백 가구 남짓 되는 이 마을에서 대학교에 가본 사람은 단 한 명도 없었다. 인터넷을 일상적으로 사용하는 사람도 없었다. 할리우드에 가본 사람도, 법률사무소에서 일해본 사람도, 이 나라로 이민을 오는 사람들에 대해서든 남의 나라로 이민을 가는 방법에 대해서든 확실히 아는 사람도 없었다. 그래도 어쨌거나 사람들은 그런 단어들을 썼다. 그건 막연한 희망의 표현이었다. 이 삶이 아닌 다른 삶이 어딘가에 존재하며, 그들에게도 그 삶의 가능성이 열려 있다는 희망. 어쨌거나 말은 공평하므로. 말에는 돈이 들지 않으므로. 말은 누구든 아무렇게든 쓸 수 있다. 따라서 말은 무엇보다 먼저 왔다. 사물보다 먼저 이름이 왔다. 돈보다 먼저 돈으로 살 수 있는 것들의 목록이 왔다. 정부의 혜택이 주어지기 전에 공약과 선전이 먼저 왔다. 광산의 일자리보다 먼저 구인 공고가, 구인 공고보다 먼저 해고 통보가……. 소수민족을 위한 지원 단체의 안내가, 원주민 복지법 입안 소식이, 그들의 현실을 책이나 다큐멘터리로 알리고 싶다는 편지와 전화가……. 그래도 말보다 먼저 도착하는 것이 아예 없지는 않았다. 이를테면 병, 술, 마약. 그리고 죽음. 그들은 도시 사람들보다 앞서서 죽음을 겪었다. 10년 전에는 그들 부족에서 신종 괴질이 발생한 적이 있었다. 당국에서 의료팀과 연구팀을 보내주었지만, 그 병은 결국 수십 명의 목숨을 빼앗고 나서야 겨우 물러났다. 학계에서 그 괴질에 정식으로 이름을 붙인 것은 이후의 일이었다.

주술사는 그 모든 것이 일종의 저주라고 생각했다. 정령들의 분노이고, 부족이 자초한 타락이며 몰락이라고. 주술사는 바깥세상의 모든 것을 믿지 않았고, 중앙정부와 관련된 모든 것을 미워했으며, 부족이 외부와의 교류를 단절하고 옛 삶으로 돌아가야 한다고 믿었다. 말과 사물이 갈등 없이 이어져 있었던 시대로. 삶과 노동이 호흡을 맞췄던 시대로. 남자가 남자답고, 여자가 여자답고, 아이가 아이다웠던 시대로…….
주술사 자신도 그런 시대를 본 적은 없다. 그러나 그런 시대가 언젠가 있었다는 것은 신화와 전설로 전해지는 바였다.

아무도 주술사의 생각에 공감해주지 않았지만, 적어도 주술사에게는 손녀딸이 있었다. 누가 뭐래도 라비는 부족의 전통과 기억을 보전해줄 엄연한 계승자였다. 그래서 주술사는 라비를 옛 방식으로 완고하게 교육했다. 아무리 라비가 반항하더라도. 신화가 더 이상 세계를 설명하지 못하고, 주술이 더 이상 인간의 삶을 뒷받침하지 못한다는 사실을, 라비가 온몸으로 증거하는 것처럼 보이더라도.

나는 어느 쪽에도 동의하지 않는다. 다만 지켜보고, 기억한다. 나의 기억은 몸으로 유전된다. 인간은 이야기나 문자나 그림과 같은 매체를 통해 다음 세대로 지식을 전하지만, 나는, 우리는, 오로지 진화함으로써 기억한다. 그러므로 우리의 기억법은 느리지만 온전하다.

라비는 열여섯 살 때까지 할머니 밑에서 자랐다. 그리고 대부분의 시간 동안 할머니가 죽기를 빌었다.

라비는 할머니의 양육 방침을 견딜 수 없었다. 할머니는 라비가 공용어를 쓰지 못하게 금지했다. 자신 외에는 아무도 쓰지 않는 옛말만을 가르쳤고, 라비가 이웃들에게서 주워들은 공용어를 떠듬떠듬 입에 올리는 것을 들으면 호되게 야단을 쳤다. 라비는 다른 아이들처럼 학교에 갈 수도 없었다. 라비의 교사는 할머니뿐이었고, 라비의 학교는 마을에서 가장 호젓한 곳에 자리한 방 두 칸짜리 집과 거기에 딸린 뒷마당, 그리고 그 뒤에 펼쳐진 숲과 연못뿐이었다. 그곳에서 라비는 옛날이야기와 노래, 미신, 민간요법 따위를 배웠다. 나무껍질을 얼기설기 짜서 엮은 옷을 걸치고 얼굴을 무시무시한 색깔로 칠하고 춤을 추는 법. 식물의 열매를 짓이기거나 뿌리를 태우거나 기름을 짜내는 법. 야자의 속을 파내거나 가루를 내고 죽을 쑤는 법. 뒷마당에서 할머니가 키우는 닭과 꿩의 고기를 가지고 질릴 대로 질린 음식을 질리도록 만드는 법. 여자아이가 하면 안 되는 행동, 남자와 어른과 이방인 들에게 하면 안 되는 행동, 보름달 뜬 밤에 하면 안 되는 행동, 월경이 시작되면 하면 안 되는 행동……. 먹으면 안 되는 음식, 부르면 안 되는 노래, 이유를 막론하고 관심을 가져서는 안 되는 것들……. 온통 금지된 것들. 라비는 금지에 숨이 막혀 죽을 수도 있을 거라고 생각했다. 죽지 않으려고 저항했다. 하지만 할머니는 그런 라비가 못됐다고 비난했다. 제 아비를 닮아 마음속에 간사한 생각이 가득 들어차서 말을 듣질 않는다고, 그래서야 어떻게 다음 대 주술사가 될 수 있겠느냐고 타박했다. 그러면서도 어떻게든 다음 대 주술사가 되어야만 한다고 우겼다. 할머니의 말은 그렇게 앞뒤가 맞지 않을 때가 많았다. 라비는 그런 말들을 도무지 이해할 수 없었고, 그래서 반문했다. 그러면 할머니는 라비가 제 어미를 닮아 멍청하다고 했다. 그래도 말을 안 들으면 때렸다.

라비는 많이 맞았다. 할머니가 정한 규칙들을 어기면 반드시 처벌을 받았다. 뺨을 맞고, 회초리를 맞고, 방망이로 맞고, 걸상으로 찍혔다. 폭행의 강도와 빈도는 점점 심해졌다. 라비의 키가 자라고 뼈가 굵어질수록, 그와 같은 속도로 할머니의 머리가 세고 주름살이 늘고 허리가 굽어갈수록, 할머니는 더 충동적으로 라비를 때렸다. 할머니가 좋아하는 과일인 용과를 텃밭에서 따다가 접시에 내가면 귀한 손님에게 주려고 아껴둔 것을 따버렸다고 때렸고, 용과를 따지 않고 두면 제때 따지 않고 썩힌다는 이유로 때렸다. 언젠가부터는 맞아야 하는 이유도 잘 모르게 되었다. 아니 어쩌면 이유 같은 것은 처음부터 없었을지도 모른다. 라비는 아홉 살부터 반항을 그만두었고, 열한 살부터는 잘못했다고 빌면서 우는 것을 그만두었다.

“나는 너를 지켜주려는 거야.” 어느 날 할머니는 말했다. “세상은 너를 해칠 거야. 잘못하면 네 어미처럼 된단 말이다.” 할머니는 입버릇처럼 되풀이했다. 하지만 라비는 어머니가 자신을 낳다가 아파서 죽었다고 알고 있었다. 그러니 어머니가 일찍 죽은 것은 굳이 따지자면 라비 때문일 텐데, 이상하게도 할머니는 자꾸만 ‘세상’ 탓을 했다. 어머니가 죽은 것은 처녀 시절 마을에서 멀리 떨어진 도시 남자를 만났기 때문이라고. 그 남자가 어머니를 속였기 때문이라고. 어머니가 부주의하게 그 남자에게 몸을 허락하고, 그 남자의 커다랗고 빛나는 자동차에 몸을 싣고 달아나, 결국에는 그 남자의 애를 뱄기 때문이라고. 할머니는 라비의 아버지를 단 한 번도 아버지라고 부르지 않았다. 항상 ‘그 남자’나 ‘그놈’이라고 불렀다. 그 남자가 정확히 왜 나쁜지, 왜 떠났는지, 지금은 어떻게 되었는지, 살았는지 죽었는지, 살아 있다면 어디에서 뭘 하고 사는지에 대해서는 일언반구도 없었다.

라비는 아버지가 마을에 찾아오는 관광객 중 하나였으리라고 막연히 상상했다. 이곳은 유명한 관광지가 아니었고 그리 볼 것도 없었지만, 이런 벽지까지도 찾아들어오는 사람들은 꼭 있었다. 에이전시와 계약을 맺고 일하는 부족의 청년들은 단체 관광객을 상대로 숲을 안내해주거나 좁고 완만한 강에서 래프팅을 시켜주고 돈을 받았다. 여자들은 그들이 오가는 길에 또는 읍내의 시장에서 좌판을 깔고 직접 만든 공예품들을 내다 팔았다. 가면, 구슬 팔찌, 깃털 귀고리, 창, 대나무통 등등. 할머니가 늘 혀를 차면서 조잡하고 거짓되었다고 힐난하는, 이방인들의 입맛에 맞춰 만들어낸 가짜 공예품들이었다. 그런 공예품이야 어떻든 간에 관심이 없었다. 라비는 관광객들에게만 관심이 있었다. 머리 색깔도, 눈 색깔도, 피부 색깔도, 얼굴 생김새도, 옷차림도 다른 사람들. 이 마을의 사람들과는 다른 방식으로 웃고, 다른 목소리로 말하고, 다르게 움직이는 사람들. 그들은 마을에 생기를 몰고 왔다. 언제나 만성적인 절망과 습관적인 자괴와 치료의 가망 없는 알코올의존증에 빠져 있는 부족 사람들과는 달랐다. 라비의 눈에 그들은 정말로 살아 있는 것처럼 보였다. 그들이야말로 진짜 삶을 사는 것처럼 보였다.

관광객뿐만이 아니었다. 가끔은 선교단체나 지자체에서 파견한 봉사활동가들이 찾아왔다. 그들은 관광객들과 또 다른 방법으로 마을에 활력을 가져다주었다. 의약품, 색색깔의 옷과 신발과 모자, 처음 보는 음식과 과자, 책과 잡지, 가끔은 기계나 가구나 가재도구 같은 것들을. 라비의 눈에 그들은 전능하고 다정해 보였다. 그들은 항상 부드러운 목소리로 말을 걸었고, 아무 대가도 없이 모두에게 근사한 선물을 베풀었다.

라비는 그 누구에게서도 받아본 적 없는 따뜻한 친절에 감동했고 그들이 자신을 도와줄 수 있을까 생각하기도 했다. 하지만 그들의 친절은 그들의 몸에서 나는 비누 냄새처럼 금세 흩어져 날아가버렸다.

대신 라비는 그들이 가져다준 자질구레한 물건들을 조금씩 모았다. 알 없는 안경 하나, 읽을 수 없는 문자로 적힌 패션 잡지 한 권, 캐러멜 양철 케이스 하나, 24색 색종이 세트, 그리고 파란색 미니 드레스 한 벌. 소중한 보물들을 집 안에 뒀다가 할머니에게 들킬까 봐 염려한 라비는 그것들을 모두 숲 변두리의 땅에 묻었다.

집 뒷마당과 거기서부터 이어지는 숲은 라비가 어릴 때부터 늘 드나들어서 제 손바닥처럼 꿰는 곳이었고, 어느 자리에 어떤 나무가 있고 어느 오솔길이 어디로 이어지는지 훤히 알고 있었다. 여느 사람 눈에는 비슷비슷해 보이는 나의 개체들도 라비는 능숙하게 구분할 수 있었다. 그래서 라비는 유난히 크게 자란 나의 덤불 하나를 점찍어두고 그 아래의 흙을 얕게 판 다음, 수집품들을 가지런히 보관한 종이 상자를 구덩이에 집어넣고 다시 흙으로 덮었다. 그리고 그 자리가 표 나지 않게끔 풀잎과 나뭇가지를 흩뿌려서 은닉했다.

그때 라비는 열두 살이었다. 이후로 라비는 나를 자주 찾았고, 내 앞에서 더 많은 비밀을 만들었다. 많은 비밀을. 라비는 죽을 때까지 그 비밀들을 오직 우리하고만 공유했다.

라비가 우리를 각별히 좋아한 것은 아니었다. 굳이 말하자면 오히려 그 반대였다. 자신이 나고 자란 이곳에 자생하는 것이라면 라비는 대부분 지겨워했으니까. 하지만 라비는 우리 곁 외에는 달리 갈 곳이 없었다. 라비가 부족의 다른 여자 아이들과 어울리려 하면 주술사는 그 아이들이 라비에게 공용어를 가르치거나 술이나 코카인을 내주지는 않았는지 꼬치꼬치 캐물었고, 라비가 집 안에 있으면 손녀의 일거수일투족을 감시하면서 작은 행동 하나에도 혼을 내고 매를 들었다. 그나마 라비가 숲에 있을 때면 주술사는 라비가 약초 공부를 하고 있다고 여겨서 안심했다. 그래서 라비는 대체로 숲에서 시간을 보내며 도피하는 수밖에 없었다. 집에 돌아가기 싫어서 배가 고픈 것도 참고 온종일 우리 곁을 맴돌며 열매나 버섯을 따 먹으며 버티는 나날이 많았다. 우리 곁에 누워서 울거나 우리 곁에서 욕을 지껄이는 나날도 많았다. 할머니의 심부름을 하러 바구니나 갈퀴를 들고 우리 곁으로 와서는 할머니가 가르쳐준 노래 가사를 제멋대로 바꿔 부르며 시간을 흘려보내는 나날도 많았다. 그 외에는 라비가 할 수 있는 일이 없었다. 그때는 그랬다.

라비의 부족은 나를 자주콩나무라고 부른다. 내 씨앗의 껍질이 선명한 자주색 바탕에 흰 눈이 박혀 있기 때문에 붙은 이름이다. 나의 잎사귀는 새의 깃 모양이며, 꽃은 연한 보랏빛이다. 나의 줄기는 다른 것을 휘감으며 넝쿨지어 자라난다. 나는 환경에 크게 구애받지 않고 번성하며, 튼튼한 뿌리로 땅을 그러잡고 주변의 다른 식물들을 밀어젖히고 퍼져나간다.

내 자주색 씨앗에는 독이 들어 있다. 그 독은 내 조상들이 적들로부터 자손을 보호하려고 개발한 무기다. 인간들의 방식으로 말하자면 내 가문의 고유한 무기에 해당한다. 나 역시 어렸을 때 이 무기로 여린 내 몸을 무장하고 자랐다. 인간을 비롯한 많은 동물은 내 가문의 악명을 익히 들어 알았기에 어지간해서는 나를 건드리지 않았다. 이 무기는 당신의 세포에 침투해 단백질을 합성하지 못하게 차단한다. 당신이 내 아이를 먹는다면 처음에는 구토와 설사를 할 것이다. 그다음으로는 탈수 증상이 나타나고 혈압이 떨어질 것이며, 환각과 발작에 시달릴 것이다. 그리고 하루에서 사흘 이내에는 필수적인 장기들의 기능이 완전히 정지해 사망할 것이다. 현재까지 해독제는 발견되지 않았다.

늙은 주술사는 라비에게 나에 대해 누누이 경고했다. 내 씨앗은 절대로 먹으면 안 될뿐더러 함부로 만지는 것조차도 위험하다고. 주술사는 내 씨앗의 독을 중화하는 법을 알지만 그것은 아직 어린 라비에게 가르칠 수 없는 위험한 기술이었다. 다음 대 주술사가 되는 의식에서 사용해야 할 신성한 기술이기도 했다. 그러니 그 기술을 배우기 전까지는 나를 가까이해서는 안 된다고 강조했다. 하지만 라비는 그 말이 주술사의 미신적인 허풍에 불과하리라고, 그게 아니라면 자신을 옭아매려고 만들어낸 수많은 금지 중 하나일 뿐이라고 생각했고, 혹은 그 둘 다일 것이라고 생각했다. 라비는 자신에게 주어진 금지들을 어기고 싶었고 주술사의 우스꽝스럽도록 진지한 신앙을 보란 듯이 무시하고도 싶었다. 그러기 위해 가장 쉬운 방법은 나를 함부로 다루는 것이었다.

그래서 라비는 내 씨앗들을 꼬투리에서 빼내는 장난을 하면서 시간을 흘려보냈다. 하나씩 하나씩 손끝으로 따내서 풀밭에 아무렇게나 던졌다. 마치 누군가의 손톱을 뽑아내듯이, 내 씨앗들이 미워하는 사람의 손톱이라고 상상하면서. 물론 그 대상은 주로 할머니였다. 라비는 내 씨앗이 채 여물기도 전에 빼내기도 했고, 빼내서 던지는 것에 만족하지 않고 돌로 찧어 바스러뜨리기도 했다. 그것은 사실 정말로 위험한 놀이였다. 내 씨앗의 단단한 자주색 껍질이 부서지거나 금이 가면 바로 그 안에서 독이 나오고, 그 독에 맨살이 닿는 것만으로도 중독될 수 있기 때문이다.

하지만 라비가 그 사실을 모르고 무모한 장난을 친 것은 아니었다. 라비는 숲에 머무는 동안 새들을 관찰했고, 새들이 내 씨앗을 먹으면서도 멀쩡히 살아가는 모습을 보았고, 새들이 내 씨앗의 껍질을 소화시키지 못하고 그대로 배변하는 것을 알았다. 라비는 경탄했다. 나와 새들의 우호적인 관계에 흥미를 느꼈다. 그래서 라비는 손에 수건을 두르고 내 씨앗을 빻아 부순 다음, 그 안에서 나온 내 아이들의 유독한 부위들을 바위 표면에 발라놓거나 빗물이 괸 물웅덩이에 섞어넣었다. 그것을 먹은 새들과 작은 동물들이 연달아 죽었다. 라비는 멧닭과 슴새와 앵무의 사체들을 발견하고 기뻐했다.

그렇게 놀다가 질리면 라비는 또 다른 방식으로 나를 가지고 놀기도 했다. 진한 자줏빛이 도는 매끌매끌하고 딱딱한 구슬 같은 나의 씨앗은, 이곳에서 자라는 갖가지 식물의 갖가지 부위 중에서도 유난히 인공적으로 보였다. 그래서 라비는 나를 도시의 백화점 쇼윈도에 진열된 보석이나 여자 배우들의 귓불에 달린 귀고리 따위로 상상하기를 좋아했다. 이따금씩 내 아래에 묻어둔 은밀한 보물들을 꺼내서 놀다가 질리면 내 씨앗들을 곁들여 가지고 놀았다. 이를테면 파란색 미니 드레스의 허리띠에 내 씨앗을 달아보기도 하고, 색종이로 내 씨앗들을 싸서 포장지에 싸인 사탕처럼 만든 뒤 양철 케이스 안에 넣기도 하고, 내 씨앗들을 실에 꿰어 목에 걸고 안경을 쓴 뒤 연못의 수면을 거울 삼아 한참 들여다보기도 했다.

라비의 놀이 덕분에 내 씨앗들은 새들의 소화기관을 거치지 않는 방식으로도 먼 곳까지 전파되어 싹을 틔울 수 있었다. 내가 틔운 싹이 작은 덤불로 자라났을 때쯤이면 라비가 한 살을 더 먹었다. 지난해보다 키가 성큼 자란 라비는 무심한 눈으로 나의 덩굴과 잎사귀들을 둘러보고는 손으로 또 헤집어대곤 했다.

라비는 점점 젖가슴이 부풀고, 엉덩이가 커졌다. 열세 살에 월경이 시작되었다. 늙은 주술사는 라비가 성숙한 여자가 되어가는 것을 위험 신호로 받아들였다. 호기심으로 가득한 외국인 관광객들, 무료함과 피로에 찌든 인근 우라늄 광산의 뜨내기 광부들, 부족의 빈곤과 암울한 미래를 정기적으로 확인하러 찾아오는 공무원들 중 누군가가 언젠가는 라비를 범할 것이라고 생각했다. 라비가 타고난 사악한 기질이 그들을 꼬여내고야 말 것이라고 노심초사했다.

부족 사람들은 늙은 주술사를 안심시키기 위해 라비를 단속하는 일을 도왔지만, 자기들끼리 있는 곳에서는 하등 쓸데없는 걱정이라고 쑥덕거리며 비웃었다. 라비처럼 못생긴 여자아이를 범하고 싶어할 남자는 없을 것이기 때문이었다. 하지만 그렇기 때문에 더더욱, 그들도 라비를 외지인들 앞에 내보이고 싶지는 않았다. 넓데데한 얼굴, 곰보 피부, 단춧구멍 같은 눈, 커다랗고 구부정한 몸에 울긋불긋한 멍 자국이

가득한 라비의 모습은 그다지 자랑할 거리는 못 되었다. 그들이 만든 번지르르한 가짜 공예품들과 방송국 카메라 앞에서 시연하기 쉽게 관습화된 춤과 노래를 보며 '신비롭다'거나 '아름답다'고 찬사를 보내는 사람들에게, 주술사의 하나뿐인 외손녀의 초라한 몰골을 보여줘서 실망을 안기고 싶지는 않았다. 그런 것은 비밀로 남겨두는 편이 나았다.

"주술사의 후계자는 성인이 되어 정식 주술사로 등극하기 전까지는 외부인과 접촉해서는 안 됩니다. 그것이 우리 부족의 전통이에요."

추장은 최대한 근엄한 표정으로 관광객들에게 이렇게 설명했다.

라비는 자신이 성인이 되거나 다음 대 주술사가 되기 전에 죽을 것이라고 생각했다. 외부인 남자에게 해를 당하는 미래보다는 할머니에게 맞아 죽는 미래가 차라리 더 현실성 있게 느껴졌다. 할머니는 영원히 살 것이고, 자신은 오늘 아니면 내일에는 반드시 죽을 것 같았다. 그런 오늘 그리고 내일이 하루하루 연장되었다. 밤마다 라비는 아버지를 생각했다. 이름도 모르는 아버지, 할머니에게 매일 저주받는 아버지. 아버지는 저쪽 세상 한가운데에서 살아가고 있을까, 딸을 생각하기는 할까, 안부를 궁금해할까. 라비는 언젠가 아버지가 저쪽 세상 한가운데로부터 거대하고 빛나는 자동차를 몰고 찾아올지도 모른다고 상상했다. 그런 상상을 하면 공포가 조금 가라앉았다. 하지만 이내 그런 사악하고 멍청한 상상을 한 자기 자신이 싫어지고 말았다. 가끔 꿈에서 라비는 아버지를 만나 이를 드러내고 깔깔 웃었다는 이유로 할머니에게 뼈가 부러지게 맞았다. 꿈속의 라비는 맞으면서도 웃음을 멈추지 못했다.

열여섯 살 무렵 라비는 내 씨앗들을 가지고 노는 것을 그만두었다. 원주민 아이들이 으레 그렇듯 라비는 일찍 철이 들었고, 그때쯤에는 이미 지나치게 많은 것을 알아버렸으므로, 내 씨앗들에 자기만의 상상을 불어넣는 능력을 상실했기 때문이다. 라비는 내 씨앗을 몸에 두르고 싶어한 여자가 자신이 처음도 아니었고 마지막도 아니리라는 것을 알게 되었다. 라비의 할머니도, 할머니의 할머니도, 그 할머니의 할머니도 내 씨앗을 꿰어 만든 목걸이와 머리 장식을 하고 주술사가 되는 의식을 치렀다는 사실을 라비는 알게 되었다. 한때는 내 씨앗들로 만든 장신구가 주술사의 위엄을 상징했다는 사실을 라비는 알게 되었다. 수십 년 전쯤에는 백인 여자들도 내 아름다움에 열광했던 시기가 있었다는 사실 또한 라비는 알게 되었다. 백인 여자들의 기도하는 손을 위해 내 씨앗으로 자줏빛 묵주를 만드는 일을 하던 부족 소녀들이 독성에 노출되어 떼

죽음을 당한 일도 있었다는 사실을 라비는 알게 되었다. 그런 것들을 알게 되면서부터 라비는 내게 시들해졌고 차차 멀어졌다.

비슷한 시기에 라비는 봉사활동가들이 가져다준 작은 장난감들을 가지고 하는 소꿉장난도 그만두었다. 그들이 라비에게 남긴 마법 같은 친절과 호의의 기억이 희미해지자 그 물건들이 대단한 보물이 아니라는 사실도 너무나 명백해졌기 때문이다. 그것들은 라비를 구해주지 않았다. 아픔을 낫게 해주지도 않았다. 라비는 주술을 믿지 않듯이 그 물건들의 마법도 더 이상 믿지 않았다. 그래서 라비는 흙 속에 파묻어둔 유년의 비밀들을 그대로 내버려두고 다시는 찾지 않았다.

나는 나의 뿌리로 그것들을 움켰다. 지하에 퍼져 있던 균사도 그것들을 자신들의 그물로 얽어맸다. 나는 라비의 보물들이 천천히 분해되는 것을 지켜보았다. 균사체가 끊임없이 효소를 만들어내면서 안경과 잡지와 양철 케이스와 색종이와 원피스를 부스러뜨리는 과정을.

라비의 물건들이 미생물들에게 갉아먹히고 서서히 녹슬어 더 이상 흙과 분간할 수 없게 되었을 때까지도 나는 살아 있었다. 그건 라비와 라비의 할머니와 라비의 부족 사람들 모두가 죽고 그들의 시체와 그들의 물건과 그들의 집이 모두 썩어 없어지고도 한참 뒤의 일이었다.

라비의 할머니는 라비가 열여덟 살 때 죽었다. 비슷한 나이의 노인 세 명이 1년 간격으로 세상을 떠났고, 라비의 할머니가 맨 마지막이었다. 늙은 주술사는 읍내에 식료품을 사러 나갔다가 4차선 교차로에서 트럭에 치여 숨을 거두었다. 운전자가 차를 빨리 몬 탓도 있었지만, 주술사가 횡단보도 아닌 곳에서 별안간 도로로 뛰어든 탓이 컸다. 블랙박스와 CCTV 영상을 확인한 경찰들은 자살이거나 노망에서 비롯된 기행인 것 같다고 말했다. 그러자 부족 사람들은 분노했다. 언제나 혈기 왕성하고 눈빛이 형형하던 그 주술사가, 술이나 마약 따위는 손도 대지 않던 그 노인이 자살한다는 것은 그들이 생각하기에 당치도 않은 일이었다. 더구나 그들 부족의 주술사들은 대대로 노망이라는 것이 무엇인지 몰랐다. 마지막 숨을 내쉴 때까지 얼음처럼 차가운 정신과 단정한 몸가짐을 유지하다 가는 것이 바로 주술사였다. 그것이 주술사의 자격이자 증거이자 특권이었다. 일찍이 벌어진 적 없는 흉사 앞에서 부족 사람들은 자신들이 주술사의 신성성을 더 이상 믿지 않는다고 회의해왔으면서도 그 신성성에 대한 뿌리 깊은 믿음이 그들의 삶 속에 여전히 남아 있었음을 깨달았고, 그 믿음을 자각하자마자 뿌리 뽑힐 위기에 처했음을 깨달았다. 두려운 일이었다. 그래서 그들은 경찰들이 부족을 모욕하기 위해, 혹은 운전자의 과실을 덮어주기 위해 자살이니 노망이니 하는 협

잡을 부리는 것이라는 의혹을 제기했다. 그들은 오토바이를 타고 몰려가서 항의했다. 추장과 더불어 세상사에 밝은 남자들 몇이 나서서 법률가와 보험사와 상의했다. 그들은 서류를 작성하고, 전화로 입씨름을 벌이고, 울고 불며 한탄하고, 운전자의 집에 찾아가 화를 내고, 소수민족 차별 운운하며 언론사에 투서를 보내고, 그들이 할 수 있는 모든 방법을 동원해 최대한 많은 돈을 뜯어냈다. 이 사건은 이 지역 원주민들 사이에서 왕왕 일어나는 기묘한 해프닝 정도로 신문에 짧게 언급되었다.

애써 받아낸 교통사고 보상금을 관리하고 나눠 갖는 문제로 부족 안에서 싸움이 벌어졌다. 그 결과 부족 내의 두 가문이 척을 졌다. 정작 그 돈은 술과 카드놀이와 마약으로 고스란히 날아갔다. 그러고 나자 그들은 비로소 자신들을 엄습했던 두려움을 완전히 잊었다.

라비는 할머니의 죽음이 자살이었다고 생각하지 않았다. 사고였다고도 생각하지 않았다. 자신이 할머니를 죽인 거라고 생각했다. 할머니가 죽게 해달라고 정령들에게 기도하고 기도하고 또 기도했기에, 그 저주가 정령들만 알 수 있는 어떤 과정에 의해 마침내 실현되고야 만 것이라고 생각했다. 라비는 주술을 한 번도 믿어본 적이 없었지만, 그때는 그렇게 생각할 수밖에 없었다.

장례가 치러졌다. 라비는 사고 보상금의 일부와 할머니의 집과 유품을 물려받았고 자연히 다음 대 주술사가 되었다. 옛날 같았으면 신성한 일을 세습받는 데에 필요한 절차가 행해졌을 것이다. 추장이 인근의 친족들을 초대한 자리에서, 라비는 나의 씨앗에서 독을 중화한 물을 마시고, 나의 씨앗들을 꿰어 엮은 목걸이와 머리 장식을 하고서, 춤을 추고 노래를 하는 젊은이들 사이에서 당당히 주술사로 등극했을 것이다. 그러나 그런 절차를 기억하는 사람은 이제 아무도 없었다. 할머니는 라비를 주술사로 만드는 의식을 집전하지 못한 채 죽어버렸고, 라비는 주술사에게 필요한 지식들은 배웠어도 주술사가 되는 데에 필요한 지식들은 배우지 못한 채로 남았다. 마을에서 가장 호젓한 곳에 자리한 방 두 칸짜리 집과, 거기에 딸린 뒷마당에 할머니가 키우던 닭, 꿩, 할머니가 좋아하던 용과나무와 함께, 옛날이야기와 노래, 미신, 민간요법, 옛날의 수많은 금기들과 함께 라비는 남겨졌다.

라비는 할머니가 죽기만 하면 모든 게 끝날 것이라고 믿었었다. 모든 금기가 사라지고 자유가 펼쳐질 것이라고. 그러나 할머니의 죽음 뒤에도 라비는 여전히 할 수 있는 일이 별로 없었다. 갑자기 공용어를 잘하게 되지도 않았고, 갑자기 얼굴이 예뻐지거나 피부가 고와지지도 않았다. 그러므로 취직을 할 수도 없었고 결혼을 하거나 매음을 할 수도 없었다.

할머니는 소수민족의 노인으로서 지원금을 받아 생계를 해결했다지만, 라비는 젊고 건강하기에, 비록 이제 막 열여덟 살이 되었다고는 해도 어쨌든 성인이기 때문에 그런 지원금을 받을 수는 없다고 했다. 먹고살려면 일을 해야 했다. 무슨 일이라도 해야 했다.

한동안 라비는 부족의 다른 여자들 사이에 끼어서 관광객에게 내다 팔 공예품을 만드는 일을 돕거나, 삯바느질을 하거나, 할머니가 키우던 닭과 꿩 들을 돌보거나, 용과로 술을 빚으면서 시간을 보냈다. 저녁에는 공용어를 공부했다. 주말에는 읍내의 시장까지 걸어가서 좌판에 달걀, 늙은 가금의 고기, 용과주를 내놓았다. 라비가 거의 팔지 못하는 것을 보고 다른 장사꾼들이 측은히 여겨 비누 한 토막이나 건전지 한 팩을 달걀과 맞바꿔주기도 했다. 아무것도 팔지 못하고 아무 물건도 얻지 못한 날 집까지 터덜터덜 걸어서 돌아가는 길이면 라비는 가끔 흙바닥에 주저앉아 울었다. 시장에서 집까지는 걸어서 두 시간이 걸렸다. 다리가 아프고 발에 피가 났다. 신발을 꿰매도 꿰매도 금방 해졌다. 새 신발을 살 돈이 필요했다. 아니, 오토바이를 살 돈이 필요했다. 그 사실을 절실히 깨달았을 때에야, 라비는 자신이 추장에게서 나눠 받은 교통사고 보상금의 일부가 터무니없이 적은 금액이었다는 사실을 알게 되었다.

하지만 이제 와서 항의할 수는 없었다. 게다가 그러고 싶지도 않았다. 할머니의 죽음으로 생겨난 돈을 조금이라도 더 가지려고 싸우고 싶지 않았다. 다만 라비는 추장의 집에 있는 사륜구동 차와 오토바이가 부러웠다. 그의 집에 있는 발전기가, 냉장고가, 수세식 변기가 부러웠다. 추장의 아들은 우라늄 광산의 십장이었고, 누가 그 광산에서 일하느냐 마느냐 하는 문제가 그의 손에 달려 있었다. 젊은 남자들은 그의 친구가 되고 싶어했다. 젊은 여자들은 그의 아내와 친하게 지내는 한편 은밀히 그의 정부가 되고 싶어했다. 라비는 그러고 싶지 않았다. 다만 오토바이가 갖고 싶었는데, 그건 평생을 일해도 못 가질 성싶었다.

밤이 되면 라비는 술을 마셨다. 술을 마시고, 관광객들과 어울려 카드 놀이를 하고, 그중 한 남자와 밤을 보냈다. 또 술을 마시고, 또 다른 남자와 밤을 보냈다. 또 술을 마시고, 또 다른 남자와 밤을 보냈다. 가끔 라비는 못생겼다는 이유로 남자에게 얻어맞았다. 가끔은 남자가 잠든 사이에 그의 호주머니에서 돈을 훔쳐서 달아났다. 가끔은 고주망태로 숲속을 헤매다 내 앞에서 쓰러져 잠들고는 이른 저녁 깨어나 아무것도 기억하지 못했다. 술에 취하면 라비는 공용어를 모두 잊어버렸다. 라비의 술주정을 알아듣는 사람은 아무도 없었다. 그렇게 방종하게 지내는 동안 할머니가 생전에 걱정했던 일은 한 번도 일어나지 않았다. 라비는 피임에 철저했고, 남자들은 라비에게서 자식을 보고 싶어하지 않았다. 거대하고 빛나는 자동차를 탄 중년의 남자 관광객이 라비를 불쑥 찾아오거나 하는 일도 없었다. 라비가 어떤 남자에게 이를 드러내고 깔깔 웃는 일도 없었다. 그런 일은 일어나지 않았다.

라비가 스무 살이 되던 어느 날 아침, 시장에 내다 팔 달걀과 용과주와 구슬 팔찌와 깃털 귀고리를 가지고 소로를 따라 걸어가던 길에, 학교에 가던 한 무리의 아이들과 마주쳤다. 아이들은 라비가 뒤에서 걸어오는 줄도 모르고 재잘거리고 있었다. "주술사? 그게 무슨 주술사야. 주술 같은 걸 하는 건 한 번도 못 봤다. 맨날 술이나 마시고 떡이나 치고 괴상한 헛소리나 지껄이던데." "우리 엄마 말로는 주술사가 백인 남자 피를 타고나서 그렇대. 사실 우리 부족이라고 할 수도 없댔어." "말도 안 돼." "진짠데. 정말이야. 우리 엄마가 그랬다니까." "그러면 주술사가 되면 안 됐던 거 아니야? 백인 피가 섞였으면, 교회에 다녀야지." "아니야, 우리 엄마 말로는 주술사들은 원래 미쳤댔어. 미친 여자들이나 하는 일이랬어."

그때 라비는 할머니가 왜 죽었는지 이해했다. 자신이 할머니를 죽인 것이 아니라는 것을. 할머니는 스스로의 공포 때문에 죽었다는 것을. 할머니가 언제나 공포에 쫓기고 있었다는 것을.

라비는 갑자기 늙은 기분이 들었다. 자신의 말을 이해하는 노인들이 다 죽어버린 세상에서 홀로 남은 라비는 순식간에 수천 살이나 나이를 먹은 것 같았다. 라비는 자신의 어머니와 그 어머니의 어머니와 그 어머니의 어머니가 말을 걸어오는 것을 느꼈다. 아무도 기억하지 않는 기억들이 자신에게 천천히 몰려오는 것을 느꼈다. 유사처럼, 조류처럼, 시간처럼.

나의 조상들은 약 9천만 년 전에 세상에 태어났다. 지구가 지금보다 더 따뜻하던 시절이었다. 공기는 습했고, 바다는 넓고 잔잔했으며, 땅 곳곳에서 뜨거운 황금빛의 액체가 흘러나왔다. 거대한 온실 같은 세상에서 우리 조상들은 풍요를 누리며 빠르게 번성했다. 그때 지상은 우리의 왕국이었다. 적도의 하늘 아래에서부터 머나먼 북쪽의 극지대에 이르기까지 우리는 구석구석 뻗어나가며 땅을 녹색으로 물들였다. 우리의 다양한 언어가 바람을 타고 쉴 새 없이 흘러다니는 동안, 그 언어를 알아듣는 동물들이 우리의 꿀과 열매를 취하러 수없이 찾아왔다. 우리는 그들을 먹였고 그런 다음에는 그들을 먹었다. 그 시대가 오래 이어졌다. 인간이라는 종족이 나타나서 우리 모두에게 '식물'이라는 이름을 붙인 것은 그보다 한참 뒤의 일이었다.

어떤 남자들이 우리를 알고 싶다며 찾아왔다. 학자들이었다.

한 무리의 학자들이 마을에 나타나 자신들을 소개했을 때 부족 사람들은 경계했다. 학자들의 목적도, 요구하는 대가도 분명치 않았기 때문이었다. 관광객들은 즐거움을 사고 싶어했다. 방송국 기자들은 볼거리를 사고 싶어했다. 그런데 학자들의 요구는 모호하기만 했다.

"저희는 여러분에게서 옛날이야기를 듣고 싶어서 왔습니다."

추장의 집에 모인 사람들 앞에서, 학자들 중 한 남자가 지나치게 친근한 웃음을 지으며, 지나치게 큰 목소리로 말했다. 그는 인류학자라고 했다.

"여러분의 전통에 대해, 그리고 이곳에서 나는 식물들에 대해 알고 싶어서 왔어요. 그뿐입니다."

추장은 수완이 좋은 남자였다. 그는 먼 곳에서 찾아온 이 이방인들을 무작정 도외시하기보다는 무언가 이득을 취할 기회로 삼아야겠다고 판단한 듯했다. 그는 라비를 가리키며 점잖게 말했다.

"그런 지식은 여기 우리 주술사님이 다 알고 계시기는 하지. 살아 있는 전통의 화신이나 마찬가지인 분이라오. 하지만 외부인들에게 그런 지식을 알려주려고 하실지……."

추장이 말꼬리를 흐리자, 그의 아들이 고개를 끄덕이며 맞장구를 쳤다.

"게다가 우리도 그렇고 주술사님도 그렇고, 한가한 사람들이 아니라서 말이야. 다들 생업이 있다고."

하지만 학자들은 그들의 말이 들리지 않는 눈치였다. 그들은 놀란 눈으로 라비를 쳐다보고 있었다. 사멸 위기에 처한 소수 언어를 구사하는 사람이 라비처럼 어린 여자이리라고는 미처 예상하지 못한 눈치였다.

"제가 듣기로는, 이 부족의 주술사는 나이 지긋한 어르신이라고 하던데요?"

학자들 중에서 또 다른 남자가 미심쩍은 듯 물었다. 그는 식물학자라고 했다.

부족 사람들이 서로 눈치를 보며 고개를 저었다.

"그분은 얼마 전에 돌아가셨어요."

그러자 인류학자가 탄식하더니 라비의 손을 덥석 부여잡으며 말했다.

"실례했습니다. 고인의 명복을 빕니다."

인류학자는 희귀한 광물이나 값비싼 유물을 보듯이 라비를 쳐다보았다. 그다지 죽은 주술사의 명복을 비는 표정으로는 보이지 않았다. 얼떨떨히 침묵하는 라비에게 인류학자는 의욕적으로 자신의 연구에 대해 설명했다.

"당신의 언어가, 지식이 얼마나 중요한지 모를 겁니다. 하지만 그건 정말로 중요해요. 이 지역에서 수백 수천 년 전부터 살아온 사람들의 지혜와 사고방식이 그 안에 통째로 들어 있다고요. 그 지식들이 인류 전체에 어떤 영향을 줄지는 아무도 모르는 겁니다. 이제껏 밝혀지지 않은 새로운 동물에 대한 정보가 들어 있을 수도 있고, 난치병 치료제 개발의 단초가 나올 수도 있고, 지구에 거대한 재앙이 닥쳤을 때 우리가 살아남는 데에 필요한 비법이 전해질 수도 있고……. 못 믿는 표정이군요. 하지만 실제로 많은 것이 그런 식으로 밝혀졌어요. 당신 한 사람이 우리에게 얼마나 큰 도움을 줄지 모르는데, 당신과 당신의 언어가 아무도 모르는 사이에 사라질 수도 있었다고 상상하면……."

인류학자는 빠른 공용어로 설명을 늘어놓다가, 라비의 멍한 얼굴을 보고는 목소리를 낮췄다.

"부담 갖지는 말아요. 그냥 당신이 아는 이야기를 들려준다고 생각하세요. 저희가 듣고 싶은 건, 식물에 관련된 이야기예요. 당신의 부족이 예로부터 음식으로, 약으로, 옷으로, 그 외에 여러 방식으로 써온 식물들에 대한…… 그런 이야기를 아는 대로 해주면 돼요."

라비는 되물었다.

"하지만 그 이야기들이 인류에 아무 쓸모도 없다면요?"

인류학자가 멈칫했다.

"아니, 지식의 다양성은 그 자체로 존중되어야……."

그러자 식물학자가 인류학자의 말을 가로챘다.

"그런 걱정까지 하실 필요는 없어요. 이건 그렇게 거창한 일이 아닙니다. 그저 저희는 이곳에서 여러분과 몇 달간 같이 지내고 싶은 겁니다. 최대한 폐 끼치지 않게 노력하겠습니다. 여러분이 하는 일들을 저희도 도울 테고요. 짬짬이 옛날 이야기도 들려주시면 감사하지요. 그러면 저희가 고마움의 표시로 나름의 선물도 하겠습니다. 괜찮으실까요?"

식물학자의 말은 훨씬 알아듣기 쉬웠다. '선물'이라는 단어가 나오자마자 자리에 모인 부족 사람들의 얼굴에 일제히 이해의 빛이 스쳤다. 그리고 그들 모두의 시선이 라비에게 쏠렸다. 라비는 흠칫 놀랐다. 그들은 전에 없이 기대감으로 가득 찬, 사실상 허기에 가까운 눈빛으로 라비를 주목하고 있었다.

라비가 뭐라고 대답할 새도 없었다. 추장부터 시작해 부족 어른들이 자못 근엄하게 한마디씩 꺼내기 시작했다.

"우리 전통과 생활에 대한 예의를 지킨다면야 안 될 것도 없지."

"우리의 훌륭한 전통을 세상 사람들에게 알릴 기회가 왔으니, 돌아가신 전대 주술사님도 기뻐하실 게야."

“여기 계신 라비 주술사님은 박식함도, 심성도 제 조모의 것을 그대로 물려받았어. 아무렴, 얼마나 엄하게 수련을 받았는데.”

“선생님들, 무슨 식물에 대해서든지 주술사님께 다 물어봐요. 모르는 게 하나도 없을걸.”

라비는 아무 말도 않고 인류학자를 흘끔거리기만 했다. 사실 라비는 딴생각을 하고 있었다. 자신의 못생긴 얼굴을 저렇듯 열띤 눈으로 바라보는 남자는 처음이라는 생각이었다.

옛날에 한 노파가 있었다. 어느 날 노파는 하늘의 달이 자신에게 말을 거는 꿈을 꾸었다. 보름달이 뜨는 날 밤에 숲속 연못가로 가보면 한 아기가 있을 테니, 그 아기를 데려다가 키우라는 말이었다. 사흘 뒤 보름달이 뜨자 노파는 연못으로 가보았다. 과연 기슭의 풀숲에 아기가 누워 울고 있었다. 여자아이였다. 노파는 아기를 집으로 데려가서 딸로 삼고, 달 소녀라는 이름을 붙이고 정성껏 키웠다.

달 소녀는 착하고 예쁘게 무럭무럭 자랐다. 그런데 기이한 점이 있었다. 달 소녀가 침을 뱉으면 그 침이 온갖 보물로 변하는 것이었다. 접시, 산호, 호박, 머리빗, 방울, 거울 따위의 물건이 쏟아져 나왔다. 그 물건들 덕분에 노파는 금세 부자가 되었다.

마을 사람들은 노파가 귀한 보물들을 어디서 자꾸만 구해오는지 의심을 품었다. 그중 남자들이 노파의 비밀을 알아내기로 하고, 노파가 보물을 내다 팔러 나간 틈을 타서 집에 몰래 찾아갔다. 집 안에서는 달 소녀가 침을 뱉어서 진주를 만들고 있었다. 남자들이 달 소녀를 둘러싸고 진주를 달라고 요구하자, 소녀는 그들 모두에게 진주를 나누어 주었다.

이후로 남자들은 매일 노파가 집을 비운 시간에 소녀를 찾아가 보물을 얻어냈다. 그들은 그 비밀을 자기들끼리만 알고 있으려 했지만, 소문은 퍼져나갔다. 소녀의 집을 찾는 사람들은 날이 갈수록 늘어갔다. 그들은 날이 갈수록 더 많은 요구를 했고, 소녀는 그 요구를 모두 들어주었다. 소녀는 수정, 화병, 부채, 향로, 비단을 만들어주었다.

그렇게 아흐레째가 되던 날 마을 사람들은 모여서 의논을 했다. 그들은 달 소녀를 이대로 두면 안 된다고 판단했다. 귀하고 값비싼 물건들을 멋대로, 무한정으로 만들어내는 소녀의 능력은 경탄을 넘어 이제는 분노와 시샘과 두려움을 샀다. 사람들은 소녀를 죽이기로 결정했다.

그믐밤, 남자들 중 한 명이 소녀의 집에 숨어들어가

소녀를 목 졸라 죽였다. 그리고 소녀의 시체를 그곳에 내버려두고 달아났다.

이후에 집에 돌아온 노파는 딸의 시체를 발견하고 슬피 울다가, 시체를 여러 토막으로 나누어 들에 묻었다. 그러자 땅속에 묻힌 달 소녀의 토막난 몸에서 그때까지 세상에 존재하지 않았던 식물들이 자라났다. 소녀의 머리에서는 코코야자가, 소녀의 가슴에서는 사고야자가, 소녀의 엉덩이에서는 고구마가, 소녀의 음부에서는 용과가, 소녀의 발에서는 토란이 나왔다. 그리고 소녀의 손에서는 내가 나왔다.

이를 본 사람들이 그 들판에서 다 함께 작물들을 재배하기 시작했다. 이것이 바로 최초의 밭이었다.

인류학자가 라비의 이야기를 알아듣기는 쉽지 않았다. 라비는 공용어에 서툴렀고 라비의 말을 통역해줄 다른 사람도 없었다. 어쩔 수 없이 인류학자도 옛말을 어느 정도 익혀야 했다. 그는 어디선가 이 부족과 가까운 이웃 부족의 언어를 조사한 연구자들이 만들어놓은 녹음 테이프와 단어집을 가져오더니—라비는 그런 것이 존재하는 줄도 몰랐다—그 자료들을 토대로 라비의 말을 배우려 했다.

라비는 자신이 누군가에게, 심지어 이방인 남자에게 이

오래된 언어를 가르칠 날이 오리라고는 상상도 하지 못했다. 자신이 과연 잘 가르칠 수 있을지 걱정스러웠다. 하지만 인류학자는 별로 걱정하지 않는 듯했다. 그는 대체로 라비가 하는 말들을 자기식대로 받아들였고 이해했다고 믿으면 만족했다.

매일 라비는 이방인 학자들 앞에서 옛날이야기를 하거나, 옛날 말을 가르치며 시간을 보냈다. 또 옛날 노래를 부르고 옛날 주술을 행해 보였다. 나무껍질을 얼기설기 짜서 엮은 옷을 걸치고 얼굴을 무시무시한 색깔로 칠하고 춤을 추는 법, 식물의 열매를 짓이기거나 뿌리를 태우거나 기름을 짜내는 법, 야자의 속을 파내거나 가루를 내고 죽을 쑤는 법, 닭과 꿩으로 질릴 대로 질린 음식을 질리도록 만드는 법 따위를 시연해 보였다. 인류학자는 자신의 불완전한 옛말과 라비의 불완전한 공용어를 조합해가며 뜻을 해석하려 노력했고, 그 과정에서 식물학자를 비롯한 동료들과 공용어로 무언가 토론하기도 했다.

그 과정에는 품과 시간이 많이 들었고 일손이 필요했다. 여자들도 남자들도 팔을 걷어붙이고 불을 피우거나 냄비를 젓거나 야자 가루를 빻거나 바느질을 하는 작업을 돕기 시작했다. 일터나 학교에 다니느라 바쁜 사람들도 무언가 거들고 싶어서 기웃거렸다. 저마다 자기 어머니, 할머니, 어머니의 할머니에게 들었던, 기억하는지도 몰랐던 이야기들을 한 토막씩 떠올려 학자들에게 일러주기도 했다. 그러다 보면 서로의 이야기가 충돌해서 옥신각신하게 될 때도 있었지만 싸움으로 번지지는 않았다. 학자들은 누구의 말이 맞건 상관없으니 걱정하지 말라 했다. 모처럼 부족에 활기가 돌았다. 어떤 어른들은 라비의 할머니를 추억하며 새삼 회한으로 눈물 지었고, 어떤 소녀들은 라비를 험담하고 다녔던 일을 자진해서 사과했다.

라비에게는 이 모든 변화가 혼란스러웠다. 그들 부족은 갑자기 행복해진 듯 보였다. 단지 학자들이 주는 선물, 그러니까 돈 때문에 그런 것 같지는 않았다. 물론 돈도 중요했지만 그것이 다는 아니었다. 그들은 할 일이 생긴 것에 기뻐했고, 그 일들을 다 같이 하고 있다는 것에 기뻐했으며, 그 일들이 다른 누구도 아닌 자기 자신들을 위한 일이라고 여겨서 기뻐했다. 그도 그럴 것이, 학자들은 사람들이 다른 누구도 아닌 스스로를 위해 일하고 있다고 느끼게끔 해주었다. 관광객들이나 방송국 사람들과는 달랐다. 학자들은 라비나 라비의 부족 사람들을 꺼리거나 멸시하는 행동을 하지 않았다. 그들은 부족 사람들과 다 같이 어울려 음식을 해 먹었고, 집을 고치고 비질을 하고 가구를 만들고 가축을 잡는 일을 도왔다. 저녁에는 기타를 치고 노래를 부르며 밤을 보냈다. 오전에는 주변 숲이나 밭을 산책하며 식물과 동물 들을 둘러보고, 사진을 찍거나 표본을 채집하곤 했다. 그들은 복잡하고 기묘한 기계를 많이 갖고 있었는데, 추장의 집에 있는 발전기로 그것들을 충전해 쓰면서 다른 사람들도 만져볼 수 있게 해주었다. 노트북, 스마트폰, 카메라, 현미경 따위였다. 그들은 가끔 울었고, 가끔 자기들의 고향 이야기를 했다. 텀블러에 담긴 커피를 마시면서 토론을 하거나, 위성 라디오를 듣거나, 공터에서 부족 남자들과 공놀이를 했다. 공놀이를 하거나 일을 하고 난 그들의 몸에서는 부족 사람들과 똑같은 냄새가 났다. 흙 냄새와 풀 냄새와 땀 냄새.

부족 사람들은 그들을 좋아했고 신뢰했다. 하지만 라비는 그들을 못내 믿을 수 없었다. 그들이 도대체 무엇을 원하는지 이해할 수 없었기 때문이다. 그들은 라비의 이야기나 노래나 춤에 큰 감명을 받는 것 같지 않았다. 라비가 전해주는 지식을 진지하게 듣고 기록하기는 했지만 그 진지함이 무엇을 위한 것인지 알 수 없었다. 학자들 중 한 명이 거머리에 물렸을 때, 라비는 약이라도 준비해줘야 하나 싶어서 학자들의 숙소를 기웃거렸지만 그들은 라비가 왜 왔는지 영문을 모르겠다는 반응을 보였다. 짧은 순간이었지만 그때 라비는 그들이 자신의 주술을 전혀 믿지 않는다는 것을 알았다. 그들은 라비의 치료술이나 축복이나 지혜에서 어떤 개인적인 혜택을 입을 수 있다고는 기대하지 않았고, 그럴 필요도 느끼지 않았다. 그러면서도 라비와 라비의 부족 사람들의 지식을 사는 대가로 돈을 주겠다고 하고 있었다. 그 돈을 받아도 되는 것일까? 속는 듯한 느낌을 떨칠 수 없었다.

더욱이 그들에게서 돈을 받고 관리하고 나누는 일은 늘 그렇듯 추장이 맡아 하고 있었다. 라비는 학자들을 믿지 못하는 것만큼 추장 역시 믿지 못했다. 추장은 학자들과의 '협력'으로 말미암아 그들 부족의 삶이, 미래가 본질적으로 변하리라는 듯이 말하며 사람들을 고무했지만, 라비는 학자들이 이곳에서 무엇을 어떻게 한들 자신의 집이 넓어지거나 냉장고나 수세식 변기가 들어서거나 오토바이가 생길 날은 올 성싶지 않았다. 학자들이 아스팔트 도로를 놔줄 것도, 공정무역 계약을 맺어줄 것도, 병원을 지어줄 것도 아니었다.

특히 학자들 중에서도 라비가 가장 자주 상대하는 인류학자 남자는 라비를 두렵게 했다. 다른 학자들은 시종일관 상냥해서 속내를 짐작할 수 없는 반면, 인류학자는 라비가 종잡을 수 없는 이유로 감정이 들쑥날쑥 변했다. 그는 라비의 작은 호의에도 어이없을 만큼 쉽게 감동하는가 하면, 별 의미 없는 말 한마디에도 돌연 울적해졌다. 노트북과 책과 서류들을 뒤적이며 눈이 시뻘겋게 충혈되도록 연구에 매달리는 그의 모습은 무언가에 쫓기는 듯 초조해 보였다. 가끔, 아주 가끔, 라비의 말을 알아듣기 힘들 때면 짜증을 부리기도 했다.

"도대체 무슨 소리 하는 겁니까? 정령이 뭐 어쨌다고요?"

"에이 씨, 알아듣게 말을 해야지."

한번은 라비에게 부족의 옛말을 배우다가 납득이 안 된다며 시비를 건 적도 있었다. 그건 식물, 정확히는 나와 관련된 이야기였다.

"'노망들다'가 여기 표현으로 '자주콩이 토하다'라고요? 왜요? 왜 그렇게 표현하죠? 아니, 모른다고요? 주술사가 그런 것도 몰라요? 게다가 자주콩'을' 토하면 토하지, 어떻게 자주콩'이' 토해요, 문법적으로 안 맞지 않아요? 뭔가 이상한데……."

인류학자가 그렇게 고압적으로 몰아세울 때면 라비는 주눅이 들었다. 사실 라비는 제대로 된 주술사가 아니었다. 의식을 치르지도 않고 주술사가 된 사이비. 이방인의 피가 흐르는 가짜 주술사. 혹시 저 남자가 자신의 정통성을 의심하는 것이 아닐까, 치부를 꿰뚫어본 것이 아닐까, 자격 미달이라고 여기고 무시하는 것은 아닐까 하고 라비는 늘 불안해했다. 하지만 그러다가도 다음 날이면 인류학자는 라비를 처음 보았던 그날처럼 경이감에 사로잡힌 눈으로 "당신은 이 시대의 진정한 마지막 주술사"라고 찬사를 보내는 것이었다. 라비는 자신이 마지막 주술사이고 그 이후로는 아무도 없으리라는 의미가 담긴 그 말을 기쁘게 받아들여야 할지 불쾌해해야 할지 몰라 떨떠름했다.

그나마 다행인 것은 라비만이 아니라 다른 사람들도 인류학자 남자를 그리 좋아하지는 않는 것 같다는 점이었다. 종종 인류학자의 욱하는 행동 때문에 같은 학자들 사이에서도 긴장이 감도는 것을 라비는 느낄 수 있었다. 특히 식물학자 남자와 사이가 안 좋아 보였다. 그는 인류학자와 여러모로 대조적인 사람이었다. 과묵하고 쌀쌀맞은 편이었으며 표정에 큰 변화가 없었다. 그런 그가 인상을 쓰거나 언성을 높이는 경우는 오로지 인류학자와 말다툼을 벌일 때였다. 하지만 라비 앞에서는 티 내지 않으려고 애썼기에 그들이 정확히 무엇 때문에 부딪치는지는 알기 어려웠다.

어느 날, 라비가 들려준 '달 소녀 전설'을 채록하고 정리하던 인류학자와 식물학자가 자기들의 언어로 토론을 하던 중이었다. 인류학자가 하는 말에 식물학자가 흥분해서 뭐라고 받아치자, 인류학자가 더욱 흥분해서 목소리를 높였다. 그런 실랑이가 한동안 이어졌다. 그들이 라비가 보는 앞에서 이렇게까지 드러내놓고 싸우는 것은 처음이었다. 그들의 공용어는 너무 빠른 데다 어려운 어휘가 잔뜩 섞여 있었지만, '달 소녀', '자주콩', '농사' 같은 반복되는 단어들은 알아들을 수 있었다. 자리에 없는 사람처럼 한편에서 가만히 지켜보고만 있던 라비에게 인류학자가 불쑥 물었다.

"라비, 그 이야기 다시 한번 해주겠어요? 달 소녀 이야기요. 달 소녀의 시체에서 어떤 식물들이 나왔다고 했죠?"

달 소녀 이야기는 그들 부족 사이에서 가장 오래된 전설 중 하나였다. 할머니에게서 수없이 되풀이해 들었던 이야기이기도 했다. 라비는 고민할 것도 없이 대답했다.

"코코야자, 사고야자, 고구마, 용과, 토란, 자주콩요."

인류학자는 이런 종류의 설화에 익숙했다. 그건 이 일대 문화권에서 흔히 전해져 내려오는, 식용작물의 출현과 인간이 농경을 시작한 기원을 설명하는 이야기 중 하나였다. 여신이 대지에 묻힘으로써 그 육신은 은혜로운 작물로 거듭난다. 그리고 인간들은 그 여신을 죽임으로써 비로소 농사 짓는 인간으로 진화한다. 라비가 들려준 이야기는 인류학자가 아는 판본들과 세부 사항에서 차이가 있었지만 큰 틀에서는 같았다. 달 소녀는 라비의 부족에게 코코야자와 사고야자와 같은 필수적인 과실과 고구마와 토란과 같은 덩이줄기 식물을 주었다. 이제 기후와 토질의 변화 때문에 이곳 사람들은 야자나 토란 재배 경쟁에 뛰어드느니 우라늄 광산에서 일하는 것을 선호하게 되었지만, 그럼에도 첫 농경의 기억은 이야기 속에서 오래도록 전해지는 법이었다.

한 가지 흥미로운 부분은 용과였다. 용과는 열대식물이

기는 해도 이 지역 원산이 아니었고, 자료에 의하면 이 부족이든 인근의 다른 부족이든 용과를 수입하여 주요한 작물로 재배한 적이 없다. 그러나 라비의 달 소녀 신화에 용과가 나온다는 것은 이 부족의 생활에서 언젠가 한 번은 용과가 중요한 역할을 한 적이 있었다는 것을 뜻했다. 그 경험이 신화의 내용에 영향을 미쳐 라비의 판본이 만들어진 것이라고 추정할 수 있었다.

그러나 인류학자가 이해할 수 없는 것은 그다음 부분이었다. 달 소녀의 손에서 '자주콩'이 자랐다는 부분.

식물학자의 설명에 따르면, 나는 작물이 아니었다. 독성식물인 나는 야자나 덩이줄기나 용과처럼 사람의 생존에 기여하는 식량과는 거리가 멀어도 한참 멀었다. 어떤 지역에서는 내 잎사귀와 기름을 약으로 사용하는 민간요법을 개발하기도 했지만, 그건 고대문명이 고도로 발달한 곳이었고, 그런 경우에도 나를 약용작물로 본격적으로 재배한 것은 아니었다. 확실한 것은 내 씨앗에 들어 있는 맹독의 효과뿐이었다. 인간을 비롯한 동물들은 오래전부터 내 씨앗을 먹으면 죽는다는 것을 알고 나를 멀리했다.

그런데 인간에게 이로운 식물을 전해준 여신의 이야기에 왜 뜬금없이 내가 등장하는 것인지, 인류학자는 이해할 수 없었다.

학자들은 라비에게 이 부족에서 자주콩을 어떻게 활용하느냐고 물었다. 그러자 라비는 주술사가 계승식에서 자주콩을 달인 물을 마시는 풍습이 있다고 대답했다. 학자들이 그 물을 어떻게 만드느냐고 묻자, 라비는 별안간 얼굴이 굳더니 입을 꽉 다물었다.

학자들이 나를 중화하는 법을 묻기 시작했을 때 라비는 어느 때보다도 큰 두려움에 휩싸였다. 라비가 그들에게 "그건 비밀이라서 알려줄 수 없다"고 대답했던 것은 궁여지책이었다. 그 외에는 그들의 질문을 피할 구실이 달리 떠오르지 않았던 것이다. 다행히도 그 방법은 효과가 있었다. 라비의 경직된 태도를 부족의 자존심과 결부된 분노 같은 것으로 해석한 듯, 그들은 더 이상 자세히 묻지 않고 일단 물러나주었다. 그래서 라비는 자신이 주술사 계승 의식에 완전히 무지하다는 것을 들키지 않을 수 있었다.

하지만 인류학자는 포기하지 않았다. 그는 라비에게 나와 관련된 다른 이야기라도 더 들려달라고 부드럽게 부탁했다. 부드러운 태도는 그와 어울리지 않았지만 그럼에도 그는 노력했다. 나에 대한 다른 전설, 속담, 역사, 활용 방식, 무엇이라도 좋으니, 막연한 기억이나 개인적인 일화라도 들려달라고 간청했다.

라비는 곤혹스러웠다. 라비는 근 몇 년간 내게 관심이 없었지만 어렸을 때 많은 시간을 나와 함께 보냈으니 나에 대해 나름대로 잘 알고 있었다. 하지만 그중에서 학자들에게 해줄 만한 이야기는 하나도 없는 것 같았다. 씨앗들을 꼬투리에서 똑똑 뽑아내 던지며 놀았던 이야기? 껍질을 바스라뜨릴 때에는 위험하니 장갑을 껴야 한다는 이야기? 새들이 내 씨앗을 먹어도 괜찮은 이유에 대한 이야기? 내 씨앗을 보석이라고 상상하며 소꿉장난을 하고 놀았던 이야기? 라비가 아무리 뭘 몰라도 그런 바보 같고 사소한 이야기들이 인류에 보탬이 될 리 없다는 것쯤은 잘 알고 있었다. 그 외에는 또 무엇이 있던가? 옛날에는 주술사가 계승식에서 내 씨앗으로 만든 목걸이와 머리띠를 찼다지만 라비는 그런 의식을 치르기는커녕 구경조차 해본 적 없다는 이야기? 아니면 옛날 옛날, 라비의 할머니의 할머니뻘 세대 여자들이, 백인 여자들이 교회에서 기도할 때 쓰는 묵주를 내 씨앗으로 만들어서 팔다가 내 독에 피부가 닿는 바람에 죽어나갔다더라는 비극적인 이야기?

라비는 더 이상 아는 이야기가 없다고 말했다. 하지만 인류학자는 그 말을 믿지 않았다. 그는 라비가 남모르는 비밀 이야기들을 숨기고 있다고 생각하는 듯, 잠시 포기하는 척했다가도 다시 같은 질문을 꺼냈다. 그의 조바심 어린 얼굴 앞에서 라비는 쩔쩔맸다. '주술사가 그런 것도 몰라요?'라던 그의 힐난이 떠올랐다. '그게 무슨 주술사야'라거나 '우리 부족이라고 할 수도 없댔어'라거나 '주술사들은 원래 미친 여자들이나 하는 일이랬어'라던, 부족 아이들의 험담도 떠올랐다. 그런데 또 그와 동시에 라비를 가리켜 '이 시대의 진정한 마지막 주술사'라던 인류학자의 찬사도 떠올랐다. '전대 주술사님의 지식과 심성을 그대로 물려받은, 우리 부족 전통의 화신'이라던 추장의 입발린 말도 떠올랐다. 라비에게 쏠리는 부족 사람들의 기대에 찬 눈빛과 다정한 말들도, 갑자기 행복해진 사람들의 일상도, 그리고 그전의 일상이 어땠는지도 떠올랐다.

라비는 무언가 이야기를 해야 한다는 압박감을 느꼈다. 그럴듯한 이야기를. 그럴듯한 이야기가 어떤 것인지에 대해서는 라비도 감이 있었다. 라비는 자신이 아는 전설들과 불완전한 일화들을 얼기설기 짜깁기해 순식간에 새로운 이야기 한 편을 만들어낼 수 있었다. 그건 쉬운 일이었다. 그래서 라비는 그냥 그렇게 했다. 인류학자에게 못 이긴 척하며, 나에 대해, 내가 이 부족의 주술사들에게 어떤 의미인지에 대해, 그 정확한 활용법이 왜 비밀인지에 대해 마지못한 척 이야기했다.

"……자주콩 씨앗은 우리 부족 안에서 신성한 열매예요. 달 소녀가 그 후예들에게, 그러니까 주술사들에게 내린 선물이니까요. 그건 우리 주술사들만의 특권이자 상징이라고 할 수 있어요.

그래서 우리는 주술사 계승식에서 자주콩 씨앗들을 꿰어 만든 목걸이를 걸고 머리 장식을 써요. 그 붉은 씨앗들을 두르고서, 우리가 아름답고 또 위험하고 강력한 존재임을 만천하에 드러내지요. 그리고 부족의 젊은 남자들이 우리를 둘러싸고 춤을 추며 노래를 부르면, 우리는 입 안에 물고 있던 자주콩 씨앗을 한 알씩 꺼내서 그들에게 나눠줘요……. 좋은 춤과 노래를 선보인 청년에게는 많이 주고, 그렇지 못한 청년에게는 조금씩 주지만, 최소한 한 알씩은 다 나눠주지요. 독이 있는 씨앗을 어떻게 입에 물고 있을 수 있냐고요? 그건 우리가 주술사이기 때문이죠. 청년들은 주술사가 내보이는 그 특별한 힘에 경의를 표하는 거예요.

차기 주술사 소녀는, 청년들 중에서 가장 훌륭한 춤과 노래를 선보인 한 명을 선택해요. 그러면 그 남자는 그날 밤 차기 주술사 소녀와 동침하고, 소녀의 성기에서 피를 흘리게 해야 해요. 소녀는 동침하기 전에 자주콩을 달인 물을 마셔서 죽음의 정령들을 물리치고 몸을 깨끗이 해야 하고요.

그렇게 밤을 보내면 달 소녀가 축복을 내려서 차기 주술사 소녀에게 특별한 예지력을 준답니다. 다음 날 아침, 소녀는 눈을 뜨자마자 간밤 꿈속에서 달 소녀에게 들은 이야기를 자신과 동침한 남자에게 들려줘야 해요. 그 이야기는 그전까지 누구도 들은 적 없고, 앞으로 누구도 들을 수 없는 이야기여야 해요.

이야기를 들은 남자는 소녀가 진정한 주술사가 되었다고 온 부족 사람들에게 선포합니다. 그러면 소녀는 그날부터 주술사로 등극하고, 그날은 경사스러운 날로 모두가 함께 맛있는 음식을 나눠먹는답니다."

이야기가 끝났을 때, 라비는 인류학자의 얼굴을 보았다. 인류학자는 행복한 표정이었다. 라비는 자신이 인류학자가 듣고 싶은 바로 그런 종류의 이야기를 했다는 것을 깨달았다. 그러자 라비는 단순한 안도감만이 아닌, 이전엔 알지 못했던 어떤 후련함을 느꼈다.

할머니가 살아 있었다면 지금 이 상황을 보고 노발대발하다 그예 졸도했을 것이다. 이방인 남자들을 마을에 불러들여 같이 먹고 자고, 부족 고유의 신성한 지식들을 팔아넘기고, 심지어는 가짜 지식까지 팔아넘기는 것을 본다면. 하지만 이제 할머니는 아무 말도 할 수 없었다. 죽었으니까. 라비의 주위를 항상 떠돌던 할머니의 음울한 기억은 거짓말처럼 희미해졌고 과거의 망령은 맥을 못 추고 부스러졌다. 죽은 사람은 말할 수 없다. 그 당연스러운 사실 앞에서 라비는 기분이 좋아졌다.

라비가 나에 관한 비밀을 진짜로 알든 모르든 그것은 중요하지 않았다. 어차피 내 비밀을 아는 사람이 아무도 없었으니까. 그 비밀을, 그 말을 이해한 노인들은 다 죽어버렸다. 그러므로 라비가 죽은 자들의 말을 어떻게 가져다 쓰든 토를 달거나 화를 낼 사람은 아무도 없을 것이다. 때릴 사람도 없을 것이다. 그들은 영원히 침묵할 것이고 오직 라비만이 말할 것이다.

처음으로, 라비는 자신의 고독이 두렵지 않았다. 고독이 주는 자유가 무엇인지 라비는 처음 느꼈다.

인류학자와 식물학자가 함께 나를 찾아왔다. 그들은 나를 유심히 살펴보더니, 나를 뿌리째 뽑아 어디론가 데려갔다. 그들은 내 잎과 씨앗을 관찰했다. 내 육체를 분해하고, 들여다보고, 분석했다. 그들은 나의 독성을 시험하고 그 독을 사용하는 기존의 여러 방법을 살펴보았다.

인류학자가 생각하기에, 내게는 지금까지 발견된 바 없는 강력한 향정신성 약물의 잠재력이 들어 있었다. 무엇보다도 알츠하이머 치료제의 가능성을 가리키는 단서가 많았다. 그에게 가장 큰 암시를 주는 단서는 이 부족의 주술사들이 대대로 노망이 들지 않는다던 이야기였다. 사람들은 주술사라면 누구보다도 정갈하고 총명한 정신력을 소유하기 마련이며 마지막 숨을 내쉬는 순간까지 그 정신에 흐트러짐이 없어야 한다는 믿음을 갖고 있었다. 그들은 그 믿음이 믿음인 줄도 모를 만큼 당연스럽게 신봉했다. 전대 주술사가 망령이 나서 자살했다고 추정하던 경찰들의 망언에 분개하는 그들의 태도에는 한 치의 과장도 보이지 않았다. 인류학자가 읍내 도서관에서 자료를 찾아본바, 전대 주술사가 교통사고로 사망했을 당시 이 부족 사람들이 경찰의 행각에 공식적으로 항의했던 사실이 신문 기사로도 실려 있었다.

거기다 라비가 해준 이야기들은 인류학자의 가설을 뒷받침했다. 라비는 결국 이 부족의 주술사들이 대대로 나를 달인 약물을 복용함으로써 특별한 정신적 능력을 누렸다는 함의의 이야기를 해준 셈이었다. 이른바 '달 소녀'의 축복이라고 하는 예지력은 사실 바로 그 약물의 효능 덕분이었을 것이다. 하지만 주술사들은 자신이 보통 사람들을 능가하는 능력과 권위를 구가하는 비결을 남들에게 알려주고 싶지 않았을 테고, 그 지식을 비의로 간직하기 위해 자주콩을 둘러싼 온갖 금기들을 덧붙였을 것이다……. 자주콩은 오로지 주술사만 장신구로 착용할 수 있고, 오로지 주술사만 음용할 수 있으며, 주술사가 아닌 자들이 범접하면 큰 해를 당하리라는 식으로……. 먼 옛날 그들은 그런 방식으로 부족 내의 권력 다툼에서 승리했을 것이고, 자주콩과 관련된 지식들은 오늘날 옛 언어의 속담과 신화에만 파편으로 남아 전해지는 것이리라고 추측할 수 있었다.

하지만 식물학자는 인류학자의 가설에 회의적이었다. 그는 내가 아주 흔한 식물이고 나에 대해서는 이미 충분히 연구되어 있다고 지적했다. 내 씨앗에는 기껏해야 완하제나 진통제를 만들 수 있는 성분들이 들어 있을 뿐이며, 설령 이제껏 밝혀지지 않은 모종의 향정신성 물질이 들어 있다고 한들 그것이 오늘날 의약품으로서 유의미한 효과를 낼 확률은 거의 없다는 것이었다. 또한 내 씨앗의 독은 단백질이므로 그저 일정 시간 이상 고열을 가하면 파괴되는 단순한 구조인데, 이 독을 '중화'하는 방법이 무슨 이 부족 주술사들만의 대단한 비법일 리도 없다고 강조했다. 그들이 여기에 온 목적은 이 나라 토착 문화와 생태 지식을 복원하고 기록하는 협동 연구를 위해서이지, 신비의 영약을 발견하려는 모험을 하러 온 것이 아니라고 식물학자는 동료를 타박했다.

그러자 인류학자는 화를 냈다. 그는 식물학자가 인류학적 논증의 타당성을 무시하고 있으며, 더 나아가 소수민족들 사이에 전해지는 지식의 잠재력을 과소평가하고 있다고 비난했다. 종래에 식물학계와 의약계에서 나에 대해 밝혀낸 사실들이 전부라고 과연 장담할 수 있느냐, 어떻게 학자가 그렇게 오만할 수가 있느냐, 이 땅에서 수백 수천 년을 살아오며 나와 관계 맺었을 토착 민족의 지식을 존경할 줄 알아야 한다……. 온 세상에서 라비 혼자만 알고 있을지도 모를 약물 조제법을 알아내야 한다, 그리고 그 유효성을 검증해 라비에게 마땅한 세간의 인정과 대가를 쥐여주고, 공익에 이바지하도록 해줘야 한다…….

그러자 식물학자는 기가 막히다며 비웃었다.

"이 부족의 주술사들 사이에만 전해지는 비밀로 신성시되는 지식을 도대체 어떻게 알아낼 작정인가? 그건 결국 이 부족의 질서를 억지로 깨겠다는 건데, 그게 과연 그들의 지식을 '존경'하는 방법이라고 생각하나? 그게 인류학자로서 할 일인가? 글쎄, 나뿐만이 아니라 다른 학자들도 그런 일에는 협조하지 않을 것 같은데."

인류학자의 얼굴이 붉으락푸르락해지자 식물학자는 목소리를 조금 낮추고 반쯤은 윗사람이 아랫사람을 타이르듯, 반쯤은 빈정거리듯 말을 이었다.

"솔직히 승진 욕심 때문에 그러는 거잖은가. 성과 없는 연구에 오랜 세월 매진하느라 학계에서 무시당하고 자존감이 상한 것은 이해하겠지만, 이런 식으로 섣부르게 나섰다가는 더 큰 낭패를 볼 수 있어. 우리에게 주어진 시간과 연구비는 한정되어 있다고. 지혜롭게 써야지."

'지혜'라는 단어에 인류학자는 입을 꾹 다물었다. 그는 자신의 진의를 악의적으로 곡해하는 상대방에게 무슨 말을 해봤자 소용없겠다고 생각했다. 물론 그의 가설이 최종적으로 옳은 것으로 밝혀진다면 실로 놀라운 발견이 될 것이다. 전 세계의 수많은 알츠하이머 환자들에게 희망을 주는 낭보가 될 것이고, 학계에서 그의 명성에도 도움이 될 것이다. 하지만 실제로 상용화 가능한 신약이 개발되기까지는 오랜 세월간 동물 실험과 임상 절차가 필요할 것이고, 그 과정에서 바통은 의료계와 제약업계에 넘어가게 되어 있다. 그건 결국 인류학과는 상관이 없는 문제였고, 어차피 그가 할 수 있는 일은 별로 없었다. 다만 그는 절박한 의무감에 가까운 감정을 느끼고 있었다. 아니 어쩌면 강박이라고 해야 할 것이다. 자신이 모르는 사이에 손가락 사이로 빠져나가는 모든 것을 쥐어야 한다는 강박. 미지의 어둠 속에 갇혀 있는 가능성들을 속속들이 끄집어내 한낮의 명징한 빛 속에 풀어놓아야 한다는 강박.

그 모든 가능성을 라비라는 한 여자아이가 쥐고 있었다. 그 아이만 입을 열면 될 일이었다. 그러면 다른 학자를 통해서라도 실험으로 타당성을 검증해볼 수 있을 테고, 그때 가서 아니다 싶으면 그만두면 된다. 어쨌든 인류학자는 자신의 바로 코앞에 있는 이 여자아이가 무언가를 뻔히 아는데도 알려주지 않겠다고 버티는 것을 가만히 두고 볼 수 없었다.

라비는 학자들의 숙소 창문 옆에 서서 그 대화를 다 듣고 있었다.

라비는 여전히 공용어에 서툴렀지만, 그동안 학자들과 소통하는 과정에서 실력이 꽤 늘었다. 귀를 곤두세우고 주의 깊게 들으니 인류학자와 식물학자가 무엇 때문에 싸우는지 충분히 짐작이 되었다. 적어도 그들이 도대체 왜 그렇게 나에 대해 관심이 많은지 파악할 만큼은 되었다.

라비는 잠시 생각에 잠기더니 문득 조용히 미소를 지었다.

그날 저녁, 라비는 몇 해 만에 처음으로 나를 찾아왔다. 어렸을 때보다 우아한 몸놀림으로 내게 다가와 덩굴과 잎사귀들을 헤집더니, 내 여문 씨앗들을 꼬투리에서 몇 알 빼냈다. 그리고 어렸을 때와 달리 무료하지 않은, 호기심에 찬 눈동자로 내 씨앗들을 살펴보았다.

라비는 어렸을 때 내 씨앗들을 찧고, 빻고, 던지며 놀았던 것을 기억했다. 내 씨앗들을 푸른 원피스의 허리띠에 달거나 줄에 꿰어 목에 걸고 연못을 들여다보며 놀았던 것도 기억했다. 내 씨앗들로 작은 동물들을 죽였던 것도 기억했다. 이제 라비는 내 씨앗들과 연못 물을 가지고 또 놀이를 시작했다. 그 놀이는 어렸을 때와 비슷했지만 한편으로는 사뭇 달랐다. 이제 라비는 동물들이 내 씨앗을 먹고도 '죽지 않는' 법을 찾고 있었다.

어느 늦은 밤 인류학자가 혼자 라비를 찾아왔다.

라비는 문을 열었을 때 자신이 그의 방문을 예상하고 있었음을 깨달았다. 인류학자는 라비의 낡고 오래된 방 두 칸짜리 집 안 깊이 성큼성큼 걸어 들어와 식탁 앞에 앉았다. 라비가 직접 담근 용과주를 그에게 내주자 그는 한두 모금 마시는 시늉만 하더니 단도직입적으로 말을 꺼냈다.

"제게 비밀을 알려주십시오. 무엇이든 하겠습니다."

라비는 그를 빤히 마주 보기만 했다. 인류학자는 비장한 태도로 말했다.

"당신도 어차피 후손이 없지 않습니까? 당신이 아는 옛말과 지식을 배우겠다고 선뜻 나설 후계자가 과연 있을까요? 당신이 훗날 자식을 낳는다 해도, 그 자식이 과연 주술사가 되겠다고 할까요? 사람들에게 언뜻 듣기로는 당신도 원래는 주술사가 되기 싫어했다고 하던데요."

라비는 묵묵히 눈을 내리깔았다.

"아깝지 않습니까? 그대로 잊히는 것이? 당신은 어떨지 몰라도 저는 너무 안타깝습니다. 학자로서도, 그냥 한 명의 사람으로서도 너무 아까운 일이에요. 그래서 진심으로, 제가 배우고 싶다는 생각이 듭니다. 그러기 위해 당신의 후계자가 되어야 한다면, 그렇게 하겠습니다. 제가 정식으로 의식을 치르고 주술사로서 살겠다는 겁니다. 만약 그러기 위해 이전의 제 삶은 버려야 한다면, 그것도 감수하겠어요. 당신의 언어와 지식에는 그럴 가치가 충분히 있는 것 같으니까요……. 어떠십니까? 혹시 저는 자격이 없나요? 남자라서?"

라비는 고민했다. 아니, 고민하는 척했다. 사실 라비는 인류학자의 말을 한마디도 믿지 않았다.

인류학자에게는 라비의 침묵이 실제보다 길게 느껴졌다.

마침내 라비가 입을 열었다.

"있잖아요, 만약 내가 잘 산다면…… 남들의 부러움을 살 만큼 잘 산다면 말이에요, 내 자식도 나처럼 살고 싶다고 하겠죠?"

라비가 쓸쓸하게 웃으며 말했다.

"옛날에는 자주콩의 씨앗이 주술사의 권위를 보여주는 수단이었죠. 하지만 사실 요즘 세상에서는 그렇지 않아요. 사람의 권위는 옷차림이나, 말씨나, 집의 크기나, 자동차 같은 것으로 나타나는 거니까요. 고작 열매 씨앗 목걸이 따위가 아니라."

인류학자의 표정이 어두워졌다.

"당신이든 누구든, 나는 다음 주술사가 나처럼 초라하게 살기를 원하지 않아요. 누군가가 희생 정신으로 주술사의 사명을 짊어지는 건 원치 않아요. 그건 이제까지만으로도 충분해요."

"그렇다면……?"

인류학자가 조급하게 반문했다.

"제겐 돈이 필요해요. 나는 권위를 사고 싶어요. 추장도 넘볼 수 없는."

인류학자는 라비의 말이 무슨 뜻인지 대번에 이해했다. 그의 얼굴에 난색이 스쳤지만, 그는 재빨리 표정을 숨겼다.

사실 라비의 요구는 차라리 그에게 잘된 일이었다. 다음 대 주술사가 되어보겠답시고 라비의 곁에서 고행을 하는 것보다는, 돈을 안기는 편이 훨씬 더 간편한 길이었다. 인류학자는 빠르게 계산을 마치고 고개를 끄덕였다.

"당신이 비밀을 알려준다면, 바로 돈을 줄 수 있어요. 은행 계좌는 있겠죠? 없다고요? 그러면 현금으로 찾아줘도 되고요. 하지만…… 이건 우리끼리의 비밀입니다. 알지요? 저도 당신의 비밀을 지킬 테니, 당신도 내 동료들에게 이 사실을 말하면 안 돼요."

라비는 비밀을 지키겠다는 인류학자의 약속 역시 조금도 믿지 않았다.

다음 날 이른 아침, 인류학자는 동료들에게 무언가 살 것이 있다는 핑계를 대고 차를 몰고 숲길로 나섰다. 라비는 창밖으로 그의 차가 나가는 모습을 지켜보았다. 그의 차는 거대하지도, 빛나지도 않았다. 흙먼지가 잔뜩 묻어서 회갈색에 가까워진 초라한 검은색 차였다. 라비는 이런 산간 오지를 드나드는 차는 절대로 반짝반짝 빛날 수가 없으리라는 생각을 처음으로 했다.

늦은 밤이 되었을 때 인류학자는 예의 그 초라한 검은색 차를 타고 돌아와, 돈뭉치를 들고 라비의 집 문을 다시 두드렸다.

액수를 확인한 라비는 그에게 이를 드러내고 웃으면서 그가 듣고 싶어하는 이야기 하나를 들려주었다.

나는 오래전부터 이 부족의 주술사들을 지켜보았다. 주술사 집안의 어머니가 딸에게, 또 그 딸이 자신의 딸에게 책무를 전해주는 과정을. 자기 어머니나 할머니와 닮거나 닮지 않았던 수많은 딸들의 얼굴을. 나는 모두 지켜보았고, 모두 기억한다. 라비의 할머니가 주술사가 되던 날 역시, 어제 일처럼 기억한다.

물론 그때는 이미 주술사의 시대가 아니었다. 건기의 바람과 햇살을, 우기의 구름을 주술사가 자유자재로 부리던 그런 시대는 아니었다. 하지만 그때만 해도 아직이 부족 사람들은 자신들의 전통을 사랑했다. 전통이 심각한 위기에 빠졌다는 데에 모멸감과 좌절감을 느꼈지만 그렇기에 더욱 열렬히 전통을 사랑했다. 그리고 부족의 남자들은 너나 할 것 없이 주술사를 연모했다. 주술사, 그러니까 라비의 할머니는, 라비와 이름이 같았다. 그때만 해도 라비는 젊고 아름다웠다. 라비의 탄탄하고 다부진 몸은 따뜻하고 윤이 흐르는 갈색이었고 새까만 눈동자는 숯불처럼 뜨겁게 타올랐으며 길고 풍성한 검은 머리카락이 장딴지까지 내려왔다. 라비의 몸짓에서는 생기가 넘쳤고 라비의 영롱한 웃음소리는 사람들의 마음에서 슬픔을 씻어주었다. 그랬다, 남자들은 라비를 연모해 마지않았다. 추장의 아들도, 부족 안에서 제일가는 부자의 아들도, 가장 용맹하다는 전사도, 가장 많은 맹수를 잡아온 사냥꾼도 라비를 연모했다. 그러나 라비의 마음에는 그 모든 남자를 제친 한 남자가 있었다.

라비가 주술사가 되던 날, 나의 붉은 씨앗들과 금과 산호를 알알이 꿴 목걸이를 목에 세 줄 두르고, 나의 붉은 씨앗들과 석류석을 박아 진사辰沙로 장식한 금관을 머리에 쓰고, 가장 향기로운 홍학꽃과 봉황목과 극락조화와 난꽃으로 장식한 드레스를 입은 라비가, 자신을 둘러싸고 빙빙 돌며 춤추고 노래하는 남자들을 구경하던 날, 나는 라비의 눈이 그중 단 한 남자에게 고정된 것을 보았다. 그 남자는 라비의 집에서 일하던 시종이었고 고아 출신이었으며 말더듬이에 절름발이였다.

시종은 절뚝거리며 우스꽝스러운 춤을 추고, 공들여 연습한 노랫가락을 조심조심 뽑아냈다. 그의 볼품없는 춤과 노래가 끝났을 때 라비는 입 속에서 과일 한 조각을 꺼내주었다. 그것은 용과의 검은 씨앗들이 박힌 과육이었다. 라비는 다른 남자들에게는 내 씨앗을 한 알씩 나눠주었지만, 유일하게 시종에게만 자신이 선택한 특별한 열매를 주었다. 그건 곧 시종이 라비의 남자로 선택되었다는 뜻이었다.

라비의 어머니는 화가 났지만 라비의 뜻을 거스를 수 없었다. 신성한 의식의 절차는 누구도 막을 수 없었다. 그날 밤 시종은 라비의 방으로 들어왔다. 라비는 내 씨앗 삼백 알과 잎 서른 장을 넣고 다섯 시간 동안 끓인 물에 벨벳콩의 뿌리 한 줌, 후추 한 자밤, 육두구 한 자밤, 시계초 꽃잎 열 장을 넣고 다섯 시간을 더 끓여 신성한 약을 만들었다. 라비는 그 약을 마시고 시종과 동침했다. 두 연인은 행복했다. 이날만을 기다리며 밀애를 이어왔던 그들은 벅찬 환희에 휩싸여 몇 번이고 사랑을 나눴다.

그러나 행복은 단 하룻밤으로 끝이었다. 다음 날 아

침 정부에서 보낸 전령과 군인들이 찾아왔다. 전쟁이 벌어졌으니 젊은 남자들을 징집하겠다는 내용이었다. 라비의 어머니는 이를 기회라고 여겨 라비가 선택한, 라비가 사랑한, 말더듬이 절름발이 시종 남자를 라비가 뱉은 용과를 받아먹었던 그 남자를, 군인들에게 떠넘기고 말았다. 라비는 화가 났지만 어머니의 뜻을 거스를 수 없었다. 시종은 부모는커녕 피붙이 하나 없었고, 자신이 모시는 주인에게 언제든 처분될 수 있는 몸이었다. 중앙정부의 뜻을 거스를 수도 없었다. 중앙정부의 의지는 그들 부족의 모든 의지를 초월했다.

시종은 라비와 제대로 된 인사도 나눌 겨를 없이 마을을 떠났다. 라비는 자신이 그 신성한 밤에 무슨 꿈을 꾸었는지 연인에게 미처 들려주지 못했다. 누구도 들은 적 없고, 앞으로도 누구도 들을 수 없을 그 이야기를 라비는 연인에게 들려주지 못했다.

라비는 연인을 다시 만날 날만을 기다렸다. 연인에게 들려줄 이야기를 잊지 않기 위해, 집 뒷마당에 심긴 용과 나무를 상대로 그날의 꿈 이야기를 매일 들려주었다. 용과는 묵묵히 라비의 이야기를 들었다.

한 해가 가고, 두 해가 갔다. 용과나무는 꾸준히 열매를 맺었다. 다섯 해가 가고, 스무 해가 갔다. 용과나무는 무럭무럭 자라 마을에서 가장 탐스럽고 맛있는 열매를 맺었다. 라비가 입 속에 고이 물고 있다 연인에게 건네주었던 바로 그 싱그럽고 달콤한 과육의 맛과 향도 언제나 그대로였다. 라비는 용과를 먹을 때마다 그날 연인이 자신을 올려다보며 지었던 바보스럽고도 천진한 표정이 생생히 떠올랐다. 라비는 그 기억을 위안 삼으며, 용과주를 빚으며, 연인을 기다렸다. 그러나 연인은 돌아오지 않았다. 시체조차 돌아오지 않았다.

주술사에게는 후계자가 필요했으므로 라비는 어쩔 수 없이 전혀 사랑하지 않는 남자와의 사이에서 딸을 하나 낳았다. 그리고 주술사의 의무대로 딸에게 모든 것을 가르쳤다. 하지만 장성한 딸은 잘못된 남자를 만나 주술사의 운명을 거역하고 도망치더니, 그 남자의 아이를 낳은 직후 덧없이 죽어버렸다. 라비는 울지 않았다. 더 이상 흘릴 눈물이 남아 있지 않았다.

라비는 연인이 돌아오기 전에 자신이 죽으리라고 예감했다. 그러면 라비가 누구에게도 들려준 적 없는 그 이야기는 앞으로도 누구도 듣지 못한 채 라비의 육신과 함께 사라질 터였다. 라비가 죽을 때까지 연인을 기다렸다는 사실조차 지상에 남지 않을 터였다. 만약 그때 가서 연인이 돌아온다면, 그렇게 뒤늦게야 돌아오게 된다면, 연인이 아는 사람도 사랑하는 사람도 피를 섞은 사람도 하나 없는 이 땅에서 그를 맞이하는 것은 오로지 용과나무 한 그루뿐일 것이다.

라비는 연인에게 자신의 뜻을 전할 방법을 고민했다. 고민 끝에, 부족 안에 전해지는 오래된 전설 한 토막에 용과나무에 대한 내력을 세심히 엮어 넣었다. 그리고 그 이야기를 자신의 후계자에게, 즉 손주에게 가르쳐주었다.

그로부터 일주일 뒤 라비는 불가사의한 사고로 숨을 거두었다. 손주는 라비의 이름과 더불어 용과나무가 딸린 집 한 채를 물려받았다.

라비가 인류학자에게서 받은 돈은 할머니가 죽었을 때 나왔던 보상금의 총액과 비슷했다. 이만큼의 돈으로 도시에서 얼마나 버틸 수 있을지는 전혀 가늠이 되지 않았지만 적어도 첫날부터 굶주리지는 않으리라고 생각하면 용기가 났다. 인류학자 덕분에 공용어에도 한결 능숙해졌고 교양 있는 말씨도 익혔으므로 운만 좋으면 일자리를 구할 수 있을지도 모른다. 지나친 낙관인가도 싶었지만 라비는 자신감을 도슬렀다. 어쨌든 라비는 분명히 자기 힘으로 돈을 벌었다. 그 생생한 증거가 손에 있었다.

라비는 지금의 자신을 이루어준 사람들에게 감사했다. 어머니가 물려준 몸, 할머니가 들려준 이야기들, 부족 사람들이 가르쳐준 생존법, 그리고 라비를 거쳐간 남자들이 보여준 세상. 누구보다도 인류학자에게 고마운 마음이 컸다. 그의 제안은 라비에게 획기적인 영감을 주었다. 그래, 도시로 갈 것이다. 도시에 가서 돈을 벌고 대학에 다니고 의사가 될 것이다. 인류학자니 식물학자니 하는 남자들은 그 거창한 박사 학위가 무색하게도 그다지 똑똑하지 않았다. 그런 사람들이 박사가 될 수 있다면 자신도 얼마든지 될 수 있으리라고 라비는 믿었다. 게다가 인류학자니 식물학자니 하는 사람들이 자신의 지식을 건져내 활용해주기를 기다리는 것보다야, 라비 스스로 활용하는 편이 훨씬 빠르고 합리적인 길이었다. 이 지역의 식물들에 대해서라면, 그리고 이 부족 사람들에 대해서라면 누구보다도 라비가 잘 알았다. 심지어 할머니보다도 더 잘 알았다.

물론 쉬운 일은 아니었다. 하지만 도전해볼 가치는 있었다. 의사가 되는 데 성공한다면 라비는 고향으로 돌아와 부족 사람들의 병을 고치고 술과 마약을 쫓아낼 수 있으리라. 괴질이 발생한다면 도시의 의료진이 오기를 기다리지 않고 자신이 직접 나서서 싸울 수 있으리라. 아기를 낳다가 죽는 여자가 다시는 나오지 않게도 할 수 있으리라. 어렸을 때의 자신처럼 매일 멍들고 코피를 흘리고 다리를 절뚝거리며 지내는 아이가 있다면 다시는 아프지 않게 돌보아줄 수도 있으리라. 아예 태어나지 않게 해줄 수도 있을 것이다. 라비는 마을에서 가장 넓은 집에서 살며, 가장 큰 차를 몰고, 가장 큰 냉장고에서 얼음을 가득 꺼내 아이들에게 아이스크림을 만들어줄 것이다. 철마다 예방 접종과 검진을 도맡아 실시하고 부족민들의 생사고락을 책임지며 존경과 경외를 한 몸에 받을 것이다. 라비의 뒤를 잇는 딸들은 행복할 것이다. 그들은 자신들도 어머니처럼 살고 싶다고 생각하며, 진정한 후계자가 되기 위해 경쟁할 것이다.

라비는 단출한 짐을 꾸렸다. 가진 신발 중에서 가장 튼튼한 신발을 신고, 여분의 신발과 양말을 몇 켤레 챙겼다.

떠나기 전에 집 안을 둘러보고 물건들을 정리했다. 그런데 할머니의 서랍 안 깊은 곳에서 못 보던 물건들이 나왔다. 거무스름하게 변색되고 때가 탄 목걸이와, 곰팡이가 슨 머리띠였다.

라비는 그 물건들이 무엇인지 잘 알았다. 라비는 그 장신구들을 가지고 집을 나와, 뒷마당 숲의 연못에 던져 버렸다. 정적 속에서 수면이 풍덩거리며 부스러지는 소리를 우리는 들었다.

동 트기 직전 새벽에 라비는 그곳을 영영 떠났다.

인간들의 시간으로 5년이 흘렀다. 그동안 기후가 변했고 내가 자라는 지역은 전보다 더 넓어졌다. 라비의 고향보다 북위에 위치한, 나라에서 두 번째로 큰 계획도시의 연간 평균 기온이 섭씨 1.5도 가량 상승했다. 그 도시에 살던 많은 식물과 동물 들이 죽거나 물러났고 그 자리에 내가 뿌리를 뻗었다. 나와 오래 공생해온 벗들도 앞서거니 뒷서거니 하며 나와 동행했다. 계획도시의 사람들은 대부분 나와 내 벗들의 등장을 반기지도, 꺼리지도 않았다. 우리에 대한 소식이 뉴스며 신문에 몇 차례 나오기도 했지만 사실 그들은 우리에게 신경 쓰기에는 너무 바빴다. 우리는 매연과 소음에 적응하는 법을 조용히 익혀갔다.

인류학자도 마찬가지로 바빴다. 한때 그토록 주의 깊게 살폈던 내 존재를 알아차릴 여력도 없을 정도였다. 연구를 하느라 바쁜 것이 아니었다. 그는 다른 사람의 논문을 대필하거나 대중을 상대로 한 글짓기 수업을 하느라 바빴고, 그 외의 시간에는 교수들에게 강이 보이는 바에서 비싼 술을 사면서 임용 추천을 부탁하거나 인터넷으로 이 대학 저 대학 홈페이지를 들여다보거나 자신의 원룸에서 운동경기 중계를 보며 맥주를 마시느라 바빴다. 인류학자는 초콜릿바처럼 판판이 구획된 신도시에서의 삶을 좋아하지 않았다. 수도의 대학들이 그를 받아줄 가망이 없었으므로 먼 친척의 인맥을 믿고 여기로 와서 눌러앉은 것인데, 막상 와보니 그 사람들은 술을 사주는 것 외에는 그에게 별 도움이 되지 않았다. 그래서 대체로 술을 마셨다.

인류학자는 자신의 인생이 이렇게 된 것이 라비 탓이라고 생각하지는 않았다. 라비는 할 수 있는 이야기들을 했을 뿐이고, 그것을 오해하고 오용한 것은 자신이었으니까. 라비가 돈을 가지고 홀연히 떠나는 바람에 프로젝트가 어그러지긴 했지만 라비가 약속을 어긴 것은 아니었다. 라비가 돈을 받은 대가로 인류학자에게 가르쳐준 자주콩 중화법에 아무런 약효도 없는 것이 밝혀지긴 했지만, 그렇다고 라비가 거짓말을 한 것도 아니었다. 처음부터 라비는 그 물에 약리적 효과가 있다는 말은 한 번도 한 적이 없었으니까.

그럼에도 불구하고 밀어붙인 것은 인류학자였다.

인류학자는 라비에게 쓴 돈을 적당한 구실로 경비에 포함시킬 수 있으리라고 믿었다. 하지만 인류학자의 섣부른 행동 때문에 라비가 도망쳤다고 생각한 식물학자는 그가 연구비를 유용했다고 고발해버렸다. 인류학자는 총괄 교수와 재단 심의위원에게 싹싹 빌다시피 한 끝에 형사처벌은 면했지만, 사비를 털어서 그 돈을 메워야 했다. 그 과정에서 이혼도 당했다. 하지만 어차피 아내와의 관계는 안 좋았으니 차라리 잘됐다 싶었다.

그러니까 다 그의 실책이었다. 그 사실은 잘 알았다. 술자리에서 그 시절 이야기를 하다 보면 씨발년, 씨발년 소리가 절로 나오기는 했지만, 라비에게 진심으로 앙심을 품은 것은 아니었다. 취하면 누구나 말이 험해지는 법이다.

다만 인류학자는 자신이 만났던 라비의 기억을 떠올렸다. 튼튼하고 싱그러운 묘목 같던 소녀. 고무나무 껍질 같은 피부와 위엄 있는 검은 눈. 라비가 이야기를 할 때 그 입술에서 막힘없이 흘러나오던, 노래하는 듯한 억양의 옛말들. 그것을 듣다 보면 라비의 어머니, 그 어머니의 어머니, 그 어머니의 어머니가 그에게 말을 걸어오는 듯했다. 아무도 기억하지 않는 기억들이 그에게 천천히 몰려오는 듯했다. 유사처럼, 조류처럼, 시간처럼.

그 기억들을 붙잡을 수만 있었다면, 그럴 수만 있었다면 좋았을 것을. 인류학자는 못내 후회스러웠다. 그가 라비를 성급하게 다루다 놓치지 않았더라면 훨씬 더 많은 진실을 밝혀냈을 것이라는 생각에, 후회를 떨칠 수 없었다.

그러던 인류학자가 라비를 다시 만난 것은 순전히 우연이었다.

그날 학원의 건물 보수 공사 문제로 수업을 하루 쉬게 된 인류학자는 도심을 어슬렁거리며 시간을 죽이고 있었다. 손에는 맥주병을 들고서, 초저녁부터 알딸딸히 취한 채로, 그는 눈앞에 보이는 상점 간판이라든지 쇼윈도 속 태블릿 컴퓨터라든지 가판대 위 신문 헤드라인 따위를 연신 비웃으며 돌아다녔다. 그는 기분이 좋았다. 그렇게 걷다 보니 그가 일하는 학원과 비슷해 보이는, 깔끔하고 모던한 외관의 건물 하나가 나타났다. 흰색 도료가 발린 벽에 남색 알루미늄으로 된 돌출형 글자들이 붙어 있었다. '마음 아카데미'. 이미 비웃을 준비가 되어 있던 인류학자는 피식 소리까지 내어 코웃음을 쳤다. 그 밑에 걸린 게시판에는 이달의 커리큘럼이 인쇄된 커다란 포스터가 붙어 있었는데, 이런 강좌들이 있었다. '오늘의 우리를 위한 철학', '알코올이여, 잘 있거라', '울기 연습', '아로마테라피: 기초부터 실기까지(수강생은 아로마 오일 전 품목 50% 할인)', '부적과 풍수(수강생은 크리스털 및 다우징 로드 일부 품목 50% 할인)', '타로 카드로 나를 알기(수강생 전원에게 타로 카드 덱 증정)', '도심에서 자연과의 명상'…….

강사들의 약력도 가관이었다. 저마다 일본의 무슨 도장, 티벳의 무슨 성지, 아일랜드의 무슨 대학 협동과정에서 공부했다고 했다. 어떤 이들은 유명한 구루를 사사했다고도 하고, 무슨 집시의 후예라고도 하고, 고대문명 재야 연구자를 자칭하는 사람도 있었다. 그중에서 명상 수업 강사의 이력은 특히 눈에 띄었다.

'남부 토착 민족인 D부족 최후의 주술사, 자연과 교감하

고 마음을 깨우는 오랜 지혜를 전해주다.'

인류학자는 또 코웃음을 치려다가 입꼬리를 내렸다. 그리고 그 문장을, 그리고 그 옆에 실린 강사 사진을 한참 들여다보았다.

명상 수업은 직장인들의 퇴근 시간에 맞춘 듯 저녁 8시부터 9시 30분까지였다. 인류학자는 근처의 벤치에 앉아서 기다렸다. 라비는 이미 건물 안에 있는 건지, 8시까지도 들어가는 모습을 볼 수는 없었다. 그래서 인류학자는 더 기다렸다. 어둠이 깊어지고, 공기가 식으면서 더 습해지고, 아열대 도시의 밤을 밝히는 불빛들이 거리 곳곳에 켜졌다. 인류학자는 맥주를 한 병 더 비웠다. 9시 37분이 되자 출입문에서 사람들이 우르르 나오기 시작했다. 그들은 서로 화기애애하게 인사를 나누고 농담을 던지더니 몇몇은 함께 근처의 술집으로 향하고, 또 몇몇은 각자의 방향으로 흩어졌다. 다들 행복해 보였다.

마침내 라비가 출입구 계단을 걸어 내려왔다. 라비는 파란색 미니 드레스에 샌들을 신고 있었다. 원피스의 허리끈에 달린 붉은 비즈 장식이 걸을 때마다 반짝이는 것이 눈에 띄었다. 라비는 경쾌하게 걸으며, 한 손으로는 사탕인지 캐러멜 같은 것의 포장지를 벗기면서, 뭐라고 혼자 중얼거리는 중이었다. 아니다. 귀에 에어팟을 끼고 통화를 하는 중이었다.

"응, 이제 수업 끝나고 나오는 길이야. 그래, 이따 봐." 라비의 발음은 정확하고 매끄러웠다. 사탕인지 캐러멜인지 모를 것을 먹느라 우물거릴 때를 제외하면. 엷게 화장한 얼굴은 관리를 받은 흔적이 있었다.

인류학자는 벤치에 그대로 앉아 있었다. 무엇을 해야 할지, 무슨 말을 해야 할지 알 수 없었다. 인류학자는 빈 맥주병을 들고 무작정 일어섰다.

라비는 건물의 넓은 앞마당에 주차된 차를 향해 걸어가고 있었다. 라비가 마지막 퇴근자인 듯 건물의 불은 다 꺼져 있었고 주차 구역을 뜻하는 구획선들 안에는 은색의 사륜구동 한 대만 서 있었다. 주머니에서 차 열쇠를 꺼내려고 고개를 숙이던 라비가 문득 인류학자의 기척을 들었는지 그쪽으로 시선을 돌렸다. 인류학자의 얼굴을 마주 보며 라비는 눈을 가늘게 떴다.

"누구……?"

인류학자의 눈에 스친 선명한 배신감을 알아본 라비는 황급히 덧붙였다.

"제 학생이셨던가요? 미안해요, 워낙 사람 얼굴을 잘 못 알아봐서……."

라비는 더 이상 말을 이을 수 없었다. 인류학자가 들고 있던 맥주병으로 라비의 머리를 후려쳤기 때문이다.

인류학자는 쓰러진 라비의 몸에 올라타 머리와 얼굴을 여러 차례 가격했다. 씨발년, 씨발년, 이 사기꾼 년, 하고 욕도 지껄였다. 듣는 사람은 아무도 없었다.

인류학자가 손을 멈춘 것은 라비의 숨이 끊어지고 몇 분 뒤였다. 갑자기 술이 깼는지 그의 얼굴이 새하얗게 질렸다. 인류학자는 유리 파편들을 되는대로 주워서 호주머니에 쑤셔 넣고는 비틀거리며 그 자리에서 도망쳤다.

라비에게는 연고자가 없었다. 아카데미 운영진은 D부족이 정확히 어디의 무슨 부족인지 몰랐고, 하물며 라비의 고향에 연락할 방법은 더더욱 몰랐다. 경찰의 질문에 그들은 난색만 표했으며, 불필요한 언론의 관심을 피하기 위해 주술사라든지 사멸 언어라든지 하는 말은 꺼내지 않았다. 수사는 지지부진하게 흘러가다 미결 사건으로 끝났다. 원주민 살해 사건들은 대체로 그렇게 다뤄지는 편이었으니 특별한 일은 아니었다. 라비의 친구 몇과 학생 몇이 돈을 모아서 간소한 장례를 치러주었다. 라비의 시신은 공동묘지에 묻혔다. 묘비에는 '우리의 스승 잠들다'라고 적혔다.

한 해 뒤, 라비의 무덤에서 이제껏 인류 역사에 없었던 새로운 식물들이 자라났다. 라비의 가슴과, 엉덩이와, 음부와, 발과, 손에서 각각 다른 종류의 싹이 자라나 줄기를 뻗고

잎을 틔웠다. 처음 보는 모양과 향기의 꽃들이 피었고 누구도 맛본 적 없는 맛의 열매들이 맺혔다. 그러나 무덤을 찾는 사람이 없었으므로 그 사실을 우리 외에는 아무도 알지 못했다.

오세요, 알프스 대공원으로

오세요, 알프스 대공원으로

공기 맑은 곳이라고 하면 사람들이 가장 먼저 떠올리는 장소는 아무래도 알프스다. 캐나다, 핀란드, 아이슬란드 같은 나라도 유명하지만, 눈이 쌓인 알프스의 산등성이들 사이로 부는 청량한 바람과 그 아래에 잠긴 푸르고 시린 빙하, 하이디가 뛰노는 초원과 알싸하고 향긋한 냄새를 풍기는 전나무 숲보다 강력한 이미지는 없다. 사시사철 미세먼지에 습격당하는 한국인들은 먼 옛날 잃어버린 우리 강산의 아름다운 가을 날씨를 알프스 산맥에서라면 찾을 수 있으리라고 상상한다. 정작 실제 알프스에서는 몇 해째 여름마다 찾아오는 폭염으로 빙하가 수천 개는 녹아 없어졌다고 하지만 말이다.

정부에서 처음으로 전국 58곳에 공기청정탑을 설치하고 그 일대를 공기청정지대로 조성하겠다고 발표했을 때, 공사 입찰만큼이나 경쟁이 치열했던 것은 바로 이름 짓기였다. 어차피 공기청정지대에 들어설 시설이 고만고만하다면, 매혹적인 이름으로 차별성이라도 얻어야 외지인들을 끌어들이고 지역 경제를 활성화하는 데에 용이하기 때문이었다. '우리 동네 공기청정지대 이름 짓기' 공모전에는 자연히 알프스라는 이름이 빗발쳤다. 모두 자기네 동네가 한국의 알프스가 되어야 한다고 열을 올렸다. 그중에서 승리의 깃발을 거머쥔 곳은 경기도 끝자락에 위치한 N시의 알프스 대공원이었다.

알프스 대공원은 이름과 다르게 규모가 그다지 크지 않았다. 본래 아파트 단지 옆에 있던 근린공원과 폐쇄된 화력발전소 부지를 합쳐서 조성한 곳이다. 기존 공원의 조경을 거의 손대지 않은 상태에서 두 지역을 잇는 산책로만 새로 깔고, 공기청정지대의 요건을 충족하기 위해 나무를 빽빽이 심고, 청정탑을 중심으로 널따란 광장을 마련했다. 미세먼지 때문에 미뤄왔던 야외 활동을 즐기려 작심하고 주말마다 몰려오는 사람들을 위해 LPG차 및 전기차 전용 주차장과 충전소, 운동장, 수영장, 테니스코트, 놀이터, 공연장, 시장, 노천 매점과 식당과 카페가 수두룩히 들어서 있다는 점은 여느 공기청정지대들과 같다. 주변에는 산도 강도 없고, 빙하는 물론 이요 호수도 없어서 딱히 알프스처럼 경관이 아름답지는 않다. 강원 블루월드나 지리산 국립공원 한편을 차지한 청정 호

수 공원과 같은 넓은 캠핑장 같은 것도 없다. 다만 이 지역만의 특별한 자랑거리가 없지는 않은데, 그것은 바로 옛 화력발전소를 재단장한 미술관 '미루아트센터'다. 화력발전소 건물의 형태를 그대로 살린 '힙'한 공간 안에 젊은 신예 미술가들의 작품이 전시되는데, 특히 넓은 마당을 마음껏 돌아다니며 설치미술을 감상할 수 있게 해놓은 야외 전시장은 젊은이들의 데이트 장소로 인기가 높다. 더 이상 연기가 나오지 않는 폐발전소의 굴뚝과, 파란 새 마크가 그려진 새하얀 청정탑이 배경에 나란히 대비되어 나오도록 찍은 사진을 인스타그램에 올리는 것이 한때 유행하기도 했다.

족히 열 아름은 되는 거대한 청정탑은 멀리서 봐도 인상적이지만 가까이에서도 천천히 관람할 만하다. 탑을 둘러싼 띠처럼 설치된 롤러블 디스플레이들 때문이다. 성인의 눈높이에 위치한 디스플레이를 터치하면 실시간 대기질과 기상일보 안내, 지도 및 주변 시설 안내, 공원 이용객 혼잡도, 정부의 환경정책과 환경보호 상식 등을 열람할 수 있고, 에코마일리지를 이용해 휴대기기 전력을 충전하거나 미술관 입장권을 구입할 수도 있다. 탑 중앙에 있는 거대한 디스플레이에는 현재 시각과 청정탑의 필터가 정화하는 미세먼지의 양이 실시간으로 표시된다. 그리고 웬만한 건물 7, 8층 높이에 있는 디스플레이에는 뉴스와 광고가 나온다. 화면 하단에 자막이 뜨기는 하지만 블루투스로 이어폰을 연결하면 소리도 들을 수 있다.

오늘도 알프스 대공원 청정탑 주위에는 사람들이 멈춰서서, 또는 지나가면서, 또는 벤치에 앉아서, 이어폰을 끼거나 끼지 않은 채로 디스플레이를 보고 있다. 화면에는 이런 자막이 흘러나온다.

…… 연일 고농도 미세먼지가 계속됨에 따라 정부에서 미세먼지 저감조치 실시 ……

…… 평균 농도가 1,300마이크로그램 이상 ……

…… 인근의 공기청정지대나, 공기청정시설이 갖춰진 건물 내에서 활동하기를 권고 ……

"어쩐지 사람이 많더라니."

화면을 올려다보던 노년의 여성이 중얼거린다.

여자는 자주색 바람막이 점퍼를 입고 운동화를 신고 있다. 등에 멘 작은 배낭이며 팔목에 동여맨 손수건이며 머리에 눌러쓴 검은 선캡까지, 누가 봐도 운동을 하러 나온 여자다. 여자의 주변에는 한껏 차려입은 젊은 커플들과 아이를 데리고 나들이 나온 가족들이 끊임없이 지나다니는 중이다. 여자는 눈을 가늘게 뜬 채 검은 모자 챙 너머로 하늘을 올려다본다. 뭉게구름이 드문드문 뜬 파란 가을 하늘 아래로 통통한 비둘기 한 마리가 푸르르 날아간다.

"이 동네에 살면 바깥 날씨가 어떤지 알 수가 있어야지."

여자, 경숙은 또 혼잣말을 중얼거리고는 못마땅한 눈으로 주위에 북적이는 사람들을 훑어본다. 그리고 근처에 유일하게 비어 있는 벤치로 건너가 앉아서 배낭의 바깥 주머니에서 물통을 꺼내 물을 한 모금 마신다. 경숙의 머리카락에 스몄던 땀이 관자놀이를 타고 흐른다.

경숙은 '바깥 날씨를 모른다'는 말을 습관적으로 한다. 알프스 대공원 단지에서만 지내다 보면 다른 지역의 공기가 얼마나 탁한지 도무지 알 수가 없다는 뜻인데, 불만스러운 듯한 어조이지만 실은 자랑이다. 그만큼 자신이 쾌적하고 안락한 삶을 누리고 있다고 강조하는 것이다. 아들 내외가 안부 전화를 걸어오면 경숙은 "아휴, 나는 요즘 바깥 날씨가 어떤지도 모르고 산다"라고 하고, 주일에 교회에서 친구들이 국가검진에서 받은 폐 검사 결과 이야기를 하면 경숙은 "나야 바깥 날씨도 모르니까 뭐"라고, 그게 건강의 증거라는 듯 일축한다.

경숙이 이 동네에 유별난 자부심을 가지는 데에는 그럴 만한 이유가 있다. 이곳의 오래된 저층 아파트에서 거의 30년을 살았으니 말이다. 남편이 처음 그 집을 샀을 때만 해도 경숙은 부동산이니 뭐니 하는 데에는 까막눈이었다. 남편이 화력발전소에서 근무한다고 해서 굳이 발전소 인근에 집을 살 필요는 없다는 것조차 몰랐다. N시의 토박이로서 오랫동안 발전기 제어실에서 일했던 남편은 자신의 토양과 직업에 긍지를 갖고 있었고, 아내로서 그 긍지를 존중하는 것이 당연하다 생각했을 뿐이다. 아빠는 이 나라에 피를 흐르게 하는 사람이지, 라고 아들에게 자랑스럽게 말할 때 남편의 얼굴은 그 어떤 영화배우보다 멋있어 보였다. 경숙은 아들들도 장차 남편 같은 어른이 되리라 상상하며 분진으로 거멓게 물든 와이셔츠와 교복 셔츠의 칼라가 새하얘질 때까지 빨고 또 빨았다. 2020년 코로나19 사태가 이 나라의 혈관을 통째로 뒤흔들 줄은 아무도 예상하지 못했던 시절이었다.

대출금을 겨우 갚았을 때쯤 최악의 경제 위기가 불어닥쳤다. 곧이어 정부에서 화력발전소들을 전면 폐쇄하고 에너지 정책을 원자력 중심으로 전환했다. 실직자가 된 남편은 전쟁이 끝나고 귀향한 군인처럼 우울에 빠졌다. 기력이 많거나 여유가 많거나 아무것도 없는 사람들이 시위를 벌이는 동안 남편은 무기력과 술을 벗 삼아 지냈고 경숙은 아들들의 대학 등록금과 생활비를 마련하기 위해 생계 전선에 뛰어들어야 했다. 의지가 되지 않는 남편이 야속하기도 했지만 바가지를 긁지는 않았다. 가끔 속상한 마음을 못 이겨 신경질을 내기는 했던 것 같지만. 어쨌든 남편은 누가 뭐래도 성실하게 살아온 사람인데 그런 남자를 세상이 내쳐버린 것이 아닌가. 경숙은 남편에 대한 연민과 아들들에 대한 사랑으로 마음을 굳게 다져먹었다. 언젠가는 하나님이 이 모든 환난에서 자신을 건져 주리라는 믿음도 크나큰 힘이 되었다.

이 지역이 공기청정지대로 선정되었다는 발표를 들었을 때, 경숙은 하나님께서 드디어 응답하셨다고 확신했다.

경숙은 빙그레 웃으며 벤치에서 일어난다. 풀었던 배낭을 어깨에 다시 메고, 그녀는 청정탑 광장을 벗어나 산책로를 따라 걷기 시작한다. 빠른 걸음으로, 두 팔을 절도 있게 내뻗으며. 이렇게 바른 자세로 힘차게 경보를 하다 보면 두통이 한결 가라앉는다. 요즘 부쩍 시큰거리는 무릎 관절에도 도움이 될 것이다. 젊은 시절 탁한 공기 마셔가며 험하게 살았는데도 이만한 건강을 유지할 수 있는 것은 하나님의 은총이다. 경숙은 알프스 대공원에 굽이굽이 이어지는 산책로를 따라 걸으며, 말쑥하게 관리된 잔디와 나무들을 흐뭇하게 바라본다. 길가에 핀 철쭉들도 빗물을 머금고 푸르게 물든 낙엽수들도 모두 자신의 힘으로 일군 재산인 양 마음이 뿌듯하다.

경숙은 이제 더 바랄 것이 없다. 재건축으로 지어진 반짝반짝한 새 아파트에서, 바깥 날씨도 모를 만큼 겨울에는 난방을 때고 여름에는 에어컨을 돌리면서, 먹고 싶은 것을 차려먹고 보고 싶은 텔레비전 채널을 보면서 지내고 있다. 두 아들 모두 아주 성에 차지는 않아도 그럭저럭 봐줄 만한 여자에게 장가를 들였다. 죽을 때까지 먹고살 걱정은 없을뿐더러 자식들에게 물려줄 집도 있고 이 집은 계속해서 가격이 오를 것이다. 유일한 불만이라면 너무 빨리 하늘나라로 가버린 남편의 빈자리였다. 경숙은 남편이 지금 자신과 함께 세상을 보고 있다면 무슨 생각을 할까 궁금하다. 대기질이 삶의 질을 결정하는 중요한 척도가 되고, 정부에서 감염병 관리를 위해 인구를 분산시키려는 목적으로 저개발 지역에 우선적으로 공기청정탑을 세우고, 결국 그 지역들의 집값이 껑충 뛴 이 세상.

"아니다, 아니야. 남편이 살아 있었으면 마뜩잖아했겠지."

경숙은 머리를 설레설레 가로저으며 모퉁이를 돌아 걷는다. 보수적인 남편이 이런 새 시대에 적응하며 사는 모습은 아무래도 상상이 되지 않는다.

이윽고 경숙의 앞에 나지막히 솟아오른 공터가 펼쳐진다. 하늘걷기, 자전거타기, 벤치프레스 등 다양한 운동기구들이 갖춰진 곳이다. 하지만 대부분의 운동기구가 이미 사람들에게 점령당한 상태다. 언제나처럼 '롤링 웨이스트' 기구를 하려던 경숙은 걸음을 멈추고 눈살을 찌푸린다. 처음 보는 여자가 기구에 올라서서 허리가 꺾어지도록 격하게 몸을 돌리고 있다. 저렇게 무식하게 쓰는 기구가 아닌데, 저러다 고장이라도 나면 어쩌나 싶어서 경숙은 신경이 곤두선다.

알프스 대공원에 몰려오는 외지인들은 경숙에게 눈엣가시다. 그들은 쓰레기를 함부로 버리고, 공공기물을 망가뜨리고, 밟지 말라는 잔디밭을 밟고 다니고, 늘 시끄럽게 군다. 그들 덕분에 상권이 산다고는 해도 정작 이 동네에 사는 주민들이 권리를 못 누린다면 다 무슨 소용인가. 경숙은 공원 내 운동 시설을 지역 주민들에게만 개방하라고 주민센터에 건의해 볼까 싶다. 이대로 놔뒀다가는 헬스장 다닐 돈을 아끼려고 매일같이 이곳을 출퇴근하듯 드나드는 몰염치한 사람들까지 생길지도 모를 일이다. 예전에는 미술관 매표소 뒤편의 한갓진 곳에 노숙인 십수 명이 자리를 깔고 있기에 기겁을 해서 민원을 넣은 적도 있었다. 자기네 구역인 양 뻔뻔스러운 태도로, 자판기 믹스커피도 아닌 프랜차이즈 테이크아웃 커피를 마시면서 화투를 치는 모습을 보고 경숙은 깊은 경멸감을 느꼈다. 저런 처지에도 아메리카노는 마시고 싶은가, 보도블럭에서 자면서도 부끄러운 줄 모르고 깨끗한 공기는 마시고 싶은가 싶어서 우스웠다. 누구는 열심히 일하고 악착같이 모아서 이 모든 것을 힘들게 얻었건만, 저들은 게으르게 빌붙어서 누리려고 하다니.

경숙은 운동기구들 사이를 빠져나와 다시 산책로에 들어선다. 흐트러졌던 자세를 다시 바로잡고 걷기 시작한다. 자신의 아파트가 있는 방향으로.

길 저편에서 걸어오는 남자와 개 한 마리가 보인다. 경숙은 또 어떤 외지인이 개를 데려와서 화단에 똥을 누이고는 치우지도 않고 가려나 싶어서 눈을 부릅뜬다.

…… 교수가 대기오염과 신경계 질환 사이의 상관관계에 대해 유의미한 분석을 ……

…… 미세먼지의 광화학적 반응에 의한 제3의 독성물질이 발견돼 ……

…… 국내 대기오염질환의 최근 역학과 대응 방법 ……

개가 냄새를 맡는 동안 스마트폰을 들여다보며 메일을 확인하던 진웅은 문득 목덜미에 달라붙는 따가운 눈총을 느끼고 고개를 든다. 몇 미터 너머에서 어머니뻘 되어 보이는 여자가 진웅을 쳐다보고 있다. 진웅은 왜 저러나 싶어 멀뚱히 그녀를 마주 보다가 자신의 개, 알밤이에게 눈을 돌린다. 알밤이는 덤불에 코를 처박고서 열심히 킁킁거리고 있다. 다른 개가 거기다 오줌을 싸놓은 모양이다.

여자가 잰걸음으로 점점 가까이 다가오더니 어느 순간 표정이 눈에 띄게 누그러진다. 그리고 드라마틱하게 반색을 하며 진웅에게 알은체를 한다.

"어이구, 누군가 했더니 요 앞 병원 의사 선생님 아니에요?"

진웅은 스마트폰을 주머니에 집어넣고 목줄을 잡아당기면서 인사한다.

"예, 안녕하세요. 실례지만 제가 못 알아봬서……."

"아, 저번달에 친구들이랑 그 병원 가서 선생님한테 뇌검사 받았거든. 두통이 심해서. 이제 보니 여기 주민이었구먼? 내 보기엔 인상이, 개 키울 것같이 안 생겼는데."

"그랬었군요……."

진웅은 대강 적당히 받아친다. 사실 진웅은 지금 피곤하고, 기분도 매우 안 좋다. 근무 외 시간에 병원도 아닌 곳에서 만난 환자와 친절히 담소를 나눌 마음은 없다. 다행히도 여자는 진웅의 떨떠름한 기색을 알아차렸는지 "바쁘신 분을 너무 붙잡았네. 얼른 가세요"라며 금세 놓아준다. 팔다리를 기운차게 흔들며 산책로를 따라 멀어져가는 여자의 뒷모습을 진웅은 잠시 지켜본다.

그다지 부티 나는 노인은 아니다. 촌스러운 행색이며 거친 피부에 수선스러운 말투까지. 이곳 주민이라기보다는 운동하러 멀리서 찾아온 외지인일 것 같다고 진웅은 생각한다. 대학병원 신경외과에서 하루에도 수많은 외래환자를 보는 진웅은 저런 여자들의 얼굴을 일일이 기억하지 못한다. 날이 갈수록 환자가 늘고 있다. 이러다가는 과로사로 죽겠다 싶다.

진웅은 저만치 앞서가는 알밤이를 따라 걸음을 옮긴다. 알밤이는 네 살 난 보스턴테리어다. 아기 때 흰 바탕에 고동색 얼룩이 진 동글동글한 얼굴이 꼭 알밤 같아서 그렇게 이름을 붙였다. 진웅이 너무 바쁘니 알밤이를 돌보는 것은 거의 전적으로 아내의 몫이 되었고, 자연히 알밤이는 진웅보다는 아내를 더 좋아한다. 휴일 산책만큼은 꼭 진웅이 시키려고 하는 편이지만 녀석은 제 아빠를 길벗 삼기를 그리 달가워하지 않는 눈치다.

"이놈 자식, 너는 복받은 줄 알아. 개들이 다 너처럼 사는 줄 아냐?"

진웅은 한마디 쏘아붙인다. 알밤이는 들은 척도 않고 진웅이 잡은 목줄을 끌어당기며 개선장군처럼 힘차게 전진한다.

알밤이와 산책할 때면 진웅은 이 동네에 살기를 잘했다는 실감이 든다. 깨끗하고, 안전하고, 인도도 잘 깔려 있으니 언제든 마음 편히 개를 데리고 다닐 수 있지 않은가. 만약 공기청정탑 음영지대에서 살았다면 이런 사치는 꿈도 못 꿨을 것이다. 물론 음영지대 주민들은 공기가 얼마나 나쁘든 체념하고 사는 사람들이니 개 산책도 아무렇게나 시키겠지만(혹은 산책 따위는 아예 시키지도 않거나), 진웅은 개나 어린아이나 노인에게 미세먼지가 얼마나, 어떻게 해로운지를 여느 사람들보다 더 잘 알고 있다.

대중은 미세먼지 하면 무엇보다도 호흡기 질환부터 떠올린다. 미세먼지가 혈관을 타고 침투해 장기에 염증을 일으키고 세포를 손상시킨다는 것도, 그래서 암이라든지 당뇨라든지 뇌졸중이라든지 그야말로 온갖 종류의 병을 유발할 수 있다는 것도 그럭저럭 알려진 사실이다. 하지만 뇌전증이나 루게릭병이나 알츠하이머까지 일으킬 수 있다는 점은 많이들 모르는 듯하다.

최근 빈곤층에서 급증하는 원인 불명의 신경질환에 대해서는 이견이 분분하지만 진웅은 그것이 틀림없이 미세먼지 탓이라고 믿고 있다. 미세먼지에 포함된 유독물질이 중추신경계를 특정한 방식으로 손상시키는 것이 분명하다. 얼굴이 푸르스름하게 변하고, 심한 경련을 일으키고, 구역질을 하고, 땀이나 눈물, 콧물을 줄줄 흘리고, 심한 경우 의식을 잃거나 시력이 상실되는 발작 증세는 유기인산 화합물에 노출된 인체의 반응과 흡사하다. 2차대전 때 개발된 신경계열 독가스 같은 것 말이다. 정부에서는 최대한 부드럽게 표현하려 노력하고 있지만 어느 언론에서든 김정남 암살 사건 때 쓰였던 화학무기와 유사한 성분이라고 언급이라도 하는 날에는 파장이 이만저만이 아닐 것이다.

대략 4년 전쯤부터 갑자기 이런 현상이 속출하고 있다

는 사실이 진웅에게는 매우 불길하게 느껴진다. 4년 전부터 우리나라나 중국의 무슨 산업 시설이 신종 오염물질을 내뿜기 시작했다는 뜻일 수도 있고, 아니면 그동안 사람들의 체내에 차곡차곡 분해되지 않고 쌓이던 유독물질이 임계점을 넘으면서 급작스럽게 이상 증세를 일으키는 것일 수도 있다. 그도 아니라면, 방금 진웅이 받은 대기오염질환학회의 소식지 메일에 나온 말마따나, '광화학적 반응에 의한 제3의 독성물질' 때문이거나……. 이런 경우라면 해결하기가 거의 불가능할 것이다. 인간이 만들어내 세상에 흩뿌린 이런저런 화학물질들이 공기 중에서 서로 상호작용해서 자기들끼리 프랑켄슈타인처럼 괴물을 만들고 있다는데, 그걸 무슨 수로 막을 수 있겠는가? 이제는 걷잡을 수가 없는 것이다. 전국에 공기청정탑을 500기쯤 더 설치해 대한민국 전체를 정화하지 않고서야…….

하지만 이 나라에 그런 천문학적인 돈이 있을 리가 없다. 지금 있는 공기청정탑들의 필터를 유지 관리하는 데만도 예산이 빠듯하다며 세금을 조금이라도 더 걷어보려고 아득바득하는 것만 봐도 알 수 있는 일이다.

"정말이지 넌 복받은 줄 알아야 해."

진웅은 주머니에서 배변 봉투를 꺼내며 알밤이에게 재차 강조한다. 알밤이는 잔디밭에 눈 똥이나 어서 치워달라는 듯

권태로운 눈길로 진웅을 올려다보고 있다. 진웅은 한숨을 쉬며 뜨뜻한 똥 덩어리를 봉투에 담는다.

개는 얼마나 행복할까. 개들에게는 양심도, 열등감도, 죄책감도 없다고 한다. 개들의 행복은 인간처럼 상대적이지 않을 것이다. 다른 개들과 자신의 처지를 비교하며 불행해지거나 하지 않을 것이다. 개들은 맛있는 것을 먹고, 충분히 뛰어놀고, 주인과 같이 시간을 보내기만 한다면 그 이상을 바라지 않는다.

진웅은 알프스 대공원 에코빌 단지 청약에 당첨됐을 때만 해도 행복이 시작된 줄 알았다. 의사가 되려고 코피 흘려가며 공부하고, 하루에도 몇 번씩 때려치우고 싶은 충동을 참아가며 인턴과 레지던트 기간을 버텨온 끝에, 드디어 그 모든 세월을 보상받은 것만 같았다. 하지만 새집에 신혼집을 꾸리고 번듯한 전문의가 되었는데도 진웅은 행복하지 않았다. 주변 친구들은 다 부모님 도움을 받아 서울에든 고향에든 자기 병원을 차리고, 진료실에서 환자들 듣기 좋은 말만 해주는 점쟁이 노릇이나 하면서 편안하게 몇 억씩 쓸어담는데, 자신은 언제까지 월급쟁이로 살면서 잠도 못 자고 초과근무에 시달려야 하나 싶다.

솔직히 때로는 부모님이 원망스럽다. 자식 뒷바라지하느라 애쓰신 걸 잘 알면서도, 부모님이 조금 더 부자였더라면 얼마나 좋았을까 하는 아쉬움을 털어버리기가 어렵다. 그리고 또…… 부모님을 생각하면 진웅은 원망과 죄스러움과 애틋함이 뒤섞인 복잡한 감정에 사로잡힌다. 부모님은 공기청정탑 영향권 내에 살고 계시기는 하지만 진웅과 같은 청정지대 중심부의 '탑세권' 주민은 아니다. 그곳 공기질이 양호한 수준이라고는 해도 당연히 알프스 대공원만큼 깨끗하지는 않다.

하다못해 개 한 마리도 청정지대에서 산책을 시켜주면서, 부모님께 번듯한 탑세권 집 한 채 해드리지 못하다니.

울적한 생각에 잠긴 사이에 어느덧 미루아트센터 앞뜰까지 다다랐다. 알밤이가 줄을 확 잡아당기는 바람에 정신을 차린 진웅은 걸음을 멈춘다. 저 앞에서 리트리버 한 마리가 흥분한 채 헥헥거리며 알밤이에게 다가오려고 기를 쓰고 있다. 리트리버의 견주는 "천천히, 천천히!"라고 외치며 목줄을 고쳐 잡으려 기를 쓰지만 오히려 질질 이끌리는 모양새다. 진웅은 상대방에게 다가와도 괜찮다는 의미의 미소를 지어 보이고 알밤이를 리트리버에게 인사시켜준다. 두 개는 빙글빙글 돌며 서로의 냄새를 맡고 꼬리를 흔들더니, 죽이 잘 맞는지 이내 장난을 치며 놀기 시작한다.

'옛말 틀린 것 하나 없지. 개 팔자가 상팔자야.'

진웅은 그렇게 생각하며 눈을 들고 미술관 앞뜰의 설치미술 작품들을 훑어본다. 그곳에는 언제나처럼 젊은 커플들이 유유히 거닐며 스마트폰으로 사진을 찍고 있다.

'좋을 때다.'

진웅은 씁쓸한 미소를 짓는다.

"너는 어쩌면 그렇게 생각이 편협해? 당연히 국가 차원에서 보상을 해줘야지. 음영지대 주민들이 거기 살고 싶어서 사는 게 아니잖아. 아프고 싶어서 아픈 것도 아니고."

"야, 현실적으로 생각을 해보라니까. 그 사람들이 음영지대에 살아서 병에 걸렸다는 증거가 있어? 그건 아무도 모르는 일이란 말이야. 가족력 때문인지, 생활 습관 때문인지 뭔지……."

음료수 페트병들이 산더미처럼 쌓여 있는, 쓰레기인지 미술 작품인지도 분간하기 어려운 작품 앞에서 젊은 남자와 여자가 마주 서서 옥신각신하고 있다. 둘 다 이십 대 초반이다. 남자는 대학교 인장이 수놓인 점퍼 아래 청바지를 입었고, 여자는 세련되게 화장한 얼굴에 원피스 차림이다. 여자는 팔짱을 낀 채 딱딱한 말투로 남자에게 대꾸한다.

"그거야 조사를 하면 되는 일이지. 그것까지도 정부의 책임이잖아. 애초에 공기청정탑을 이렇게 불균등하게 세우는 게 어딨어? 눈에 보이는 차별이잖아. 음영지대 주민들은 기본적인 건강권을 침해당하고 있단 말이야."

"우리나라 헌법에는 건강권 없는데. 법대생이 그것도 몰라?"

"야, 너는……!"

여자, 하린이 씩씩거리면서 언성을 높이지만 이내 말문이 막힌다. 반면 남자, 성규는 침착한 태도를 유지하고 있다. 성규는 자신의 여자친구를 한심한 눈길로 바라보며 고개를 가로젓는다.

"그만하자. 너 너무 흥분했다. 이게 뭐냐, 데이트하면서 정치 문제로 싸우고? 참 나."

성규는 먼저 걸음을 옮긴다. 성규의 등 뒤에서 하린은 뭐라고 말을 하려는 듯 입을 어물거리다가 결국에는 성규의 옆으로 따라붙는다. 하지만 얼굴에는 토라진 표정이 역력하다.

성규는 여자친구의 이런 면이 적잖이 짜증스럽다. 하린은 지난 학기부터 무슨 환경주의 동아리에 들어가더니 별의별 말도 안 되는 헛소리를 늘어놓기 시작했다. 채식주의자들과 페미니스트들과 운동권들에게 세뇌당해 머리가 돌아버렸는지, 하린은 이제 쇠고기와 우유가 들어 있다는 이유로 라면도 안 먹으려고 하고, 자동차를 평생 쓰지 않겠다며 운전면허도 따지 않겠다고 하고, 탈원전 집회에 나가느라 데이트할 시간도 없다고 한다. 오늘은 모처럼 시간을 맞춰서 알프스 대공원 미술관으로 데이트 나왔더니만, 플라스틱에 의한 환경오

염의 위험성을 경고하는 미술품 앞에서 공기 중에 떠다니는 미세 플라스틱에 대해 열변을 토하다가 급기야는 말싸움까지 벌어진 것이다.

성규는 얼굴도 예쁘고 몸매도 끝내주고 집도 잘사는 애가 뭐가 불만이라고 저러는지 이해가 되지 않는다. 하린은 굳이 이런 촌스러운 이름의 공공시설까지 찾아오지 않아도 될 만큼 돈이 많다. 서울의 '비밀 정원' 프랜차이즈 회원 카드에 매달 100만 원쯤 자동 충전해놓고 툭하면 찾아가 산책할 뿐 아니라, 좀 스트레스 받은 날에는 인공 햇빛, 구름, 안개, 비를 조절할 수 있는 익스클루시브 서비스까지 아무렇지도 않게 쓰는 애였다. 덕분에 성규도 데이트 비용 부담을 덜 느껴서 좋은 건 사실이다. 그냥 입만 다물고 가만히 있으면 완벽할 텐데.

요즘 '강시병' 때문에 한창 뉴스가 시끄럽기는 하다. 가난한 집 애들이 곧잘 걸리는, 얼굴이 푸르스름해지고 부자연스러운 몸짓으로 강시처럼 발작을 하는 병 말이다. 성규의 과에도 그런 애가 한 명 있는데, 강의 중에 발작을 일으키는 바람에 한바탕 소동이 일어나기도 했다. 그 애는 자기가 음영지대 출신이라는 티를 조금도 내지 않았고 언제나 비싼 옷을 입고 다녔기에 더욱 충격적인 일이었다. 하여간 없는 집에서 자란 애들이 더 허세가 심하다. 형편이 좀 나아지니 그 사실을 어떻게든 과시하고 싶어서 안달을 하지만, 가난했던 과거는 어떻게든 들통이 나게 되어 있다.

이런 걸 봐도 음영지대의 강시병 환자들에게 정부가 보상을 한다는 것이 얼마나 불합리하고 비현실적인 일인지 알 수 있다. 지금 음영지대에 사는 사람들만 강시병에 걸리는 것도 아니고, 가난한 사람들만 강시병에 걸리는 것도 아니다. 심지어 평생을 청정지대에서만 살아온 사람이라도 재수가 없으면 걸릴 수 있는 병이다. 어디선가 자기도 모르는 사이에 유해물질에 노출되었을지 모르는 일이니까. 게다가 미세먼지로 인해 걸릴 수 있는 병이 어디 한두 가지던가? 음영지대의 강시병 환자들이 떠들썩하게 시위를 벌인다고 해서 정부에서 돈을 쥐여줬다가는, 음영지대의 폐암 환자, 고혈압 환자, 천식 환자, 각막염 환자, 우울증 환자, 심지어는 조현병 환자까지도 보상금을 내놓으라며 들고일어날지도 모른다. 그중의 태반은 미세먼지 때문이 아니더라도 어차피 그런 병에 걸렸을 사람들인데도 말이다.

성규는 하린을 이끌고 식당과 카페 들이 있는 곳으로 걷는다. 하린은 부루퉁해져서 아무 말도 하지 않는다. 성규는 구태여 달래줄 생각이 없다. 지금은 배가 고파서 기분이 더 나쁠 것이다. 일단 맛있는 것을 좀 먹고 나면 결국에는 제풀에 지쳐서 화를 풀게 되어 있다.

"뭐 먹을까?"

유럽풍 조각상과 분수대가 있는 아담한 광장에 이르러 성규는 묻는다. 광장을 중심으로 이탈리안 비스트로, 패스트 푸드점, 태국 음식점, 일식집, 샌드위치 전문점 등이 늘어서 있다. 간판이며 꾸밈새는 가지각색이지만 가게 앞에 노천석이 마련되어 있다는 점은 다 똑같다. 모처럼 공기청정지대에 온 사람들은 야외에서 햇빛과 바람을 즐기며 식사를 하고 싶어하게 마련이다. 하린과 성규도 마찬가지다. 하린은 식당들을 유심히 둘러보더니 화덕 피자 전문점 앞의 빈 테이블 하나를 가리킨다.

"저기 피자 맛있대. 비건 피자도 있고."

하린은 성규를 앞질러 걸어가서 다른 사람에게 자리를 빼앗길세라 재빨리 의자를 차지하고 앉는다. 테이블에 놓인 태블릿 PC 메뉴판을 들여다보는 하린의 얼굴은 벌써 한결 누그러져 있다. 반대로 성규는 하린이 비건 치즈에 버섯과 가지 따위만 올려진 피자 같지도 않은 피자를 시킬 거라는 생각에 또다시 짜증이 난다. 예전에는 둘이서 밥을 먹을 때면 같이 나눠 먹을 수 있는 메뉴를 시켰고, 으레 하린이 밥을 남겨서 성규가 늘 1.5인분을 먹고는 했다. 그런데 지금 하린이 먹는 것들은 도무지 맛이 없어서 나눠 먹고 싶지도 않거니와, 보통 음식보다 언제나 몇천 원 정도 비싸기까지 하다. 하린이야 금전 감각이 없으니 자기 식사값은 자기가 낸다며 속 편하게 저러지만, 성규는 자신이 늘 하린보다 싼 메뉴를 고르고, 싼 선물을 하고, 특가로 풀린 호텔 방을 찾으려 안간힘을 쓰면서 겉으로는 아무렇지 않은 척하는 데에 질렸다. 다른 여자애들처럼 적당히 센스 있게, 오늘은 국밥을 먹고 싶은 기분이네, 귀찮은데 그냥 가까운 모텔 가자, 이렇게 말해주면 얼마나 좋은가.

"나는 이거랑 자몽에이드 먹을래."

하린이 가리킨 메뉴판 속에는 역시나 풀과 버섯투성이인 피자 사진이 떠 있다. '그럼 그렇지'라고 생각하며 성규는 태블릿을 자기 쪽으로 끌어당긴다. 그리고 테이블 유리에 비친, 원피스 네크라인 위로 드러난 하린의 가슴골을 흘끔거리면서 마음을 달랜다.

"임대아파트 짓겠다고 녹지를 밀어낸다니, 아니 그게 말이나 되는 소리냐고. 명색이 청정지대인데 나무를 더 심으면 심었지, 사람을 더 들이려고 나무를 베어낸다니? 이건 우리 아파트 주민들이 다 같이 항의해야 할 문제라니까요. 도대체 대통령은 무슨 생각을 하는지를 모르겠어. 그러지 말고 청정지대를 더 만들면 되잖아."

화덕 피자 식당 건너편에 있는 한 카페의 노천석에서 삼십 대 후반의 여성이 신경질적으로 말을 쏟아낸다. 그 맞은편에 앉은, 그녀보다 몇 살 어린 외모의 여자는 상대방의 이야기를 듣는 둥 마는 둥 피자집을 멍하니 바라보고 있다. 정확히는 피자집 노천석에 앉은 젊은 커플 중, 남자애 쪽이 입은 점퍼 등판의 문구를 바라보는 중이다.

지산대학교 경영학과.

저 남자애와 같이 피자를 먹고 있는 여자애도 아마 같은 대학교 학생이리라.

여자, 유정은 명문대생들을 보면 동경하는 마음이 절로 든다. 저런 좋은 대학교에서 공부하며 청춘을 보내고 연애도 한다는 건 어떤 기분일까. 유정은 대학을 다닐 나이는 지났고 이미 초등학교 1학년 딸을 둔 엄마이지만, 못내 미련이 남는다. 어쩌면 유정도 대학을 졸업했을 수도 있었다. 현아를 낳지 않았더라면.

"엄마, 엄마, 나 심심해."

현아가 유정의 옷자락을 잡아당긴다. 유정은 자신이 한 생각을 들킨 것 같아 화들짝 놀라 고개를 돌린다. 현아는 그야말로 지겨워죽겠다는 얼굴로 입술을 삐죽거리며 유정을 올려다보고 있다. 현아의 앞 테이블에는 유정이 건네준 스마트폰과 빈 아이스크림 그릇이 나란히 놓여 있고, 맞은편에 앉은 수민은 제 엄마의 스마트폰을 붙잡고 게임에 열을 올리는 중이다.

"어머, 재는 게임을 안 하네."

수민 엄마가 반쯤은 신기하고 반쯤은 기특하다는 표정으로 한마디 한다. 그러거나 말거나 수민은 스마트폰만 들여다보고 있다. 눈치가 빠른 현아는 친구네 엄마가 자신을 칭찬했다는 것을 알아차리고는 수줍은 얼굴로 유정의 뒤에 숨는다.

확실히 현아는 별난 데가 있다. 여느 아이들과 달리 스마트폰보다는 책을 훨씬 더 좋아한다. 부모 입장에서는 반가운 일이지만 한편으로는 성가시기도 하다. 소리 내어 읽어주어야 하고, 책을 골라주기도 해야 하고, 이런저런 질문에 대답도 해주어야 한다. 다른 아이들은 스마트폰만 쥐여주면 있는지 없는지도 모르게 조용히 논다는데. 유정은 스마트폰을 집어 들고 유튜브의 어린이책 방송 채널을 켜서 현아에게 건네준다. 그러자 현아는 짜증이 났는지 무언가 서러워졌는지 울상을 지으며, 조그맣게 "이건 이미 다 봤단 말이야"라고 칭얼거린다. 유정은 확 신경질을 내고 싶은 걸 참으며 다른 구독 채널들을 차근차근 넘긴다. 마침내 마음에 드는 콘텐츠를 찾은 현아는 금세 표정을 풀고 화면에 시선을 붙박는다.

"현아 엄마는 참 좋겠어요. 애가 똑똑해서. 말도 어쩜 저렇게 또박또박 잘하고."

살짝 가시가 돋힌 수민 엄마의 말투에 유정은 신경을 곤

두세운다.

“아, 아니에요. 그냥 애가 책은 좀 좋아하는 거 같은데, 다른 데에는 통 관심이 없어서…… 저랑 그이는 걱정인걸요.”

“하긴 사회성 교육도 중요하지. 엄마로서는 이것저것 다 어렵죠 뭐.”

수민 엄마가 미묘한 미소를 지으며 말한다. 유정은 그녀가 자신을 은근히 비꼬았다고 직감하지만 정확히 무엇을 비꼰 것인지는 모른다. 유정이 이 동네 엄마들과 잘 섞이지 못한다고 돌려 말하는 걸까? 아니면 현아의 교육을 유정이 감당하기 어려울 거라고 힐난하는 걸까?

유정은 자신이 고졸일뿐더러 음영지대 출신이라는 사실을 수민 엄마는 물론이고 주변 여자들 모두가 아는 것이 아닐까 의심하고 있다. 근거는 없지만 자신을 향한 그들의 눈빛이며 수군거림을 느낄 수 있다. 유정은 머뭇거리며 원래의 화제로 말을 돌린다.

“그러게요……. 그, 임대 아이들하고 섞이는 것도 걱정되고요. 학교에서 어떤 애들이랑 노는지 다 알 순 없으니까…….”

“어휴, 그러니까.”

수민 엄마가 다시금 흥분한 듯 아이스 아메리카노를 벌컥벌컥 들이켜고는 말을 잇는다.

"지금도 가뜩이나 그 사람들 때문에 골치 아픈데. 공원 바닥에 돗자리 깔아놓고 고추를 말리질 않나, 화단 둘러서 걸어가기 귀찮다고 산울타리를 없애질 않나……. 그런 집 애들은 부모 보고 뭘 배우겠어요. 뻔하지. 우리 수민이는 유치원 때부터 워낙 아무하고나 잘 놀았어서……."

수민 엄마는 수민이가 유치원 때 임대 아이들과의 사이에서 겪었던 트러블에 대해 이야기한다. 이미 두어 번 들었던 이야기지만 유정은 내색하지 않는다. 사실 임대 세대 주민들은 대다수가 음영지대 출신이고, 이 이야기는 결국 음영지대 사람들에 대한 험담으로 연결될 수밖에 없다. 유정이 사는 집은 남편 소유이니 꿇릴 것 없다고 늘 생각하지만, 그렇기에 더더욱 그쪽 사람들하고는 엮이고 싶지 않은 게 솔직한 마음이다. 유정은 괜히 이 화제를 꺼냈다고 내심 후회하지만 이미 늦었다.

"……참, 그러고 보니까 그 얘기 들었어요? 요즘 도는 그 강시병이라고 있잖아."

수민 엄마의 말에 현아가 문득 고개를 들었다가 재빨리 내린다. 그 순간 유정은 현아가 스마트폰에만 집중하는 척하면서 모든 대화를 듣고 있었다는 것을 깨닫는다. 저 조그만 머리로 대체 무슨 생각들을 하고 있는 것일까. 유정은 반사적으로 현아의 어깨를 감싸쥔다.

"강시병이 왜요?"

"그게 전염된다는 소문이 있어."

"네?"

수민 엄마가 목소리를 낮추고 속닥거린다.

"음영지대에서 도는 전염병인데 정부에서 숨기고 있다는 거야. 지금 사람 환자한테만 관심이 쏠려서 많이 안 알려졌는데, 사실 동물들도 떼죽음을 당하고 있대요. O시 같은 데 가보면 길고양들이나 들쥐 시체가 널렸다지 뭐야. 어휴, 소름 끼쳐."

현아가 스마트폰을 쥔 손을 내리고 수민 엄마를 흘끔 돌아본다. 이제 보니 어느새 수민도 스마트폰을 테이블에 팽개쳐놓고 턱을 괸 채 제 엄마를 올려다보고 있다.

"설마요. 미세먼지 때문이라던데…… 동물들도 공해 때문에 그러는 거 아닐까요?"

유정이 조심스럽게 말한다. 아이들의 호기심과 두려움 어린 눈길을 의식한 수민 엄마는 헛기침을 한다.

"글쎄, 아무튼, 이런 건 조심해서 나쁠 것 없죠. 병 걸린 사람들하고 가까이 지내다가 괜히 옮기라도 하면 우리만 손해지. 수민아, 너도 조심해."

수민 엄마의 말에 수민은 떨떠름한 표정으로 현아와 유정을 곁눈질한다. 묘한 죄책감이 서린 그 얼굴을 보며 유정은 다시금 확신한다. 아이들은 다 알고 있다.

유정은 말없이 현아의 어깨를 한 번 더 당겨 안는다. 그렇게 하면 현아를 지킬 수 있을 것처럼.

"아, 귀찮아. 그냥 가자. 잃어버렸다고 하면 되지. 좀 혼나기밖에 더 하겠어?"

"그래도 더 찾아보자. 학교 비품이잖아."

카페 뒤쪽을 따라 성기게 조성된 수풀 속에서 운동복 차림의 소녀 두 명이 천천히 걸어다니며 옥신각신한다. 한 명은 웬만한 성인만큼 키가 크고 다부진 체격이고, 또 다른 한 명은 통통하고 가무잡잡한 종아리를 느릿느릿 놀리며 친구의 뒤를 마지못한 듯 따라가고 있다. 큰 키의 은진은 허리를 구부정히 기울이고 명자나무와 키 작은 라일락 나무를 헤치며 바닥을 살핀다. 흙바닥 어디를 봐도 형광 연두색 테니스공은 눈에 띄지 않는다. 채령은 한숨을 쉰다.

"이상하다. 그게 어디로 사라졌을까? 여기가 무슨 산 속도 아니고, 공이 파묻혀서 안 보일 만큼 나무가 무성한 것도 아닌데……. 야, 그새 개가 물고 간 거 아닐까? 아까 어떤 남자가 개 데리고 지나가는 거 봤는데……."

은진은 채령이 늘어놓는 말을 묵묵히 듣다가 걸음을 멈춘다.

"요 어디 있을 거야. 너무 걱정하지 마. 연습하다 보면 그럴 수도 있지."

은진의 침착한 목소리에 채령은 입을 다문다. 은진은 분명 배려하는 마음으로 한 말일 텐데도 채령은 오히려 기분이 나빠진다. 주말에 여기까지 와서 테니스 연습을 하는 건 채령의 실력이 뒤떨어지는 탓이다. 공을 잃어버린 것 역시, 채령이 서브를 괴상하게 넣어서 테니스장 가장자리의 산울타리 너머로 공을 날려버렸기 때문이다. 공이 허공으로 넘어가 사라진 순간 은진의 얼굴에 떠올랐던 표정을 채령은 자꾸만 떠올린다. 어이없다는 듯한, 동시에 별 기대도 없다는 듯한 체념의 표정.

연습하면 늘기는 하는 걸까, 채령은 생각한다. 공을 치면 칠수록 팔에 힘만 빠지고 라켓은 걸상처럼 무겁게 느껴진다. 은진에게 짐이 되는 것 같아 미안할 뿐이다. 하지만 채령은 그런 표현을 하지 못한다. 은진도 불편한 내색을 하지 않는다.

둘은 한동안 말없이 잔디밭을 살핀다. 화단 안쪽으로 들어왔을 뿐인데도 마치 바깥세상과 한 단계 분리된 것처럼 조용하다. 광장을 지나다니는 사람들의 발소리와 카페에 앉은 사람들의 말소리가 저 멀리에서 들려오는 듯하다. 그들이 비워두고 온 맞은편 테니스장에는 어느새 다른 팀이 들어왔는지, 깡 하고 라켓에 공이 튕기는 경쾌한 소리가 규칙적으로 들려온다. 그 매끄러운 소리에 귀를 기울이며 채령은 그들의 실력을 가늠한다. 그리고 언젠가는 저 사람들처럼 될 수 있을까 생각한다.

물론 어림도 없는 일이다. 채령과 은진이 다니는 학교의 테니스부는 이제 막 생겼을 뿐이고, 코치 선생님부터 부원들까지 전부 오합지졸이다. 채령 자신을 포함해서. 초등학교 때부터 테니스를 배웠다는 은진이라면 다를지도 모르지만, 어차피 음영지대의 학군에서 뭘 열심히 해봤자 그걸로 대학에 진학할 수 있을 리가 없다. 채령은 단지 은진을 따라 아무 생각 없이 입부했을 뿐이다. 하지만 은진의 눈 속에서 번뜩이는 욕심을 본 순간부터는 그렇게 가벼운 마음가짐으로 임하는 게 미안해졌다.

"빨리 학교에 테니스장이 생겼으면 좋겠다. 그치?"

쪼그려 앉은 채 라켓 끝으로 잡초 틈새를 뒤적거리던 은진이 입을 연다.

두 사람은 어느새 후미진 곳의 빈터에 이르렀다. 뭔가를 심으려는 건지, 무슨 시설을 만들려는 건지, 흙을 골라놓은 네모진 땅이 한동안 방치되어서 잡초가 무성히 자란 상태다. 말끔하게 관리된 주변 정원과 대조되어서 더욱 지저분해 보인다.

채령은 침묵이 깨진 것이 반가워 냉큼 말을 받는다.

"그러니까. 짐 싸들고 공청지대까지 와서 연습하는 것도 지겨워. 눈치 보이고. 붐비는 날엔 공원에 입장도 못 하고……. 짜증 나 진짜."

채령이 제풀에 점점 흥분하며 말한다. 은진은 운동복 바지를 털고 일어선다.

"참, 그거 들었어? 이제 강시병 걸린 사람들도 이런 데 입장 못 하게 할 거래."

채령은 벙쪄서 은진을 돌아본다.

"뭐? 왜?"

"전염병일 수도 있다고 생각한다나. 몰라, 가짜 뉴스일 수도 있는데. 아무튼 아까 학교 커뮤니티 보니까 다 그 얘기더라고. 예방 조치가 어쩌구."

"미쳤다. 그게 뭐야? 그냥 존나 가난하면 걸리는 건데."

채령은 킬킬 웃으며 학교의 푸르뎅뎅한 강시 애들을 떠올린다. 한 반에 두세 명꼴로 있는 강시들은 자연스럽게 자기네끼리 무리 지어 다닌다. 강시병에 걸리면 그렇게 되는 건지 아니면 그런 애들만 강시병에 걸리는 건지는 몰라도, 하나같이 지나치게 예민하거나 음침하거나 찌질한 성격이어서 보통 같은 반 아이들과 잘 어울리지 못하기 때문이다. 강시들끼리 같이 놀려면 서로의 그런 점을 대체 어떻게 견뎌낼까, 채령은 가끔 궁금해진다.

"그러고 보면 우리 부에는 강시 없어서 다행이다. 앞으로도 받지 말자."

채령은 부지불식간에 잡초를 라켓으로 마구 헤집는다. 버려진 페트병 뚜껑, 과자 봉지, 핫도그 꼬챙이, 더러운 물티슈 같은 것들이 라켓 끝에 쓸려서 이리저리 튄다. 주황색 환타 뚜껑이 데굴데굴 굴러가 은진의 종아리에 맞는다. 그러자 은진이 피식 웃으며 뚜껑을 발로 차 채령을 향해 돌려보낸다.

"웃긴다. 너처럼 못 치는 애도 입부하는데 무슨."

채령은 뚜껑을 되치려고 라켓으로 땅을 내리찍지만 실패한다. 뚜껑은 간발의 차로 채령의 다리 사이를 지나쳐 더 멀리 굴러간다. 채령은 몸을 돌려 그쪽을 돌아본다. 그리고 이상한 것을 발견한다.

"어, 저게 뭐지?"

채령은 주황색 뚜껑 옆에 놓여 있는 파란 봉제인형 같은 것으로 가까이 다가간다. 뒤에서 은진이 따라오는 기척이 들린다. 채령은 웅크려 앉아 파란 물체를 자세히 들여다보고는 아, 하고 짧은 비명을 뱉는다.

"이것 좀 봐."

"뭔데?"

은진이 채령의 어깨 뒤에서 굽어본다.

죽은 비둘기의 시체다. 비둘기는 마치 동화 속의 파랑새처럼 털 전체가 새파란 빛깔을 띠고 있다. 죽은 지 오래된 듯 속은 이미 들쥐들과 벌레들이 파먹어서 껍데기만 남았는데, 거무죽죽하게 문드러진 거죽과 뼈대 위로 푸른 깃털들이 포스터 물감처럼 선명하다.

두 소녀는 잠시 말없이 그것을 내려다본다. 욕지기에 사로잡혔으면서도 그들은 금방 눈을 떼지 못한다. 은진이 한쪽 발을 살짝 옮기자 흙 위를 지나가던 개미들 중 몇 마리가 그녀의 운동화 밑창 아래로 사라진다. 그중 또 몇 마리는 재빨리 발을 옮겨 두 소녀를 둘러싼 화단 바깥의 광장으로 걸어 나간다.

옛 아파트 단지 근린공원의 운동장이었던 광장에는 짙은 회색과 연회색의 콘크리트 블록들이 깔려 있다. 그 위로 수많은 사람이 지나다니며 맑은 공기를 마시고 자유로운 오후를 즐긴다. 매점, 식당, 카페 전면에는 최소 2미터 간격을 사이에 두고 배치된 노천석들이 널려 있고 테이블마다 사람들이 차지하고 앉아 먹고 마시며 떠든다. 식물들과 곤충 및 소동물들의 조화로운 공생을 도모하고, 해충과 잡초를 자연스럽게 억제할 수 있도록 계획하여 심긴 나무들은 짙푸른 빛깔과 싱그러운 향기를 한껏 자랑한다. 주변에는 산도 강도 없고 빙하는 물론이요 호수는 없지만, 폐쇄된 화력발전소를 개조한 미루아트센터의 굴뚝에 그려진 파란 새 마크와 그 뒤의 새하얀 청정탑은 푸른 하늘을 배경으로 제법 멋진 랜드마크 노릇을 한다. 공원 어디에서든 눈만 들면 볼 수 있는 공기청정탑의 거대한 디스플레이에는 현재 시각과 미세먼지 양이 표시되며 공영 방송사의 뉴스가 송출된다. 뉴스 속보에 전국 미세먼지 평균 농도가 몇으로 뜨든 간에 이 일대의 공기질은 언제나 '최고 좋음'을 유지한다. 저 멀리 알프스에 빙하가 다 녹아 사라지는 날에도 이곳의 날씨는 언제나 쾌청할 것이다.

이곳이 바로 N시의 자랑거리, 알프스 대공원이다.

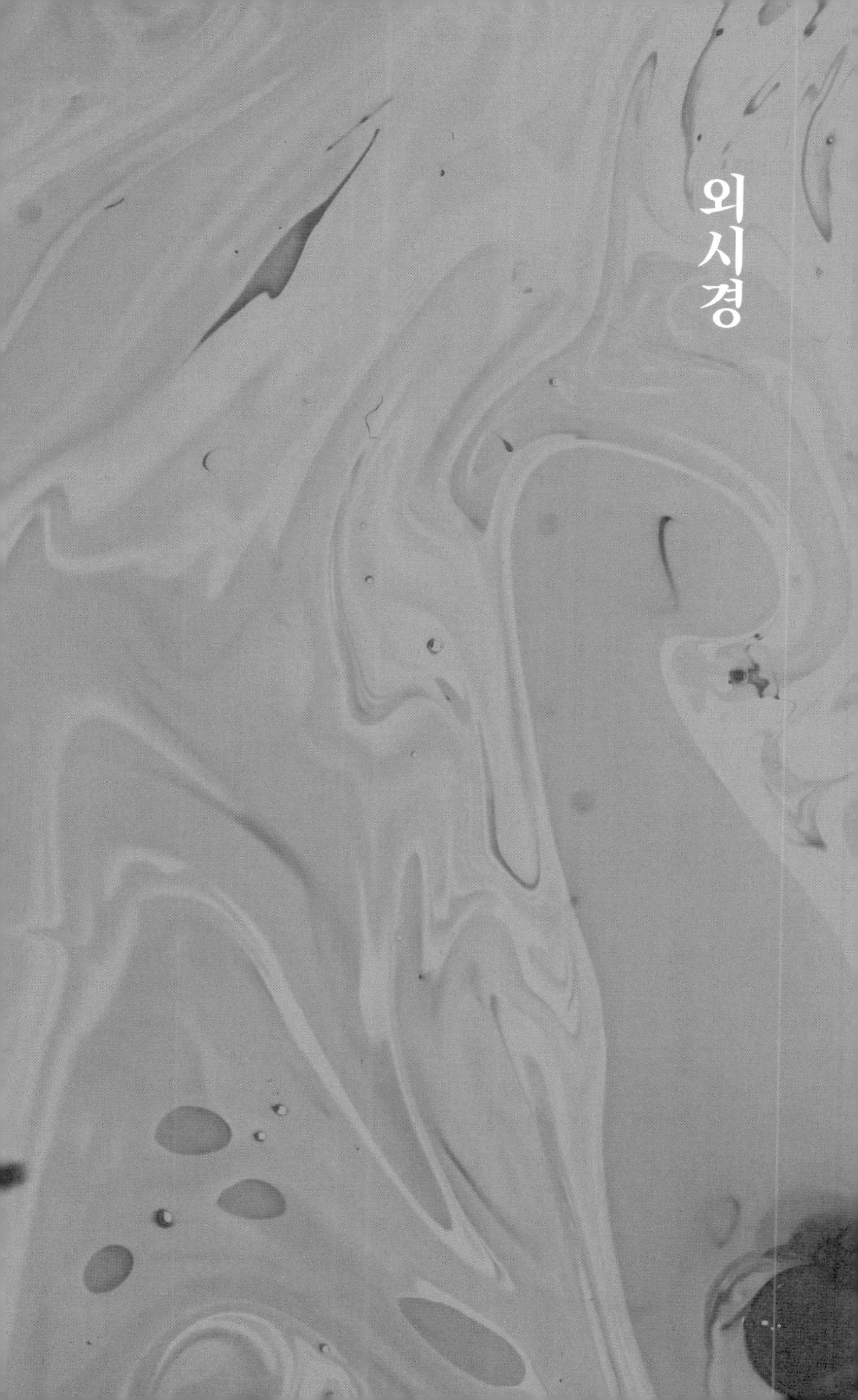
외시경

외시경

1. 드레스룸

“이런 새 아파트에 한번 살아보면 옛날 집에선 도대체 어떻게 살았나 싶을 거야.”

남편은 내게 말한다. 자못 확신에 찬 말투다. 남편도 신축 아파트에 살아보는 것은 처음인데도.

“이것 봐. 각각의 방 전력을 이 스마트패드 하나로 조절할 수 있어.”

“밖에 있는 무인 택배함에 택배가 도착하면 알림이 들어오게 되어 있네. 이거 좋네.”

“홈 시스템을 스마트폰에 연동할 수도 있어. 이것 좀 봐.”

벽에 박힌 화면과 자기 스마트폰을 번갈아 터치하면서

진지한 표정으로 그렇게 말하는 남편은 마치 소년 같다. 나보다 열일곱 살이나 많은데도 남편은 흥분할 때는 제 나이보다 훨씬 젊어 보인다. 나는 옷을 정리하던 손을 잠시 멈추고, 남편이 보여주는 스마트폰 화면에 눈길을 돌린다. 푸른 집 모양의 아이콘이 떠 있다.

"만약 가스를 켜놓은 채 깜빡하고 외출했다고 쳐. 그러면 이 앱으로 들어가서 이렇게, 이렇게. 간단히 확인하고 끌 수 있어. 어때, 편하겠지? 너 같은 덜렁이에게는 아주 유용하겠지."

나는 나를 보며 짓궂게 웃는 남편의 얼굴을 마주 보며 웃는다. 그의 얼굴이 보기 좋다. 남편은 진심으로 미래를 낙관하고 있다. 이 집에서의 삶이 잘 풀릴 것이라고. 우리 부부의 일상이 바뀔 것이라고, 전보다 훨씬 더 행복해질 거라고. 그리고 그 믿음을 내게도 심어주려 애쓰고 있다. 나는 남편의 그런 노력을 저버리고 싶지 않다.

"그래, 정말 좋네. 안전 문제는 전혀 걱정 안 해도 되겠어요."

나는 대답한다. 물론 집 밖에서 스마트폰으로 집 안의 가스를 끄고 켜는 일은 남편이 할 것이다. 내게는 스마트폰이 없다. 긴 시간 혼자서 외출하는 일도 거의 없다. 남편은 기분이 좋은 나머지 그 사실을 잠시 잊어버린 모양이다.

심한 우울증과 불안증을 앓는 나는 대부분의 시간을 극도의 무기력에 빠져서 보낸다. 외출할 에너지도 없을뿐더러, 밖에서 모르는 사람들 사이를 돌아다니는 것이 내게는 너무 두려운 일이다. 사람들이 다 나를 비웃는 것처럼 느껴진다. 다른 사람들은 모두 어엿한 정상인이자 사회인으로서 저마다의 가치를 갖고 살아가는데 나만 쓸모라고는 없는 한심한 인간 쓰레기인 것 같다. 결혼한 지 6년째인데 아직 아이를 가질 엄두조차 내지 못하고, 맞벌이를 하는 것도 아니고, 친구도 만나지 않고, 온종일 집에서 넷플릭스나 책만 보고 홈쇼핑으로 돈이나 쓰면서 남편의 삶에 부담만 주는 인간. 너무 멍해서 집 안에서도 물건을 잃어버리기 일쑤이고 가스불이나 냉난방 단속도 제대로 못할 정도이니, 그런 나를 혼자 두고 출근해야 하는 남편은 얼마나 불안할까. 내가 늘 어두운 표정으로 유령처럼 집 안을 돌아다니는 것을 보며 남편은 얼마나 울적할까.

집을 고를 때 남편은 나를 위한 여러 조건을 신중히 고려했다. 번화가에 가깝지 않아 조용하고 나를 자극할 요인이 별로 없는 곳. 공원이 가까이 있어 내가 산책이나 조깅을 하기에 좋은 곳. 내가 혼자 있어도 안전할 만큼 보안이 확실한 곳. 그리고 우리 모두의 미래를 위해 투자할 가치가 있는 곳. 그렇게 해서 찾은 곳이 바로 이 신도시의 신축 아파트 단지였다.

이제 막 개발되기 시작한 지역이라서 주변 일대가 휑했다. 카페나 대형 마트나 꽃집 같은 것은 찾아볼 수 없었고 편의점보다 부동산이, 분식집보다 함바집이 더 많았다. 갓 심은 앙상한 어린 나무들이 가지런히 늘어서서 겨울 바람을 맞고 있는 공원은 공원이라기보다는 공터에 가까웠고, 아이들이 떠드는 소리나 개 짖는 소리는 전혀 들리지 않았다. 어떤 가게가 입점할지 알 수 없는 상가들의 1층 전면 유리창들이 물을 뺀 수족관처럼 길거리에 늘어선 채 사람을 기다리고 있었다. 아파트 정문으로 들어서는 길 어귀에서는 도배업체나 입주청소업체에서 나온 사람들이 '입주를 축하합니다'라거나 '대박 나세요' 같은 문구가 적힌 전단지를 돌리곤 한다. 새로운 땅, 새로운 삶. 이전의 누추했던 삶은 모두 지우고, 마치 그 모든 것이 없었던 것처럼 눈부신 삶을 살라는 축복의 말들. 신도시가 구도시를 지웠듯이, 이곳에 발 붙이고 살아온 사람들의 흔적을 마치 처음부터 존재하지 않았던 것처럼 없애고 이렇게나 번쩍이는 새 아파트와 새 오피스텔과 새 빌딩을 지었듯이.

아니, 이것은 너무 시니컬하고 과장된 비유이다. 이런 식으로 생각하는 습관을 버려야 한다. 남편도 내가 비유를 지나치게 많이 쓴다고 지적하지 않았던가. 우리가 결혼하기 전, 강의실에서 선생과 학생의 관계로 만났을 때부터 그랬다.

현재에 집중하자.

과거의 생각에 사로잡히지 말고 현재에 집중하라고 정신과 의사도 조언했다.

지금 우리는 집을 정리하고 있다. 남편이 이 집의 최첨단 시스템을 살피는 동안, 나는 이삿짐 센터 사람들이 벽장에 되는 대로 욱여넣은 옷 꾸러미들을 풀고 계절과 종류에 맞게 정돈하는 중이다. 이 방은 드레스룸이다. 드레스룸이라는 것이 있는 집에 살아보는 것 또한 난생 처음이다. 드레스룸에는 거대한 전신 거울과 더불어 방의 삼면을 둘러싸는 옷장과 행거, 그리고 에어드레서가 마련되어 있다. 남편은 옷차림에 신경을 꽤 쓴다. 문인이라고 해서 담배와 소주 찌든내를 풍기는 후줄근한 셔츠 차림으로 돌아다녀서는 안 된다고 남편은 늘 말한다. 옷차림이 멀끔해야 강단에서도 학생들에게 자연스러운 권위와 신뢰를 얻을 수 있고, 동료 교수들이나 출판사 사람들이나 공무원들 사이에서도 무시받지 않을 수 있다고 한다. 나는 남편의 말에 수긍하지 않을 수 없다. 내가 연애 시절 남편에게 느꼈던 호감의 이유 중 하나도 그 차림새였으니까. 나는 남편의 셔츠, 넥타이, 장갑, 양말, 손수건을 그가 자주 쓰는 순서대로 서랍장이며 벽장 문고리에 정렬한다. 그이의 매끄러운 실크 넥타이의 촉감과 장갑에서 풍기는 가죽과 향수 냄새를 나는 좋아한다.

내 옷은 남편의 옷보다 훨씬 적다. 나야 사회 생활을 하지 않으니 당연한 일이다. 하지만 남편은 내 옷차림도 소홀히 하지 않는다. 그는 종종 주말에 나를 백화점으로 데려가서 주로 아이보리색, 베이지색, 검정색, 회색 등의 색깔로 된 격조 있는 옷을 사주고 그에 짝이 맞는 구두나 단화를 사준다. 생일이나 결혼기념일에는 값비싼 브랜드의 손목시계 같은 것을 사주기도 한다. 남편과 부부 동반으로 참석하는 자리가 아니면 차려입고 나갈 일이 별로 없는데도 남편이 내 차림새에 그렇게 신경 써주는 것은 고마운 일이다. 하지만 그렇게라도 차려입히지 않으면 내 몰골이 같이 다니기 창피할 만큼 추레한가 싶어서 부끄럽기도 하다. 나는 남편이 사주는 고급스러운 물건들이 내게 어울리지 않는다는 느낌이 자꾸 든다. 남편은 더없이 잘 어울린다고 하지만 다른 사람들은 그렇게 생각하지 않는 것 같다. '저것 봐, 저 꼴에 반 클리프 앤 아펠 시계라니, 저게 바로 돼지 목에 진주 목걸이가 아니고 뭐겠어?' 이렇게들 생각하는 것 같다. '아무리 고상한 척해봤자 본성이 어디 가려지나.' 이렇게들 생각하는 것도 같다. '아이보리색 재킷을 입으니 가뜩이나 큰 가슴이 더 커 보이는군.' '둔해 보여.' 이렇게들 생각하는 것도 같다.

"여보, 이리 와봐. 이것 좀 봐."

거실에서 남편이 부른다. 나는 재킷을 옷걸이에 걸어두고 밖으로 나간다.

남편은 거실의 대리석 벽 한편에 박혀 있는 커다란 스마트패드 앞에 서 있다. 스마트패드에는 조그맣고 어둑한 화상 하나가 떠 있다.

"이게 지금 우리 집 현관 밖이야. 집 안에서 문 밖 상황을 실시간으로 볼 수 있는 거야."

나는 그의 옆으로 다가가 화면을 들여다본다. 작은 홀 하나를 사이에 두고 맞은편 집의 현관문이 보인다. 왼편에 있을 엘리베이터와 오른편에 있을 계단참과 창문은 카메라에 잡히지 않는다. 맞은편 집 현관문만 덩그마니 보인다.

"밖에서 누구 수상쩍은 사람이 기웃거리는 것 같거나, 이상한 소리가 들리거나 하면, 이걸 이렇게 켜서 확인하면 돼. 옆에 있는 이 버튼을 누르면 녹화도 할 수 있어. 굉장하지?"

나는 그다지 굉장하게 느껴지지 않는다. 이런 기능을 쓸 일이 있겠는가 싶다. 어차피 현관문에는 외시경이 달려 있지 않은가. 누가 오면 현관으로 가서 일단 외시경으로 밖을 본 다음 문을 직접 열어주는 것이 편하다.

"신기해라. 기술이 정말 많이 발전했나 봐요."

"그러게 말이야."

"하지만 여기서 밖을 확인한 다음 문을 열어주려면 현관까지 나가긴 해야겠네요. 나 대신 문을 열어주고 손님을 거실까지 모셔줄 집사 로봇 같은 것도 있으면 좋을 텐데."

나는 농담을 던진다. 하지만 남편은 내 농담이 그다지 마음에 들지 않는 눈치다. 그는 눈을 약간 찌푸리며 웃는 둥 마는 둥하더니 스마트패드의 버튼을 이리저리 눌러 또 다른 기능을 선보이기 시작한다.

나는 혀끝을 살짝 깨문다. 나는 이렇게 주변머리가 없다. 상대방이 즐거워할 만한 농담 한마디 자연스럽게 할 줄 모른다.

남편은 나의 안전을 위해준다. 내가 이 세상으로부터, 타인들로부터 상처받지 않기를 원한다. 내가 불행하거나 슬프면 자신의 책임이라고 느끼는 듯하다. 하지만 내 삶에서 나의 안위를 가장 위협하는 존재는 다른 무엇보다도 나 자신이다. 나와 나 사이에는 방범 카메라도, 두껍고 튼튼한 현관문도, 잠금 장치도 없다. 나로부터 나를 쫓아낼 수는 없다. 나는 시도때도 없이 나를 침범한다. 그것이 나를 두렵게 한다.

2. 서재

남편은 수도권에 있는 국립대 문예창작과의 전임교수로 일한다. 비교적 젊은 나이임에도 임용될 수 있었던 것은 그가 평론가로서 거둔 성과 때문이기도 했지만, 인맥과 집안의 힘이 컸던 것 같다. 그의 아버지는 국문학자이자 시인이고, 외조부가 문체부 차관을 지냈으며(당시에는 '문화부'였다지만) 어머니가 피아니스트다. 굉장한 엘리트 가문이다. 그런 집에서 자라는 것은 어떤 경험일지 나로서는 상상도 되지 않는다. 집안에 책이 가득하고, 오후에는 클래식 음악이 울려퍼지고, 식사 자리에서는 와인 한잔과 함께 유럽의 최신 미학 이론을 토론하는 분위기였을까. 시댁 식구들은 나를 만날 때 그런 어려운 이야기는 하지 않지만, 내가 있는 자리라서 나를 배려하느라 말을 골라 하는 것인가 싶기도 하다. 그분들은 교양인이니까 말이다.

남편의 서재는 시댁에서 언뜻 본 시아버지의 오래된 원목 서재와는 사뭇 다르다. 모던한 분위기를 내고 싶었던 남편의 요청에 따라 인테리어 업자들은 책장과 책상을 맞춰 블랙 앤드 화이트의 철과 대리석으로 꾸며놓았다. 바닥에는 헤링본 무늬의 회색 러그가 깔려 있고 그 위에 커다란 책상과 데스크톱 컴퓨터가 자리잡았다. 책상에는 남편이 요즘 보는 책과 학술지, 그리고 후배나 출판사 사람들이 보내온 증정 도서들이 널려 있다.

오늘처럼 잠이 오지 않는 밤이면—그런 밤이 잦다—나는 서재에 들어와 시간을 보내곤 한다. 남편은 내가 서재에 있는 것을 달가워하지 않지만 어쩔 수 없다. 나는 밤에 텔레비전을 보면 머리가 아프다. 그리고 남편의 잠을 깨우면 안 되니 큰 소리가 나는 활동은 할 수 없다. 사람들은 잠이 안 오면 그저 힘을 빼고 침대에 가만히 누워 있으라고 조언하지만, 나는 그러고 잠이 오기만을 기다리면 도리어 자꾸 나쁜 생각이 들어서 견딜 수가 없다. 그래서 남편이 깊이 잠든 틈을 타 슬쩍 침대를 빠져나오고 마는 것이다.

나는 썰렁한 공기 속에서 가디건을 바투 여미고, 어제 읽다 말았던 브라질 현대 작가의 소설집을 꺼내들고 안락의자로 걸어간다. 그런데 안락의자 앞 다탁에 놓인 책 한 권이 눈에 띈다. 스탠드 불빛 아래 분홍색과 먹색으로 된 표지가 이 서재와 어울리지 않는 소품처럼 도드라진다. 《잘 자, 나의 아침》이라는 낭만적인 제목도. 나는 책을 펼쳐본다. 면지에 반듯한 글씨체로 "스승님께, 존경을 담아"라는 문구와 함께 여자 이름 세 글자가 적혀 있다.

종종 있는 일이다. 남편의 수업을 들었던 학생이 등단하고 첫 작품집을 낸 뒤 고맙다며 책을 보내온 것이다. 헌사에는 다른 말은 적혀 있지 않지만 물론 이 책을 잘 읽어주고 좋은 비평을 써주시면 좋겠다는 의미도 포함되어 있을 것이다.

나는 소설집의 목차를 살피고, 뒤표지의 추천사를 살핀다. 책장을 손끝으로 훑어본다. 종이가 깨끗하다. 남편은 이 책을 아직 읽지 않았거나, 만약 읽었다면 아주 조심스럽게 다룬 듯하다.

나는 이 학생이 남편을 좋아하는 것일까 궁금하다. 요즘은 분위기가 어떤지 모르겠지만 내가 학교를 다니던 때에는 그를 좋아하는 여학생이 나 말고도 많았다. 하기야 그는 일반 여성 독자들 사이에서도 인기가 있는 축이었다. 문필가로서 남편은 날카로운 독설로 무장한 칼럼에서부터 로맨틱한 고백의 어조가 깔린 에세이까지, 대중에 호소할 만한 언어를 유려하게 구사했다. 미남이라고까지 할 만한 얼굴은 아니었지만 훤칠한 체격과 세련된 옷차림은 어디에서나 그를 돋보이게 했다.

그와 나의 연애는 문학계에 터진 하나의 스캔들이었다. 나이 차이라든지 선생과 학생이라는 관계도 관계였지만, 일단 나는 타고난 근본부터가 그와는 전혀 달랐다. 나는 아빠가 없고 엄마는 호프집을 하고 오빠가 가출해버린 콩가루 집안에서 자랐다. 보고 배운 게 없으니 취향이랄 것도 없었다. 책은 기준 없이 닥치는 대로 읽었고, 옷은 그때그때 유행에 따라 인터넷 쇼핑몰이나 로드숍에서 사 입었다. 그리고 술과 담배를 무지막지하게 많이 했다. 지금 와서 돌이켜보면 내 학창 시절은 명료한 기억으로 남아 있는 나날이 별로 없다. 온통 흐릿하게 번져 있었다. 나는 동기들과 선배들과 매일같이 술을 마시고 실없는 농담과 누군가에 대한 험담과 문단에 대한 욕과 아이돌 얘기와 영화 얘기와 남의 연애 얘기를 하는 데 시간을 낭비했다. 그리고 나 스스로 그런 험담과 욕설과 소문의 주인공이 되었다. 잔뜩 취한 채 동기와 같이 노래방에 가서 누가 더 노래를 많이 부르나 내기를 하다가 그만 섹스를 해버렸다. 바로 그다음 날부터 내가 그와 섹스했다는 소문이 과 안에 퍼졌다. 그러자 나와 사귀던 선배는 준비하고 있던 문집에서 내 원고를 빼버리고는 다시는 보고 싶지 않다고 했다. 나는 휴학계를 내고 학교 도서관에서 아르바이트를 했다. 그러자 내가 사귀었던 선배와 친한 다른 선배가 매일같이 도서관에 찾아와 자기랑 사귀자고 했다. 나는 그 선배와 사귀었다. 그리고 얼마 뒤 내 현남친이 전남친에게 카톡으로 나를 '젖통 크고 잘 대주는 년'이라고 부르는 것을 보았다. 어디선가 내 섹스 영상이 돌아다닌다는 소문을 들었다. 나는 자세히 알고 싶지 않았다. 다시 휴학계를 냈다.

그대로 다시는 학교에 돌아가지 못했을 수도 있었다. 지금의 남편이 아니었더라면. 그가 그때 내게 보낸 문자 한 통이, "네 글이 보고 싶다. 수업 때 보자"라던 그 문자가 아니었더라면…….

나는 불현듯 정신을 차린다.

또 과거에 대한 생각에 빠지고 말았다. 현재에 집중하자.

나는 책을 탁자에 내려놓고 주위에 귀를 기울인다. 어디선가 이상한 소리가 들린다. 웅 하는 진동음 같은 것이. 어딘가 아래쪽에서, 발밑에서 들려오는 소리 같다.

가만히 숨을 죽이고 있으니 그 소리는 점점 더 커진다.

나는 이곳이 새 아파트임을, 내가 이사를 왔다는 사실을 상기한다. 그러고 보니 저 소리가 무엇인지 알겠다. 엘리베이터가 올라오는 소리다. 서재는 엘리베이터실과 가까이 붙어 있는 방이고, 안락의자와 탁자가 있는 이 위치는 특히 가장 가깝다. 게다가 입주민이 아직 별로 없어서 아파트 전체가 조용하니, 깊은 밤 엘리베이터가 움직이는 소리가 이토록 크게 들리는 것도 당연하다. 마치 거대한 크레인이 움직이는 소리 같다.

나는 벽에 대고 귀를 기울인다. 엘리베이터를 연결한 줄이 도르래를 스치는 소리까지 생생히 들린다. 엘리베이터가 대강 몇 층에 있는지도 알 것 같다. 남편은 이 집이 좋은 자재를 써서 방음도 잘된다고 했는데. 바깥 소리가 이렇게까지 선명하게 들리는 것을 보면 그렇지만도 않은 모양이다. 그런데 누가 이 시간에 엘리베이터를 쓰고 있는 것일까. 이 동에 입주한 세대는 우리 부부를 빼면 두세 집밖에 없댔는데. 여기는 19층, 꼭대기 층이다.

엘리베이터는 꼭대기 층에서 멈춘다.

땡 하고 경쾌한 신호음이 울린 순간 나는 서재 밖으로 나간다. 호기심을 주체할 수 없다. 잰걸음으로 살금살금 현관까지 가서 외시경에 눈을 댄다. 동그랗게 만곡된 렌즈 너머로 맞은편 집 현관문이 보인다.

그리고 그 앞에 어떤 젊은 여자의 뒷모습이 나타난다.

여자는 긴 머리를 묶었고, 자주색 실크 드레스를 입고 있다. 어두침침한 홀에서 그 선명한 자주색 드레스는 비현실적일 만큼 강렬해 보인다. 여자는 도어락을 누르지도 않고, 열쇠를 자물쇠 구멍에 넣지도 않는다. 그냥 그 자리에 서 있다.

2초쯤 지났을까, 맞은편 집의 현관문이 열린다.

여자는 그 안으로 들어간다. 현관문이 닫힌다.

고요해진다.

3. 식당

“저기, 여보.”

망설임 끝에 나는 식탁 앞에 앉아서 말을 꺼낸다. 남편은 스마트폰으로 신문을 보면서 입에 시래깃국을 밀어 넣고 있다.

“응?”

“우리 앞집 말이에요. 거기 이미 입주했던가?”

“아니. 빈집이지.”

남편은 무신경하게 대답하고 밥을 떠서 입에 넣는다.

“그런데 어젯밤에 누가 들어가던데.”

남편이 숟가락질을 멈춘다.

“누가? 언제?”

“당신 자고 있을 때. 나 잠이 안 와서 누워 있다가 잠깐 화장실에 갔는데……. 밖에서 엘리베이터 소리가 들리길래. 궁금해서 현관 외시경으로 봤더니, 어떤 여자가 그 집으로 들어가더라고요.”

“어떤 여자?”

“몰라요. 젊은 여자. 난 뒷모습만 봤어. 무슨…… 드레스를 입고 있었어. 실크 드레스.”

남편이 미간을 찡그린다.

"실크 드레스? 이 날씨에?"

나는 어깨를 움츠린다.

"그러게요. 이상하지. 추울 텐데 코트도 없이……. 그리고 그 드레스, 어디서 많이 본 것 같았어요. 정말 낯이 익었는데, 당신이 혹시 알까? 아주 진한 자주색에, 등이 많이 파인…… 홀터넥 같던데……."

"무슨 말도 안 되는 소리야. 네가 잘못 봤겠지."

남편이 딱 잘라서, 그러나 부드러운 어조로 말한다. 그는 수업에서 학생의 발표를 듣다가 잘못된 내용이 나오면 꼭 저런 말투로 제지하곤 했다. 나는 순간 그의 지적이 드레스가 홀터넥이었다는 내 관찰에 대한 반론인 줄 착각한다. 하지만 다시 생각해보니 그는 내가 보았다는 젊은 여자의 존재 자체를 반박하고 있는 것이다.

"그 집은 빈집이야. 그리고 지금은 겨울이고."

남편은 지극히 과학적인 사실을 말하듯 선언한다. 나는 아무 말도 할 수 없다.

나는 남편에게 어쩐지 화가 난다. 하지만 내 감정을 논리적으로 설명할 수 없다.

남편이 조금 누그러진 표정으로 말한다.

"자다가 꿈꾼 거 아니야?"

"그런 것 같지는 않아요."

"어제 약 안 먹었지?"

나는 고개를 저으려다 멈칫한다. 기억을 돌이켜본다. 어제 저녁 약을 빠뜨렸던가. 기억이 나지 않는 걸 보면 그런 듯하다.

"약통에 약이 그대로 있더라고. 그러면 안 돼. 약을 잘 먹어야지. 그래야 잠도 잘 자고."

"……환각 증상은 아직 겪어본 적 없어요."

"알아, 알아. 내 말은, 네가 환각을 봤다는 게 아니라, 비몽사몽 간에 착각한 것 같다는 얘기야. 꿈자리도 사납고. 새집이라 어수선하고. 그렇잖아."

남편은 다시 젓가락을 움직인다. 이번에는 장조림을 집어서 입에 넣는다. 그다음으로는 콩나물을 먹는다. 남편은 아침을 한식으로 꼭 챙겨먹기 때문에 기본적인 반찬이 냉장고에 늘 준비되어 있어야 한다. 나는 아침에는 식욕이 전혀 없지만. 그나저나 이 근처에 반찬 가게가 있던가, 궁금해진다.

"아니면 귀신인가 보지."

남편이 짓궂게 덧붙인다.

나는 소리 내어 웃는다.

4. 안방

내가 쓴 소설에 강간 판타지가 있다고 남편은 말했다.

그건 내 등단작이었다. 문제작이기도 했다. 나쁜 의미로. 나는 젊은 여자의 성경험을 가감없이 다루는 소설을 썼다. 당연히 사람들은 그 소설을 내 자전적인 이야기라고 읽으려 들었지만 나는 그런 오해는 신경 쓰지 않았다. 그런 오해를 살 것을 알면서도 나는 그 이야기를 꼭 해야 했고, 그래서 했다. 왜 꼭 그래야만 했는지 이제 와서는 잘 기억이 나지 않는다.

어쨌든 남편은, 그러니까 그 당시의 내 스승이자 애인은, 그 글이 좋으니 신인상에 내보라고 했다. 나는 응모했고, 당선됐다.

그때까지만 해도 그 수상을 둘러싼 구설은 없었다. 남편은 그 문예지의 심사위원이 아니었고 우리 관계는 대외적으로 비밀이었기 때문이다. 남편이 나와의 관계를 공개적으로 밝히고 결혼 준비를 시작한 것은 내가 등단을 하고 학교를 무사히 졸업한 뒤의 일이었다. 현명한 처사였다. 사람들은 뒤늦게야 남편의 친한 친구가 심사위원 중 한 명이었음을 떠올렸고, 남편이 그에게 나를 잘 봐달라고 부탁했을 개연성이 충분히 있다는 사실을 알았지만, 그 정도 의혹이 수상의 정당성에 흠을 낼 수는 없었다. 그리고 사실 사람들은 수상의 정당성

자체에는 별 관심이 없었다. 그보다는 내가 등단하기 위해 남편을 어떻게 유혹했을지, 혹은 남편이 등단시켜주겠다는 빌미로 새파랗게 어린 여자애를 어떻게 유혹했을지를 궁금해했을 뿐이다. 내 외모와 몸매, 내 문란한 학교 생활, 내 전 남자친구들의 목록, 강의실에서 나와 남편 사이에 오고 갔던 은밀한 징후들과 교내 데이트에 대한 이야기들이 쏟아져 나왔다. 등단에 실패한 지망생들은 나처럼 얼굴 반반하고 줄 잘 서는 애들 때문에 자신들이 미끄러진다고 불평을 늘어놓는가 하면, 나 같은 애는 등단해봤자 금방 밑천이 바닥날 거라고 저주 섞인 예언을 하기도 했다.

남편은 그 소문들을 그저 무시했다. 내 소설에 대해서도 공식적으로 아무 평가도 하지 않았다. 사람들은 남편이 특유의 유려한 문체로 내 소설에 대해 무어라 말해주고 자신의 진심을 누설하기를 기대했지만 남편은 그런 기대에 섣불리 휘둘리지 않았다. 어디까지나 점잖게 행동했다.

그리고 침대에서만 내 소설에 대해 이야기했다.

"개잡년 같으니."

남편이 나를 침대에 엎어뜨리며 말한다.

나는 일어나서 도망치는 시늉을 한다.

남편이 내 머리채를 휘어잡아 다시 침대에 모로 내던진다.

"가만있어, 씨발. 확 목 따버리는 수가 있어."

남편이 말한다. 언뜻 들으면 진담이라고 믿을 정도로 살벌한 목소리다. 하지만 나는 그의 말대로 가만히 있어서는 안 된다. 가만히 순응하면 그건 강간이 아니니까. 강간을 연기하기 위해 나는 저항하는 척해야 한다. 몸부림치고, 싫다고 말하고, 그만해달라고 애원해야 한다. 가능하다면 울기도 해야 한다. 어쩌다 내가 눈물을 흘리면 남편은 나를 아주 애틋해한다. 미안하다며 상냥하게 사과하기도 한다. 그러면 나는 깊고 캄캄하고 뜨뜻미지근한 욕조 물 속에 한없이 빠져들듯 나른한 기분이 든다. 내게는 그런 것이 오르가슴인 것 같다.

나는 침대 밑 마루에 깔린 러그 위를 기어간다. 남편이 내 등을 발로 찍어누른다. 숨이 탁 막힌다. 남편의 발에 힘이 들어간다. 나는 버둥거린다. 팔꿈치가 욱신거린다. 침대에서 내려오다가 어딘가에 찧은 것 같다. 남편이 내 위에 올라타서 성기를 삽입한다. 나는 비명에 가까운 신음을 내뱉는다.

가끔 헷갈린다. 정말로 강간당하는 것처럼 느껴질 때가 있다. 물론 이 행위는 우리가 합의하에 하는 것이니 당연히 강간이 아니다. 아니라는 것을 안다. 잘 아는데도. 내가 어떻게 해도 남편이 멈추지 않을 것이고, 나는 저항하다가 실패하는 척하는 것이 아니라 언제나 저항에 실패하고 있으며, 이러다가 언젠가는 그가 나를 죽일 수도 있을 거라는 느낌이 너무 강하게 들 때가 있다. 설령 그런대도 아무도 나를 도와주지 않을 것이고, 내 죽음은 그 누구에게도 아무런 영향을 미치지 못할 것이다.

나는 마음을 다잡는다. 우울한 생각을 그만둬야 한다. 이러다 울어버릴 것 같다. 아니, 오히려 울어야 하나? 소리 내어 울며 비명 질러야 하나? 그게 배역에 맞는 것 같기도 하다. 하지만 그러면 남편이 당황하지 않을까? 산통 깨는 반응이 아닐까?

"조용히 해."

남편이 말한다. 나는 입술을 깨물고 신음을 흘린다.

나는 주의를 딴 데로 돌리기로 한다. 지금이 아닌 다른 때를. 과거를 생각한다.

그랬다, 내가 쓴 소설에 강간 판타지가 있다고 남편은 말했다. 그 소설의 화자는 여주인공이 이 남자 저 남자에게 강간당하는 장면들을 보여주면서 남자들의 폭력성을 문제시하는 것 같지만, 실은 그 이야기를 하는 과정 자체를 스스로 즐기고 있는 것이라고. 그는 라캉의 무슨 이론을 언급하면서 내 소설의 화자의 서술 기법을 논했고, 섹스 판타지가 왜곡되어 나타나는 유럽의 문학 작품들에 대해 이야기했다. 그리고 내 소설이 그런 작품들에 견줄 만큼 파격적이고 흥미롭다고 말했다.

나는 그의 이야기를 재미있게 들었다. 내가 스스로 의식한 적도, 의도한 적도 없는 의미들을 그가 발견해내다니 신기했다. 그것도 내가 존경하는 선생님이 내 소설을 그렇게 특별하게 봐준다니 우쭐하기도 했다.

선생님은 그런 이야기를 하면서 내 가슴을 만지작거리고 있었다. 나는 선생님의 손길이 황홀했다. 그곳은 선생님의 연구실이었고, 나는 선생님의 책들에 둘러싸여 선생님과 단 둘이 있었다.

"나는 비평이 본질적으로 사랑이라고 생각해. 어떤 작품을 사랑하고, 그 사랑을 고백하는 행위 말이야. 하지만 네게는 이렇게 고백으로써만 사랑하는 것이 부족해. 너에게는 더 큰 사랑을 주고 싶어."

선생님이 그렇게 말하면서 나를 책상 위에 눕혔다. 그리고 내 입을 손으로 틀어막았다. 그리고…….

나는 문득 눈을 뜬다.

섹스하다가 나도 모르게 잠들었나 보다. 아니면 기절했던가? 기억이 나지 않는다. 남편은 침대에서 곤히 잠들어 있다. 나는 러그에 엎어져 있던, 싸늘하게 식은 내 몸을 일으킨다. 너무 춥다. 난방은 되고 있는 건가?

나는 목욕 가운을 주워 입고 부엌으로 나간다. 아직 커튼을 달지 않은 거실 유리창으로 살풍경한 달빛이 쏟아져 들어오고 있다. 창밖으로 보이는 아파트 건물들은 모두 불이 꺼져 있어서 어둠에 묻힌 거대한 비석들처럼 보인다. 나는 정수기로 컵에 온수를 따라 조금씩 마시면서 몸을 데운다. 손이 덜덜 떨린다.

그러고 보니 오늘 저녁 약을 먹었던가? 약, 약을 먹어야겠다. 그래야 다시 잘 수 있을 것 같다. 나는 부엌에 약통이 놓인 선반으로 걸어간다.

그때 그 소리가 들린다.

엘리베이터가 올라오는 소리. 웅 하고 울리는 진동음. 여기는 서재가 아닌데도 그 소리는 여전히 바로 귓가에서 나는 것처럼 생생하게 들린다.

나는 살금살금 현관으로 걸어간다.

땡 하는 신호음이 울린다. 또각또각 구둣발 소리가 두세 번 나더니 외시경 렌즈 안으로 한 여자가 걸어 들어온다. 긴 머리를 한 갈래로 묶고, 자주색 실크 드레스를 입은 여자.

나는 그 뒷모습을 유심히 바라본다.

목덜미를 가로지르는 끈과 리본이 보인다. 홀터넥 드레스가 맞다. 목의 리본은 등까지 길게 늘어뜨려져 있다. 리본 끝에는 무언가 반짝이는 금속이 달려 있다. 확실히 낯이 익다. 어디선가 많이 본 드레스다. 어디서 봤더라? 앞모습을 볼 수 있다면 좋으련만…….

그렇게 생각했을 때, 앞집 현관문이 열리고 여자는 안으로 들어가버린다.

나는 어느새 몸의 떨림이 멎었다.

5. 욕실

나는 간밤의 일에 대해 남편에게 말하지 않았다. 하지만 하루 종일 그 생각을 했다. 설거지를 하면서도, 김치를 썰어서 밀폐용기에 담다가도, 세탁한 이불을 건조기에 넣다가도, 욕실 변기 테두리에 붙은 남편의 음모와 오줌 자국을 닦다가도, 문득문득 그 생각을 했다. 그리고 지금, 쏟아지는 물줄기 속에서 머리를 감고 있노라니 그 생각이 더욱 강하게 머리를 사로잡는다.

그 드레스를 어디서 보았을까. 쇼윈도 속 마네킹이나 텔레비전 드라마 속 배우가 입은 것을 보았던 걸까. 그때는 무심히 보아 넘기고 잊었던 기억이 내 잠재의식에 남아 있다가 불현듯 기시감을 불러일으키는 것일까. 하지만 그렇다기에는 너무 친숙한 느낌이었다. 단순히 언뜻 보고 지나친 옷 같지 않았다. 나와 아주 가까운 사람이, 또는 나 자신이 그런 옷을 입어본 적이 있는 것 같았다. 그 옷과 얽힌 개인적인 경험이 있는 것 같았다.

나는 샴푸를 헹구고 린스를 손에 짠다. 어제 침대 틀에 부딪힌 팔꿈치가 자꾸만 얼얼하다. 나는 냉수를 틀고 그 부위에 샤워기 분사구를 갖다대 열을 식혀본다.

하지만, 다시 생각해보자. 그럴 리가 없었다. 그 드레스는 연예인이 칵테일 파티 같은 데에나 입고 나갈 법한 야회복이었다. 나는 그런 옷차림이 어울릴 만한 곳을 다녀본 적이 없다. 그런 옷을 입은 누군가와 친하게 지내본 적도 없다. 게다가 그 옷은 남편이 내게 사줄 법한 옷하고는 거리가 멀어도 너무 멀다. 지나치게 현란한 색깔과 반질반질 윤이 나는 소재와 등이 훤히 노출되는 디자인까지. 남편은 가끔 텔레비전으로 연말 시상식을 보다가 그런 드레스를 입은 배우들이 스틸레토힐을 신고 위태롭게 레드카펫을 걷는 것을 보면 조소를 흘리곤 했다. "여배우라는 직업은 사실 오늘날의 고급 기생 같은 거야. 저 천박한 옷차림 좀 봐"라면서, 그 여자들의 가슴골에 눈길을 던졌다.

나는 린스를 머리에 바른 채로 샤워젤을 스펀지에 짜내 거품을 낸다. 그러다가 내 몸을 내려다본다. 배를 손으로 쥐어본다. 혹시 군살이 붙었을까 싶어서 샤워할 때마다 내 몸을 확인하는 것이 버릇이 되었다. 꼿꼿하게 일어선 상태에서 옆구리에 한 손을 붙이고, 손바닥이 위를 향하게끔 둔 상태에서 엄지와 검지로 뱃살을 쥐었을 때 살집이 확실히 잡힌다면 그건 뱃살이 지나치게 쪘다는 뜻이라고 들었다. 어디서 그런 얘기를 들었는지는 모르겠지만. 아무튼 남편은 내 정신 건강이 안 좋을수록 일상과 몸 관리에 신경을 써야 한다고 늘 강조한다. 우울하다고 늦잠을 자고, 폭식을 하고, 살이 찌고, 안 씻고, 청소도 안 하고 살다 보면 더욱 불행해지게 되어 있다고. 맞는 말인 것 같다. 내 생활에는 규칙이 필요하다. 나는 최소한 남편이 내게 사주는 옷들이 잘 맞을 만큼의 몸매를 유지하려고 노력한다.

옷을 생각하니 다시 자주색 실크 드레스 생각이 난다.

나는 돌이켜본다. 혹시 학생 시절에 잠깐 미쳐서, 또는 술김에 그런 옷을 샀던 적이 있었을까. 그때의 나야 워낙 돈을 무계획적으로 쓰고 살았으니 알바비를 몽땅 털어서 저런 황당무계한 물건을 사들였을 수도 있었다. 만약 그랬다면 저 옷은 남편과 결혼하기 전에 버려진 헌옷 보따리에 가장 먼저 들어갔을 것이다. 나는 친구들과 하우스 셰어를 하며 엉망진창으로 꾸려왔던 세간붙이며 질 나쁜 옷, 낡은 속옷, 쓸데없는 책과 오래된 일기장과 편지 묶음 따위를 싹 버렸다. 그 시절의 나를 지우고 싶었기 때문이다. 남편은 그 시절의 나에 대해 알았지만 고맙게도 모르는 척해주었고, 나를 연약하고 다소 어수룩한, 그래서 실수를 좀 했던 여자애 정도로 대해주었다. 나는 그 배려에 부응하고 싶었다. 어딘가에 나돌아다닐

지도 모르는 섹스 영상을 삭제할 수는 없어도 내 주변을 정리할 수는 있었다. 과거에 저질렀던 실수들을 모두 바로잡을 수는 없어도 내 삶을 말끔하게 남편의 공간에 적응시킬 수는 있었다.

비누 거품을 물로 헹구는데 욕실 문에서 노크 소리가 난다. 나는 수도꼭지를 잠근다.

"여보, 왜?"

내 머리카락에서 뚝뚝 흐르는 물소리 너머로 욕실 문 밖의 남편의 목소리가 들린다.

"빨리 하고 나와봐. 할 얘기 있어."

무슨 급한 일이라도 생긴 것일까. 나는 허겁지겁 린스를 헹궈내고 수건으로 대강 물기를 훔친 뒤 목욕 가운을 걸친다. 욕실 문을 연다.

남편이 굳은 얼굴로 문 앞에 서 있다.

"따라와."

나는 목욕 가운의 허리띠를 여미고, 머리를 수건으로 틀어올려 휘감고, 슬리퍼를 신는 동작을 한 번에 하면서 남편의 뒤를 따라간다. 그의 걸음이 빠르다. 복도 바닥에 물이 뚝뚝 흘러내려 내 발걸음을 따라 흔적을 남긴다. 남편은 서재로 들어가 안락의자에 앉는다.

"너, 요즘 또 내 서재 드나들어?"

나는 선 채로 남편의 얼굴을 멍하니 쳐다본다. 남편은 탁자에 놓여 있던 분홍색과 먹색 표지의 소설집 한 권을 집어 든다. 《잘 자, 나의 아침》. 그는 책을 펼치고 책장이 구겨지고 찢어진 부분들을 내게 보여준다. 누가 일부러 책을 망가뜨리려고 한 듯 너덜너덜해진 종이들이 반듯한 종이들 사이에 끼어 있다.

"네가 이랬지?"

나는 대답하지 않는다.

"네가 아니면 누가 이랬겠어. 이 집에서."

나는 대답하지 않는다.

"내 서재 물건은 청소할 때 아니면 건드리지 말라고 했잖아. 특히 책은."

"미안해요."

"책 같은 건 네 정신 건강에 안 좋다고. 더구나 요즘 책들은 이상한 내용이 얼마나 많은데. 등장인물들이 죄다 미친 소리를 지껄여대고, 자해하고, 자살하고……. 너 그런 것 읽다 보면 나쁜 생각 들게 돼 있어. 내가 얼마나 걱정하는지 알아?"

"알아요."

"혹시 또 글 쓰고 싶은 건 아니지?"

나는 대답하지 않는다. 남편은 한숨을 쉰다.

"너 아직 문단에 얼굴 내밀 준비 안 된 거 알잖아. 그 멘

탈로 어떻게 사람들 앞에 나서려고 해. 가게 직원하고 대화 한마디도 힘들어하면서. 하물며 그 잔인한, 남 얘기 좋아하는 사람들에게 네 글을 내민다니. 인터넷에 댓글들은 또 어떻고. 나는 상상만 해도 끔찍하다."

"알아요."

나는 내 발치에 떨어진 동그란 물방울들을 내려다보다가 덧붙인다.

"지금 써놓고 모아뒀다가 나중에 발표할 수도 있잖아요."

"지금? 쓰긴 뭘 써. 요새 트렌드라는 게 있는데, 너는 요즘 소설 동향이 어떤지도 모르잖아. 쓸 만한 이야깃거리도 주변에 없고."

남편이 가볍게 손사래를 치며 말한다. 그러다 내 손을 끌어 잡고 나와 눈을 맞추더니, 한결 낮고 부드러운 목소리로 내 이름을 부른다.

"우리 잘 이겨내보자. 여기로 이사도 왔잖아. 나 이번에 승진해서 연봉도 올랐고. 다 괜찮아질 거야. 점점 나아질 일만 남았어."

나는 남편의 손에 쥐인 손가락에 살짝 힘을 준다. 남편의 따뜻하고 커다란 손바닥에 새겨진 깊은 주름들이 느껴진다. 나는 그 주름이 이루는 선을 머릿속에 그려볼 수 있다.

"아직 겨울이고 입주도 이제 시작돼서 분위기가 썰렁하

지만, 곧 사람이 많아지고 날도 풀리고 하면 활기가 생길 거야. 여기 공원이 얼마나 예쁜지 알아? 시에서 신경을 정말 많이 썼다나 봐. 봄에 벚꽃 길이 기가 막힐 거래."

"그래요."

나는 남편이 내 표정을 보지 못하게 고개를 숙이고 목욕가운 허리띠를 다시 묶는 척한다.

남편의 말이 다 맞는데, 왜 이렇게 기분이 암담한지 모를 일이다. 남편은 저렇게 나를 걱정하고 보살펴주는데, 나는 왜 이렇게 남편이 미운 걸까. 나는 글을 쓰려고 하지도 않았는데, 감히 그런 작심을 품지도 않았는데, 어떻게 그는 저런 말을 하지. 나는 글을 쓸 수 없다. 내게는 재능이 없다. 나는 남편이 아니었더라면 등단 따위는 하지 못했을 것이다. 그런 가망 없는 일에 파고들어 나 자신을 소모할 생각은 없다. 없는데. 그런데 왜.

남편이 자리에서 일어나 책상으로 건너가더니 무언가를 가져온다. 물 한 컵과 약통이다. 남편은 건망증이 심한 내가 시간에 맞춰 약을 먹는 것을 잊어버릴까 봐 아예 아침 약통, 저녁 약통을 마련해두고 그날그날 내가 먹어야 할 약을 채워둔다. 그 통이 비어 있으면 약을 먹은 것이고, 약이 들어 있으면 안 먹은 것이다. 남편은 내 눈앞에서 저녁 약이라는 라벨이 붙은 통의 뚜껑을 열어 보인다. 안에 크고 작은 알약 다섯 개가 들어 있다.

"자, 약 먹자. 약 먹고, 머리 말리고, 푹 자자."

나는 남편의 눈앞에서 약을 입 안에 털어넣고 물을 들이켜 그것들을 식도로 내려보낸다.

약 먹기가 왜 이렇게 싫은지 모르겠다.

6. 거실

증세가 심해졌다. 소파에 누워 있는 것 말고는 아무것도 할 힘이 없다. 청소기를 돌리는 것조차 힘에 부쳐서 마루에 널브러져 있기 일쑤이고, 쓰레기 버리러 나가는 길은 위험천만한 용암지대처럼 느껴진다. 나는 소파에 드러누운 채, 넷플릭스를 틀어놓고, 내용은 아무것도 보지도 듣지도 않고 눈을 감고 있다. 어느 집엔가 이삿짐이 들어오는 소리, 건너편 오피스텔 공사 현장에서 나는 중장비 소음, 노동자들이 서로에게 고함 지르는 소리가 하루 종일 이어진다. 그러다가 좀 조용해졌다 싶으면 금세 해가 저물고 밤이 된다.

남편은 나아질 거라고 하는데. 이대로 점점 나빠지기만 하면 어쩌지. 나는 내가 정말로 환각을 보는 것일까 봐 매우 우려스럽다. 남편은 내가 지나가듯 한 말을 잊어버렸는지 자주색 드레스를 입은 여자에 대한 이야기는 두 번 다시 꺼내지 않았지만, 나는 그 생각을 한시도 잊지 못하고 있다. 눈을 떠도, 감아도 그 여자의 뒷모습이 눈앞에 어른거린다.

아무리 따져봐도 환각이 맞는 것 같다. 남편의 말에 따르면 그 집은 빈집이다. 사람이 이 추운 겨울에 그렇게 얇은 원피스 한 장만 걸치고 다닐 리도 없거니와, 매일 똑같은 옷만 입을 리도 없다. 아무리 조용한 밤이라도 그렇지 엘리베이터 소리가 그토록 크게 들리는 것도 말이 안 된다. 내가 밤에 보고 듣는 것은 모두 현실이 아니다.

나는 다음 주에 병원에 가면 의사에게 할 말들을 머릿속으로 정리해둔다. 일어나서 종이와 펜을 꺼내 메모할 힘조차 없다. 이러저러한 환각이 보여요. 환각까지 보인 적은 한 번도 없었는데. 건망증도 점점 심해져요. 감정이 자꾸 요동치고 별 뜻 없는 말에도 비참해져요. 선생님, 무서워요. 약은 잘 챙겨먹고 있어요. 남편이 제가 잊지 않도록 약을 관리해주니까요. 깜빡하고 저녁 약을 안 먹은 날에는 환각이 보여서…….

그러고 보니 아직 저녁 약을 먹지 않았다는 데에 생각이 미친다.

나는 소파에서 일어나 앉는다. 벌써 자정이 넘었다. 남편은 오늘 집에 안 들어온다고 했다. 지방에서 열리는 무슨 학회에 간다고. 남편이 없으니 시간 감각이 더 무뎌진 것 같다.

배에서 꼬르륵 소리가 난다. 여태 밥도 안 챙겨먹었다.

나는 맨발로 차가운 대리석 바닥을 딛고 부엌으로 건너간다. 냉동실에 얼려둔 통식빵을 꺼내 살짝 해동한 다음, 날이 잘 선 커다란 빵칼로 두툼하게 두 장을 썬다. 토스터에 식빵 두 조각을 넣는다. 냉장실에서 딸기잼과 땅콩 버터를 꺼내고 흰 우유를 꺼낸다. 나는 노릇하게 구워진 식빵에 땅콩 버터와 잼을 치덕치덕 발라 샌드위치를 만든 다음, 조리대 앞에 선 채로 그것을 들고 꾸역꾸역 먹는다. 우유 팩을 입에 대고 들이마신다. 우유를 이렇게 팩째로 마시는 건 오랜만이다. 우유 배급을 받아 먹던 초등학교 때가 떠오른다. 갑자기 기분이 조금 좋아진다.

나는 초콜릿 아이스크림 한 통을 가지고 거실 소파로 돌아온다. 아이스크림을 밥숟가락으로 퍼 먹으면서 텔레비전을 공중파 방송으로 돌린다. 여행 프로그램이 한창 나오고 있다. 한 무리의 연예인들이 해외의 관광지에 놀러 가서 한정된 돈만 가지고 최대한 알뜰하게 여행을 즐긴다는 내용이다. 그들이 베네치아의 유명한 티라미수 가게 앞에서 동전을 헤아리는 것을 나는 골똘히 지켜본다.

그러다 깜빡 잠들었던 것 같다.

무언가 이상한 소리가 들려서 퍼뜩 깬다. 깨자마자 가장 먼저 든 생각은 저녁 약을 빠뜨렸다는 생각이다. 자기 전에 약을 먹어야 하는데. 나는 소파에서 일어선다. 그러고 나니 다시 그 소리가 들린다. 엘리베이터가 올라오는 소리.

나는 그 자리에 서서 이러지도 저러지도 못하고 머뭇거린다. 소리는 계속 들려온다. '저건 환청이야.' 내가 아무리 그렇게 되뇌어도, 소리는 나를 비웃기라도 하듯 점점 더 크고 또렷하게 들려온다. '이건 현실이 아니야.' 하지만 아무리 내가 외면하더라도 그 소리는 사라질 성싶지 않다.

나는 덜덜 떨면서 현관문 앞으로 걸어간다. 외시경에 눈을 대본다.

엘리베이터가 땡 소리를 내며 멈추고, 문이 열리고, 그 안에서 사람이 나오는 발소리가 들린다. 그런데 이번에는 한 사람이 아니다. 또각또각하는 구둣발 소리 말고도, 다른 발소리가 섞여 있다. 좀 더 무겁고, 좀 더 나지막한…….

이윽고 시야에 자주색 드레스의 여자가 나타난다.

그 옆에 한 남자가 다가선다.

키가 큰 정장 차림의 남자다. 얼굴이 보이지 않지만 여자 쪽으로 몸을 비스듬히 기울이고 있어서 넥타이는 보인다. 나는 저 넥타이를 잘 안다. 다이아몬드 무늬가 박힌 감청색의 실크 넥타이. 그 넥타이에서 어떤 향수 냄새가 나는지까지도 알고 있다. 내가 뿌렸으니까.

남자와 여자가 함께 맞은편 집 현관으로 들어가고 문이

닫힐 때까지 나는 그 자리에 가만히 서 있다. 몇 분이, 혹은 몇 시간이 흘렀는지 모르겠다.

나는 슬리퍼를 신고 현관문을 살짝 열고서 맞은편 집으로 다가가본다. 그 집 현관문의 외시경에 눈을 대본다. 하지만 어둠 외에는 아무것도 보이지 않는다.

7. 베란다

남편이 나를 속이고 있는 것일까.

나를 속이고 바람을 피우는 것일까. 맞은편 집 여자랑. 아니면 무슨 편법을 써서 그 빈집을 아지트로 이용하면서. 나와 같이 사는 이 집 바로 앞에서 다른 여자를 만나고 있었던 것일까. 고급 기생 같은 자주색 실크 드레스를 입는 여자와. 분홍색과 먹색이 섞인 흐리멍덩한 표지의 소설집 따위를 내는 여자와. 나보다 어리고, 참신하고, 재능 있고, 아름다운 여자와.

남편은 그 여자의 소설에서 어떤 성적 판타지를 읽어냈다고 했을까.

나도 안다. 이 모든 게 과대망상일 가능성이 높다는 것을. 내가 어제 외시경으로 목격한 장면은 그저 환각일 수도 있다. 나 자신의 환상에 스스로 속아 넘어간 나머지 머릿속에 점점 더 큰 망상을 키우고 있는 것인지도 모른다.

하지만 남편의 외도라고 추측하면 모든 정황이 아귀가 맞는다. 여자가 자주색 드레스만 입는 것도. 섹스할 때마다 그 옷을 입고 나오라고 남편이 요구했다고 생각하면 충분히 이해가 가는 행동이다. 남편이 자꾸 내게 약을 먹이고 재우려 하는 것도. 남편이 《잘 자, 나의 아침》이라는 책을 내가 조금 들춰봤다고 해서 과민하게 화를 냈던 것도. 그런 뒤에는 또 나를 달래주었던 것도. 그리고 또…….

골똘히 생각하며 허공을 내다보던 나는 베란다 난간에 이마를 기댄다. 난간에 얇게 쌓인 눈이 순식간에 녹으면서 이마를 적신다. 과열되었던 머릿속이 차분하게 식는 기분이 든다. 난간 저 아래로 펼쳐진 설원이 보인다. 건물들과 어린 나무들 외에는 아무것도 없는 이 황폐한 신도시도 눈에 뒤덮이니 구시가지와 다를 바가 없어 보인다. 아이들 두세 명이 눈밭을 뛰어다니며 발자국을 남기고 있다. 그 뒤에서 아이들을 주의 깊게 지켜보는 부모들도 보인다. 처음 우리 부부가 이사왔을 때만 해도 입주민들 중 아이 있는 가족은 하나도 없었는데. 근처에 새로 지은 초등학교가 연초에 개교를 한다더니, 이곳도 조만간 아이들이 복작거릴 모양이다. 정상적인 부부들이, 사랑도 하고 싸움도 하고 화해도 하고 타협도 하는 그런 부부들이 저마다 아이를 몰고 올 모양이다.

나는 눈물을 흘린다. 우는 것은 오랜만이다. 긴 우울에 짓눌려 있는 동안에는 정작 울 기력조차 없었는데. 가슴이 아프다. 왜 가슴이 아픈지 잘 모르겠다. 아니, 아는 것 같다. 하지만 인정하기가 어렵다.

내 마음속에서 또 다른 내가, 엄격하고 객관적인 내가, 남편에 대한 내 생각들은 과대망상이라고 주장하고 있다. 나는 그 주장에 반쯤 수긍한다. 남편에게 걱정을 끼치는 것도 모자라 이제는 집착하고, 의심하고, 혼자만의 망상을 근거로 원망하기까지 하다니. 정말 나쁜 년이구나. 역시 나는 인간쓰레기다. 최악이다……. 이렇게 생각하면 마음이 편안해진다. 이건 적어도 너무나 익숙한 감각이니까. 다 내 탓이라고 생각하면 편하다.

하지만 설령 다 내 탓이 맞다고 치고 모든 것을 잊고자 한대도, 이미 돌이킬 수 없게 되어버린 것이 있다. 남편에 대한 신뢰. 남편이 나를 속일 수도 있다는 가능성을 일단 한번 생각하고 나니 남편에 대한 모든 관점이 달라져버렸다. 남편을 처음 만나고 지난 10년 동안 그가 나를 사랑한다는 이유로 했던 말들. 사랑이라는 명목으로 했던 수많은 행동들. 침대에서 나를 다루던 난폭한 방식들. 내게 불필요하고 해로운 것들을 끊어주겠다며 온갖 물건과 인간관계를 내게서 떨어트

렸던 것. 술과 담배와 SNS의존증을 고쳐주겠다며 내게서 그 모든 것을 빼앗았던 것. 내가 신경정신과에서 받아오는 한 달 치의 약을 자칫 남용할까 봐 걱정된다는 이유로 모두 가져가서는, 마치 키우는 개에게 사료 주듯 하루하루 배급했던 것. 그리고 내가 아는 사람이라고는 하나도 없는 이런 허허벌판으로 이사를 온 것까지도. 그 모든 것이 다른 의미로 다가온다. 그 의미들을 한번 인지한 이상 잊어버릴 수가 없다. 나는 어디까지가 진짜고 어디부터가 비현실인지 모르겠다. 무엇을 신뢰할 수 있고 무엇은 믿어선 안 되는지 모르겠다. 무엇이 고통이고 무엇이 행복인지조차 모르겠다.

나는 한참을 운다. 눈이 주변의 모든 소리를 흡수해주어서 평소보다 더 조용하게 느껴진다.

해가 질 무렵 나는 거실로 돌아와 베란다 문을 닫는다. 그리고 부엌 선반에 놓인 약통으로 다가간다. 마치 소금 통과 후추 통처럼, 플라스틱으로 된 아침 약통과 저녁 약통 한 쌍이 나란히 놓여 있다. 나는 그 안에 든 알약들을 모두 한 손에 털어낸다.

그리고 욕실로 가서 변기에 약을 넣고 물을 내린다.

8. 복도

남편이 내게 화를 내고 있다. 드레스룸과 거실 사이의 복도에 서서, 벽을 손으로 쾅쾅 두드리며, 드레스룸 안에 서 있는 내게 소리를 지르고 있다.

"……러면 내 체면이 뭐가 되냐고!"

나는 남편의 말을 반쯤 듣고 반쯤 흘리며 스타킹을 벗고 있다. 진주 귀고리를 빼서 서랍장 위에 놓고, 손목시계를 끄른다. 남편이 무슨 말을 하는 건지 이해가 잘 되지 않는다. 나는 요즘 여러 가지 일에 주의를 분산시키기가 힘들다. 약을 안 먹은 지 사흘째가 되니 정신이 산만해지고 집중력이 떨어진 것 같다.

"……그때 차 교수님 표정 봤어? 주변 사람들 표정이 어땠는지 봤어? 신인 작가들은 대놓고 우릴 쳐다보면서 수군덕거리던데. 그렇게 스스로 웃음거리가 되어야 속이 시원하겠어?"

차 교수님이 누구더라. 신인 작가들……. 나는 느릿느릿 트위드 재킷과 스커트를 벗고 실내복 원피스로 갈아입으며 기억을 돌이켜본다. 아까까지 내가 있었던 곳. 시내 호텔의 큰 볼룸이었다. 넓은 홀에 원탁들이 여럿 배치되어 있고 정장 차림의 사람들이 차나 샴페인을 마시면서 담소를 나누던 곳.

그랬다, 오늘 나는 남편과 함께 행사에 참석했다. 무슨 큰 문학상 시상식이었다. 나는 언제나처럼 남편이 선택한 격조 있는 옷을 입고, 정성 들여 화장을 한 얼굴로 그의 뒤를 따라다니면서 이 사람 저 사람에게 인사하고 미소를 지었다. 어디선가 본 적은 있는데 이름을 기억할 수 없는 사람들이 대다수였다. 하지만 어차피 나는 그들과 긴 대화를 나눌 일이 없었으므로 이름을 몰라도 별문제는 없었다. 남자들은 내가 눈앞에 뻔히 있는데도 불구하고 나에 대한 질문을 남편에게 던지곤 했다. 여자들은 나를 흘끔거리고 묘한 표정을 지으며 거리를 두거나, 나이가 많은 여자들의 경우에는 "아유, 참 좋겠어요, 이렇게 멋있는 남편을 둬서. 애는 언제 낳을 거야?" 같은 질문만 하고 마는 게 보통이었다.

그런데 오늘은 달랐다.

그 기억을 떠올리니 다시금 수치심에 얼굴이 달아오른다.

"아하, 얼굴이 빨개지네. 부끄러운 줄은 아나 본데."

남편의 목소리가 다시 귀에 들어온다. 나는 그의 얼굴을 올려다본다. 그의 얼굴도 불그죽죽하고, 목에는 핏대가 서 있다.

"당연히 부끄러운 일이지. 다 큰 성인이 남들 앞에서 울기나 하고. 덜떨어진 어린애같이. 사람들이 너 때문에 얼마나 곤란했겠어? 대체 그게 무슨 짓이야?"

나는 고개를 수그린 채 조그맣게 말한다.

"당신이…… 나를 곤란하게 했으니까."

"뭐?"

"당신이 먼저 사람들 앞에서 나를, 웃음거리로 만들었잖아."

"내가 언제."

남편이 기가 막힌다는 듯이 말한다. 남편은 진심으로 그런 적 없다고 생각할 것이다. 하지만 나는 사람들의 웃음을 알아차렸다. 내가 등단한 문예지의 새 편집위원이 된 차 교수가 내게 살갑게 인사를 건넸을 때, "그런데 요즘은 집필 안 하세요? 맞다, 우리 다다음 호에 원고 한 편 실으시는 건 어때요?"라고 물었을 때, 그리고 내가 뭐라고 말하기도 전에 남편이 자못 예의 바르게 대답했을 때.

"말씀은 감사하지만, 집사람 건강 때문에 아직은 어렵습니다."

나는 그 순간 생경한 굴욕감을 느꼈다.

물론 차 교수가 진심으로 한 말은 아니었을 수도 있다. 아마 진심이 아니었을 것이다. 나보다는 남편에 대한 호의를 표시하는 차원에서 건넨 인사치레에 가까웠으리라. 하지만 나를 보고도 못 본 척하는 사람들의 눈길과 나를 우회하며 오가는 말들 틈에서 그건 모처럼 내게 직접적으로 다가온 제안이었다. 그리고 남편은 내가, 아니 모두가 보는 앞에서 그걸 쳐내버렸다. 그 장면을 본 주변 사람들의 얼굴에는 아주 미묘한 웃음이 2, 3초쯤 스쳤다가 사라졌다. '그럼 그렇지', '저 여자는 역시 제정신이 아니니까'라는 의미의 미소.

예전 같았으면 그러려니 했을지도 모른다. 하지만 이때 나는 화가 났다. 주체할 수가 없었다.

"아니에요, 할 수 있어요."

내가 차 교수를 똑바로 쳐다보며 그렇게 말하자 사람들이 조용해졌다. 차 교수는 당황한 듯했다. 남편은 아직 상황을 자기 뜻대로 좌우할 수 있다고 믿는 사람 특유의 여유로운 태도로 농담을 던졌다.

"뭐야, 또 흑역사 쌓았다고 밤에 이불 차려고 그래? 나를 얼마나 더 괴롭히려고?"

다분히 성적인 뉘앙스가 묻어나는 말이었다. 차 교수가 허허 웃으며 농담을 농담으로 되받아 분위기를 무마하려 하는 기미가 보였다. 하지만 나는 그렇게 놔둘 생각이 없었다.

"흑역사를 쌓아도 내가 쌓아. 대답도 나 스스로 할 수 있고. 수락이든 거절이든, 글을 쓰든 말든, 내가 알아서 하게 놔두라고, 좀, 놔두란 말이야."

그렇게 말하다 말고 나는 감정에 북받쳐 눈물을 터뜨렸다. 그랬다, 남편 말대로 나는 사람들 앞에서 울었다. 어른답지 못하게. 정상인답지 못하게. 내 돌발 행동에 사람들은 경직되었다. 남자들은 어쩔 줄 모르고 헛기침을 했고, 누군지도 잘 모르는 여자 두어 명이 내게 다가와 휴지를 건네는가 하면 화제를 돌리려고 애썼다. 남편은 얼굴이 시뻘게져 있었다.

하지만 나는 창피하지 않았다. 더 크게 소리를 지를 수 있었다면 질렀을 것이다. 숫제 울부짖으며 토로하고 싶었다. 방금 나의 과거를 남들 앞에서 농담거리로 전락시킨 사람이 다름 아닌 내 남편이라는 것을, 그 시절 내가 무엇보다도 그리고 누구보다도 사랑했던 사람이라는 것을.

그러나 지금 나는 이 이야기를 남편에게 할 기력이 없다. 기억을 돌이키는 것만으로 피로감이 엄습한다. 오로지 자고 싶은 생각뿐이다.

"이제 그만해요. 더 할 말 없어. 피곤해."

나는 남편에게 설명하기를 포기하고 드레스룸 문밖으로 나간다. 내가 남편을 그대로 지나쳐 묵묵히 복도를 걸어가려 하자, 씩씩거리던 남편이 내 머리 위 허공에 손을 번쩍 치켜든다.

나는 놀라서 남편의 눈을 올려다본다.

남편은 내 눈을 내려다본다.

그 순간 우리 사이를 이어주던 작고도 확실한 무언가가 끊어지는 것을 느낀다. 나는 지난 10년 동안 줄곧 이해하지 못했던 것을 마침내 이해한다. 아니면 지난 10년을 거쳐 내가 천천히 이해해왔던 것이 그 순간에 비로소 눈에 보이고 손에 만져지는 것으로 현화된 듯도 하다. 나는 남편의 연약한 맨얼굴을 마주한다. 그리고 남편은 내 원시적인 공포를 마주한다. 우리 둘이 그토록 초라하고 단순해진 자리에서 말은 필요하지 않다.

나는 또 비유를 과용하고 있다.

9. 앞집

남편은 밖으로 나갔다. 담배를 피우러 갔겠거니 했는데 삼십 분이 지나도록 돌아오지 않는다. 나는 거실을 서성거리며 이제부터 무엇을 어떻게 해야 할 것인가 생각한다. 그런 생각을 하고 있을 때, 엘리베이터 소리가 들린다.

남편이 돌아오는가 보다.

아니, 남편이 아니라 자주색 드레스의 여자일 수도 있다.

어쩌면 둘이 함께일 수도 있겠다.

나는 잠시 움직이지 않고 주위를 살핀다. 무언가 의지할 만한 것을 본능적으로 찾는다. 그러던 내 눈에 거실 벽의 스마트패드가 들어온다. 불현듯 남편이 했던 말이 생각난다. 스마트패드로 현관 밖을 실시간으로 관찰할 수 있으며, 녹화도 할 수 있다던.

나는 부리나케 스마트패드로 뛰어가 남편이 가르쳐준 대로 현관 밖 CCTV 화면을 켜고 녹화 버튼을 누른다. 그런 다음 현관으로 뛰어가 문을 열어젖힌다. 저 안에서 무엇이 나오든 나는 대면할 것이다. 그런 내 모습을 카메라가 증명할 것이다.

엘리베이터가 19층에서 멈춘다. 나는 그 앞에 정면으로 마주 선다. 한 쌍의 여닫이문이 천천히 열리고 그 안에서 한 사람이 내린다.

자주색 드레스를 입은 여자다.

여자가 엘리베이터 밖으로 걸어 나오다가 나를 보고 걸음을 멈춘다. 나는 멍하니 여자를 쳐다본다. 여자는 나를 보면서 고개를 갸웃한다. 여자는 나를 모르지만 나는 그를 알고 있다. 그가 누구인지 이제야 기억이 난다.

"무슨 일이세요?"

여자가 묻는다. 나는 허둥지둥 되는 대로 말을 꺼낸다.

"저, 아, 궁금한 게 있어서요. 우린 이웃지간이잖아요. 가끔 그쪽을 봤는데, 그, 한 가지 묻고 싶은 게 생겨서. 언제 한번 만나보고 싶다고 생각했거든요."

"네……. 말씀하세요."

여자가 조심스러운 표정으로 입술을 오므린다. 나는 그 얼굴에 알록달록 칠해진 서툰 화장을 본다. 인터넷 공구샵에서 샀을 법한 로즈골드 색깔의 도금 귀고리를 본다. 그리고 홀터넥 드레스를 본다. 네크라인이 일자로 가슴 위를 가르고, 어깨 끈이 쇄골과 목을 향해 뻗어 올라가면서 어깨 선과 가슴 라인을 강조한다. 슬릿이 깊게 들어간 랩스커트 같은 디자인의 치맛자락은 우아한 곡선을 그리며 뻗어내려가 복숭아뼈 바로 위에 떨어진다. 자주색 실크는 가까이에서 보니 빛이 비치는 각도에 따라 붓꽃처럼 살짝 어두운 보랏빛이 돌기도 하고 화사한 핑크색이 돌기도 한다. 한눈에 봐도 비싼 드레스다. 그에 비해 아무런 액세서리도 걸치지 않은 두 팔은 허전해 보이고, 구두는 면접 때나 신을 법한 4센티미터 굽의 검정색 하이힐이어서 드레스와 어울리지 않는다.

"드레스가 너무 예뻐서요. 어디서 사셨나 궁금해서."

내 말에 여자가 대번에 경계를 늦추고 얼굴에 화색을 띤다.

"아, 이거요? 빈티지 숍에서 산 건데요. 진짜 디자이너 브랜드 드레스인데, 그냥 오래돼서 조금 싸게 나온 거래요."

그리고 여자는 잠깐 생각하는 듯하더니 덧붙인다.

"그러니까 지금은 보통 매장에서는 살 수 없어요. 미안해요. 제가 도움이 못 돼서……."

"아, 아니에요. 그래도 비쌌을 텐데, 돈이 많이 들었겠어요."

"좀 무리했죠."

여자가 밝게 웃는다. 그는 자신이 스폰을 받아서 옷이나 가방을 산다는 소문이 학내에 돌고 있다는 것을 아직 모른다. 불과 1년 뒤에 돈이 필요해서 그 옷을 훨씬 싼값으로 급하게 처분하게 되리라는 것도 모른다. 그리고 그런 옷이 있었다는 사실조차 까맣게 잊게 되리라는 것도 모른다. 그건 모두 너무나 먼 미래의 일이다.

"그래도 꼭 사고 싶었거든요."

"일상적으로 입기는 어려울 텐데……."

"이거 외출복 아니에요. 저 글 쓸 때 입는 옷이에요. 아, 제가 소설을 쓰거든요. 그런데 어떤 유명한 작가가, 자기는 웨딩드레스를 입고 글을 써야 영감이 온다고 하더라고요. 특이한 버릇 같은 거죠 뭐. 그래서 저도 작업복을 하나 장만했어요. 내 작품인데 이 정도 투자는 할 수 있잖아요."

나는 고개를 끄덕인다. 그 설명은 지극히 합리적으로 들린다.

"요즘도 글 쓰는 거예요?"

내 질문에 여자는 더더욱 신이 나는 듯, 그러면서도 조금 난처한 듯 상기된 얼굴로 자신의 두 손을 맞잡는다.

"이건 비밀인데…… 음…… 혹시 시간 나시면 읽어보실래요? 아직 초고라서 많이 고쳐야 하지만……. 저희 집에 들어가시면 보여드릴 수도 있는데."

여자가 현관문 쪽을 손짓하며 말한다.

나는 그가 타인을 지나치게 쉽게 집에 들이는 것이 안타깝다. 아무나 쉽게 믿고 좋아하고 사랑할 것이 안타깝다. 그가 앞으로 맺게 될 인간관계들이 유감스럽다. 하지만 그건 내 생각일 뿐이다. 여자의 생각은 다를 수도 있다. 여자는 무언가 다른, 내가 생각지도 못한 데에 가치를 두고 있을 수도 있다.

"좋아요. 나 시간 많아요. 장편인가요? 단편? 어떤 이야기인데요?"

여자는 아무도 없는 어두컴컴한 홀을 자못 진지하게 둘러본다. 그러더니 내 귀에 입술을 가져와서 속삭인다.

"한 여자가 남편을 죽이는 이야기인데요……."

10. 부엌

나는 열린 현관문 안으로 들어선다. 자동으로 센서등이 켜지고 실내가 불그스름한 빛에 물든다. 현관을 내려다보니 남편의 슬리퍼가 삐뚜름히 놓여 있다. 욕실에서 희미한 빛과 함께 씻는 소리가 새어나온다.

나는 집 안으로 들어와 거실 벽의 스마트패드로 다가간다. 지금까지 녹화가 돌아가고 있다. 나는 중지 버튼을 누른 뒤 지금까지 찍힌 영상을 돌려본다.

끝까지 보고 나서야, 사실 돌려볼 필요도 없었다는 것을 깨닫는다. 나는 영상을 삭제한다. 역시 이런 기능 따위는 쓸모가 없었다.

나는 부엌으로 건너가 하부 식기장을 연다. 식기장에 부착된 컨테이너에 여러 종류의 칼이 꽂혀 있다. 커다란 고기칼. 주로 김치나 채소를 썰 때 쓰는 중간 크기의 칼. 가장자리가 오돌토돌한 톱니로 되어 있는 빵칼. 작고 가벼운 과도까지. 그중에서 나는 이사 오고 난 뒤로 한 번도 쓰지 않은, 날이 잘 갈린 고기칼 한 자루를 골라내고서 컨테이너를 밀어넣는다. 확실히 이 집은 최신식이라 무언가 달라도 다르다. 주방도 사용자의 편의에 맞게끔 설계되어 있는 것 같다. 서랍장이나 찬장 문이 소리도 없이 매끄럽게 움직이고, 손 닿는 곳에 꼭 필요한 것들을 둘 수 있게끔 되어 있다. 나는 어느 블라인드 설치업자에게서 받아온, 홍보 전단지에 끼워져 있던 새 걸레를 물에 적신다. 걸레에는 '입주를 축하합니다'라는 문구가 어김없이 박혀 있다.

신도시에 세워진 신축 아파트 단지에서는 모두가 미래를 낙관한다. 이곳에서의 삶이 잘 풀릴 것이라고. 우리의 일상이 뒤바뀔 것이라고. 전보다 훨씬 더 행복해질 거라고. 그리고 그 믿음을 당신에게도 심어주려 애쓴다. 과연 그렇다. 남편의 말이 옳았다. 누구든지 새 아파트에 한번 살아보면 옛날 집에선 도대체 어떻게 살았나 싶을 것이다.

나는 칼과 걸레를 가지고 욕실로 걸어간다.

오늘은 욕실 청소를 제대로 할 작정이다.

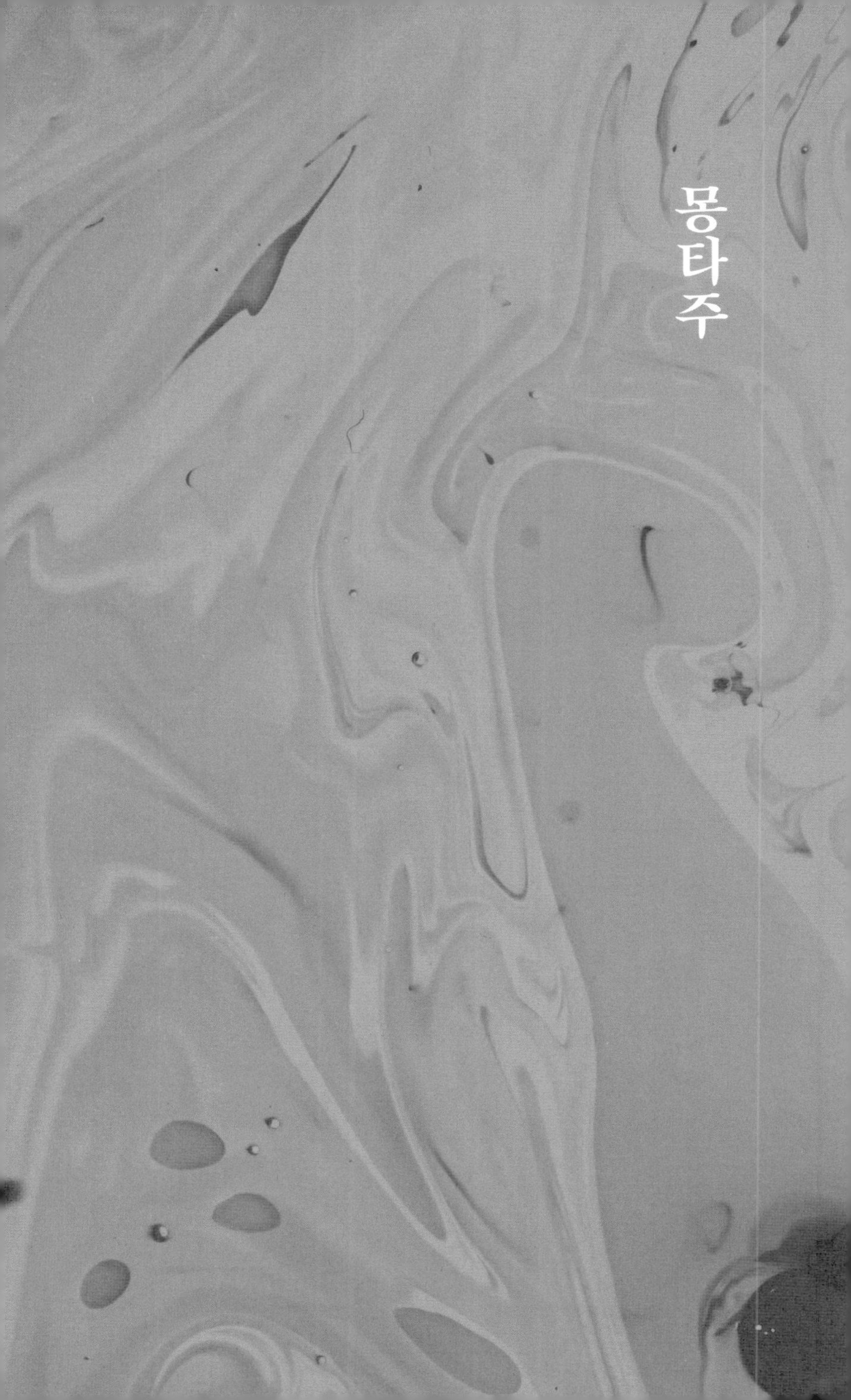

몽타주

몽타주

나는 당신에게로 가고 있어.

나는 당신의 이름을 몰라. 당신에게는 이름이 없어. 그런데 모두가 당신을 생각하고 있어. 우리는 저마다의 호칭으로 당신을 불러. 천재. 은둔자. 희망. 구원. A부터 Z까지의 이니셜. 우리는 당신을 부르고 싶어해. 당신의 흐릿한 실루엣을 손에 잡히는 것으로 만들고, 저마다 생각하는 가장 정확한 호칭을 부여하고 싶어해. 당신이 이름을 거부했다는 사실이 더욱 우리를 안달하게 만들어. 우리는 당신을 역사책에, 문학책에, 이름난 문학상을 수여하는 자리에 올리고 싶어하는 거야. 당신의 육체는 그 무대에 서지 않겠지. 그리고 진행자가 텅 빈 장소에서 당신을 호명하면, 되돌아올 숭고한 침묵과 공백 속에서 우리는 당신의 고결함을 기리며 눈물을 쏟고 싶어해.

오, 당신. 당신은 우리의 속됨을 가엾게 여길지도 몰라. 소시민들. 세계에 터질 듯이 넘쳐나는 고유명사에 그대로 엎드리는 자들. 거기에 당신을 끌어들였다고 믿고서 입맛을 다시는 자들. 나 또한 그들 중 하나임을 부정하지 않아. 하지만 적어도 당신을 찾는 목적이 다른 이들과는 다르다고 주장하고 싶어. 나는 그들보다 조금 더 순수하고 조금 더 결백한 의도로 당신을 찾고 있다고 주장하고 싶어. 하지만 이런 내 열망은 아무런 차이도 만들지 못한다는 것을 알아. 순수와 결백에 '조금 더'라는 수식어가 붙는 것만으로도 이미 더 이상 순수할 수도 결백할 수도 없다는 것을 알아. 그럼에도 불구하고 이렇게 당신을 찾아 나설 수밖에 없는 나를 부디, 이해해주기를.

당신의 언어를 구걸하는 나를 이해해주기를.

나는 지금 운전을 하고 있어. 차는 아침 출근 인파로 북적이는 도시를 관통해 고속도로를 향해 나아가고 있어. 당신도 딱 이런 차를 탄 적이 있었겠지. 나처럼 운전석에 타지는 않았겠지만. 지금 내가 보는 차창 밖의 풍경을 당신도 보았겠지. 그때 당신의 주의는 차창 밖보다는 옆 좌석에 쏠려 있었겠지만. 글쎄, 적어도 나는 그렇게 추정하고 있어. 나는 당신의 동선을 최대한 따라가보려 해. 당신이 어떤 길을 따라 어떤 곳에서 무엇을 보고 겪었는지를 뒤쫓다 보면 마지막에 가서는 당신을 만날 수 있으리라고 믿으면서.

물론 나는 또다시 실패할 수도 있겠지. 이미 세 번을 실패했으니 또 실패하더라도 이상하지 않아. 당신을 찾으려 시도한 사람은 나 외에도 숱하게 많고, 누구도 성공한 적이 없어. 당신은 악명 높은 은둔자니까. 당신의 작품은 언제나 저절로 나타나지. 어디서 왔고 어디로 간다는 전조도 예고도 없이 별안간 내던져지지. 제목만 있는 책이 나왔다는 소식이 들려오면 사람들은 서점으로 뛰어가, 약속한 듯 감탄을 연발한 다음, 어김없이 당신을 찾고 싶어해.

각종 신문 잡지와 방송사의 기자들은 입사하면 정해진 관문처럼 당신을 찾아내려 달려들었어. 당신의 팬들은 인터넷에 팬페이지를 만들고서 그들의 우상이 가입했는지 안 했는지도 알 수 없는 공간에 팬레터를 보냈어. 당신처럼 되기를 꿈꾸는 작가 지망생들은 당신의 제자가 되고 싶어서 출판사와 문단의 인사들과 학교를 뒤지고 다녔어. 하지만 어디에도 당신은 없었지. 우리가 어떤 법석을 떨어도 당신에게서는 아무런 반응도 돌아오지 않았어. 세 편의 작품이 발표되는 시간 동안 단 한 번도 당신의 기척은 들리지 않았어. 그동안 수많은 추정이 떠올랐다가 사라지기를 반복했어. 당신의 은둔이 마케팅 수법이라는 추정. 이미 알려진 기성작가가 익명으로 장난치는 것에 불과하다는 추정. 두 번째 책이 나왔을 때부터는 정체를 들키면 안 되는 충격적인 인물이리라는 가설이 나왔고, 세 번째 책이 나왔을 때는 당신이 사실 여러 명의 무명 작가이리라는 추측이 제기되었지. 그런데 당신이 당신이든, 당신들이든, 그것은 중요하지 않아. 당신의 존재는 오로지 공백으로만 나타나고 공백은 수를 셀 수 없는 것이니까. 셀 수 있는 것은 당신의 언어뿐이라고 해야겠지.

당신의 소설은 특별해. 사람들은 그 특별함을 어떻게든 정의하고 싶어서 하드보일드라는 낡은 용어를 꺼내곤 하지만 그것은 틀린 말이야. 당신의 소설에 등장하는 탐정들도, 그 탐정들을 움직이는 당신의 언어도, 결코 냉철이나 객관을 표방한 적이 없었어. 그렇게 판단을 방기하고 뒤로 물러서는 종류의 비겁함은 당신과 어울리지 않아. 삶이 어둡고 부조리하다는 것은 굳이 입 밖으로 꺼내서 외치고 다닐 사건이 될 수 없어. 당신의 이야기는 차라리, 어둠과 부조리를 깨끗하게 가르고서 우리에게 다가오는 전조등의 빛줄기와도 같아. 그러나 그 빛에 진실이라는 이름을 붙인다면 오도적인 처사가 될 거야. 당신은 진실이 도리어 어둠 속에 있다는 것을 잘 아니까. 당신이 우리를 비추는 순간 우리가 느껴왔던 진실은 삽시간에 사라져버리고 그 자리에는 당신의 빛만 남아 우리의 모든 것을 굴곡과 형태로서 정의 내리지. 삶은 뒤늦게 당신의 말을 뒤따라가. 이를테면, 당신을 알아내고자 하는 시도조차도 이미 당신의 말보다 한참 늦게 출발한 셈이야. 그래, 나도 마찬가지야.

물론 나는 당신을 사랑한다고 고백하는 모든 독자가 그렇듯이, 당신을 사랑한다고 고백하는 모든 독자보다 먼저였다고 확신해. 당신의 짧은 글을 처음 읽었을 때 나는 그 오만함에 충격을 받았고 뒤이어 가슴이 덴 듯한 고통을 느꼈어. 당신은 그야말로 모든 것에 대해 말하지. 죽음을 제외한 모든 것을. 모든 사람의 죄와 악과 그럼에도 불구하고 존재하는 선과 사랑과 진실과 거짓과 그 어디에도 속하지 않는 일들에 대해서. 누구나 피해자이면서 또 범인이고 동시에 탐정인 삶에 대해서. 그리고 종국에는 우리의 혼돈에 질서를 부여하고, 흩어졌던 모든 것을 제자리로 돌려보내곤 했어. 아니, 제자리라는 것은 애초에 존재하지 않았는데 당신으로 인하여 생겨났다고 해야겠지. 당신이 희망을 말했으므로 사람들에게는 비로소 희망이 생겨났어. 사람들은 당신의 이야기로 말미암아 비로소 자신의 삶을 알아보았고, 자신에게 대가 없이 주어진 귀하고 향기로운 희망을 고이 두 손에 들고서, 그것이 자기만의 고유한 희망임을 믿어 의심치 않았지. 그래, 그들이 당신의 책을 자신의 개인적인 이야기라고 생각한 것은 놀랍지 않

아. 누구나 그 이야기 속에서 자기 자신을 발견할 수 있었을 테니까. "이 작가는 내 머릿속을 꿰뚫어봤나 보군." "이것이 바로 내 인생이야." 사람들은 말했지.

그리고, 그래, 나도 처음에는 비슷했어. 당신의 책에는 내가 잊고 싶었던 일과 부인하고 싶었던 일과 기억하고 싶었던 일이 각각의 맥락에 맞게 구성되어 있었고 그것이 나 자신의 경험을 재구성하는 듯했어. 당신은 마치 나를 나보다 더 잘 알고 있다는 듯이 말했어. 당신은 내가 기억하지 못하는 순간을 기억하고, 내가 잊지 못하는 순간을 잊어버린 듯이 말했어. 나는 당신이 그것을 폭로해주기를 종용할 수밖에 없었지. 기억상실증 환자가 옛집에서 발견한 자신의 일기를 읽는 것처럼 나는 다소 천하게 상기된 얼굴로 그것을 따라갔어. 그러나 마지막에 가서 기대를 배신당하고 말았어. 책장을 덮으며 내 흥분은 바스러졌지. 그 안에 나는 없었어. 내 죄도, 내 사악함도, 내 선량함도, 내가 받았거나 내주었던 사랑도 전혀 찾아볼 수 없었어. 단지 당신의 언어로 말미암아 나 또한 온전해지고 싶다는, 나 또한 희망을 얻고 싶다는 부질없는 열망에 들떠 헐떡이는 나 자신의 초라하고 외로운 육체만을 발견했을 뿐. 그리고 정확히 그에 반비례해 아름답고 거대해지는 당신의 언어를 어떻게 내가 사랑하지 않을 수 있었겠어.

나는 어째서 당신의 책들을 '내 이야기'라고 생각할 수 없나? 당신의 탁월한 말들과 정확한 기술들과 구체적인 묘사들이 어째서 내게는 맞지 않는 옷인가? 당신이 적어내린 감정의 파고에 휩쓸릴 때마다, 당신이 등장시킨 인물들의 마음에 동조할 때마다, 나는 어째서 성전의 물건을 도둑질하는 무뢰배가 된 듯이 느껴지나? 나는 왜 끝끝내 당신에게 이름 불리지 못한 채 여기에 남아서, 이렇게 주체스러운 몸을 부득부득 이끌고, 운전대를 잡고 있는 것일까? 아마도 이건 내 잘못일 거야. 당신의 잘못일 리는 없어. 당신은 당신의 언어를 우리 모두에게 완전히 내어주기 위해 최선을 다했으니까. 그 글을 다만 쓰여진 것으로, 허공에 흩어진 먼지와 같은 것으로, 누구나 자기 것이라고 선언할 수 있고 그럼에도 닳거나 줄어들지 않는 무언가로 만들기 위해 당신이 할 수 있는 모든 일을 했을 테니까. 그러기 위해 당신이 얼마나 치열하게 발버둥쳤을지 상상도 되지 않아. 어떻게 하면 그렇게 당신 자신을 철저히 지워낼 수가 있는지 나는 감히 헤아릴 수도 없어. 그 정결한 노력을 배신하고 싶지는 않아. 절대로. 당신의 노고가 나에게 이르러 결실을 맺기를 누구보다도 바라고 있으니까. 어떤 파렴치한 평론가들은 당신의 작품들을 열거하고 짜맞춰 당신의 성장과정과 사회적 입지와 나이와 배경과 직업을 추정하는 사이비 점술가 같은 짓까지 저지르더군. 오, 그 작태를 보고 치를 떨었지. 나는 정말이지 그런 것에는 관심이 없어. 그런 의도로 당신을 찾으려는 것이 아니야.

다만 궁금할 뿐이야. 어째서 당신이 그토록 사라지고 싶어했는지가. 그리고 나는, 어째서 나만은, 당신의 빈자리를 차지하도록 허락되지 않는지가.

차는 작은 해안 도시를 지나고 있어. 비수기를 맞은 모텔과 횟집의 간판들이 자음과 모음의 일부가 탈구된 형광색의 글씨를 허공에 새기고 있어. 파도가 버려진 물건들을 삼키며 내는 신음. 개가 짖는 소리. 나는 뒷좌석에 앉아 밖의 소리에 귀를 기울이고 있었을 당신을 상상해. 말하는 당신이 아닌 듣는 당신을 상상해. 당신이 이야기하는 동안에는 내가 들을 수 없었던 당신의 침묵을 상상해. 그 침묵이 얼마나 평화롭고 절대적일지. 그것은 마치 당신의 말처럼 자연스럽겠지. 단어들을 신이 정해준 바로 그 방식대로 사용하고, 계절의 변화와 철새의 이동과 바다의 밀물과 썰물과도 같은 조화로운 질서에 따라 배열하는 당신. 그리고 나는 그 질서를 삶의 질서와 일치시켜온 수많은 사람을 생각해. 당신의 빈자리에서 당신의 말들을 사금처럼 긁어모아 전해 내릴 사람들도. 그중 어떤 사람들은 당신의 부재를 이용해 그 말들의 소유권을 주장하겠지. 그리고 당신이 아무런 상속인도 지정하지 않았음에도 불구하고 저마다 정당한 계승자를 자임하는 이들이 끝없이 대를 이어 나타날 거야. 그런 침탈과 모욕에도 당신은 여전히 침묵을 지키겠지. 절대적인, 그렇기에 무력한 침묵을.

나는 당신과 전혀 달라. 언제나 달랐지. 나는 사라지고 싶지 않았어. 오히려 나는 내 존재가 드러나기를 언제나 바랐어. 아무도 모르는 사이에 아무도 없는 곳에서 소리 없이 죽고 싶지 않았으니까. 그게 얼마나 절박한 열망일 수 있는지 당신은 과연 이해할까. 재갈을 물고 살아온 사람의 시간을 상상할 수 있을까. 입을 틀어막힌 채 매장당하는 감각을 헤아릴 수 있을까. 당신의 침묵과는 달리 불완전한, 군데군데 구멍이 뚫리고 불타고 흉측하게 부풀어 오른, 싸우고 망설이고 체념하고 악을 쓰는 침묵을, 당신이 과연 얼마나, 어디까지, 어느 정도를 상상하고 그 이야기를 썼을지 나는 못내 궁금했어. 당신의 첫 번째 소설에 나오는 살인사건 말이야.

밝은 보름달이 지상 구석구석을 은빛으로 물들인 밤에, 잡초가 무성히 우거진 들판에서, 맑고 차가운 가을바람이 수풀 사이를 지나가고 귀뚜라미와 맹꽁이와 이름 모를 풀벌레들이 합창을 하는 동안, 겁탈당하고 살해당한 피해자를 보여주며 당신의 이야기는 시작되었지. 당신은 그곳에서 피해자가 어떻게 납치되었고, 어떻게 끌려갔고, 어떻게 신체의 자유를 박탈당했으며, 어떻게 신체의 훼손과 침입이 이루어졌고, 종내에는 어떻게 생명을 잃었고 사체의 일부가 유실되어 영영 그 신원을 알 수 없게 되었는지를 이야기했지. 그 기술은 지극히 구체적이었지만 피해자의 고유한 육체에 대한 세부 묘사나 정신에 얽힌 사적 역사는 완전히 배제되어 있었기에 지금껏 세상에서 발생한 모든 겁탈과 살인으로 읽힐 수 있을 정도였지. 그 이야기에서 피해자는 한때 인격체였던 것의 잔해물로도 보이지 않았어. 인간의 폭력에 대한 물적 증거 자체로만 보였을 뿐.

부디 오해하지는 마. 나는 당신의 방식이 틀렸다고 생각하지 않아. 어떤 사람들은 당신이 무의미한 잔혹성을 전시한다고 비난했다지만 나는 그렇게 생각하지 않아. 왜냐하면, 나는 겪어보았으니까. 겪었으니까……. 우리가 누군가의 손으로 입을 틀어막힐 때, 몸이 짓눌리고 다리가 비틀려 움직일 수 없게 될 때, 자신의 의지와 무관한 일이 자신의 몸에 벌어지는데 의견은 고사하고 한 단어조차 말할 수 없을 때, 우리는 사람이라고 할 수 없게 되니까. 그 상태가 지속되는 동안 우리는 살아 있지 않아. 우리는, 나는, 그때 내가 살아 있다고 생각하지 않았어. 내 정신은 육체를 떠나 허공을 부유했고 내 육체는 현재가 아닌 다른 모든 시간에 존재했고 내 감정은 어떤 자극에도 반응하지 않게 되었지. 그건…… 죽음이라고밖에 표현할 수 없어. 나는 그때 이미 한 번 죽었던 거야. 그리고…… 내가 그때의 나 자신에 대해 아는 것은 아무것도 없어. 나는 다만 그날의 보름달이 얼마나 밝았는지, 주변의 모든 것이 얼마나 부드러운 은빛으로 반짝였는지를 기억해. 바람이 내 피부에 닿았던 것은 기억나지 않지만 바람이 풀들을 스치며 만들어지던 물결의 곡선은 기억해. 내 몸이 파괴당하던 소리는 기억나지 않지만 풀벌레들의 울음소리가 성부를 나누듯 갈라지고 높아졌다 낮아지던 것은 기억해. 그리고…….

당신이 그 밖의 다른 방식으로 이야기할 수는 없었을 거야. 정말이지 그보다 더 나은 방식은 있을 수 없어. 죽음보다 나은 방식은 어디에도 있을 수가……. 그때 나는 차라리 정말로 죽었으면 했기 때문에, 그때 내가 경험했던 죽음은, 죽음조차도, 나의 다른 모든 경험과 마찬가지로 불완전했기 때문에. 나는 그 와중에도 내 육체를 잊을 수 없었고 그것이 얼마나 거추장스러웠는지를 결코 잊을 수 없어. 그때부터 오랫동안 나는 끊임없이 내 몸을 의식하지 않을 수 없었어. 나는 수치스러워지고 싶지 않았는데 내 몸은 끊임없이 나에게 치욕을 상기시켰어. 나는 그냥 가벼워지고 싶었어. 내 몸뚱이에 붙은 살을 한 점씩 베어내고 싶었어. 고통스럽다고, 살고 싶다고, 재갈을 풀고 소리를 지르고 싶다고, 깊고 차가운 땅속에서 기어 나가고 싶다고 말하려는 내 성대를 잘라내고 싶었어. 나에게 있어 명확한 것은 오로지 그것뿐……. 사라지고 싶다는…… 아무도 모르는 사이에 아무도 없는 곳에서 사라지고 싶다는 것만이 나에게는 가장 중요한 욕망이었고 당신이 그것을 비로소 실현시켜준 것만 같았어. 당신의 이야기 속에서만.

당신의 이야기 밖에서 이렇게 외면당해온 나의 침묵을 제발 알아봐줘. 당신이 말할 때마다 닳아 없어져가는 나의 얼굴을 알아봐줘.

내가 겪었던 일에 대해 얼마나 간절히 말하고 싶었는지 당신은 모를 거야. 목구멍까지 차올라 꿈틀거리는 모든 것을 그대로 간직하고 살아간다는 것은 내게 불가능한 듯 보였어. 내 몸이 어째서 불완전한지, 어째서 군데군데 구멍이 뚫리고 불타고 흉측하게 부풀어 오른 꼴로 돌아다니는지를 사람들에게 해명하고 용서를 구하고 싶었어. 아니, 아니야. 내가 자신들과 같다고 생각하는 사람들에게 실은 내가 군데군데 구멍이 뚫리고 불타고 흉측하게 부풀어 오른 몸을 갖고 있다고 고백하고 용서를 구하고 싶었어. 그러지 않는 한은 나 자신을 절대로 용서할 수 없을 테니까. 하지만 아, 내가 그 일에 대해 어떤 말을 할 수 있겠어? 그 일이 무엇이라고 어떻게 정의를 내릴 수가 있겠어? 어떤 인과관계를, 어떤 선형적 시간을, 어떤 역할과 관계를 부여해도 부적절하기만 한데. 내 입에서 나오는 단어는 온통 잘못되고, 비틀리고, 불구일 뿐인데. 이 범속하고 너저분한 말들로는 범속하고 너저분한 나를 도무지 추스를 수가 없어.

그러나 당신만은, 오로지 당신만이 온전하게 말할 수 있어. 당신의 언어라면 나를 해명할 수 있을 거야. 내 구제불능의 몸을 이어 맞추고, 형태와 굴곡을 부여하고, 눈에 보이고 손에 만져지는 질감과 외관을 가진 존재로 만들어줄 수 있을 거야. 나의 경험이 무엇이었는지, 어떻게 받아들여야 하는지, 어떻게 다루어야 하는지를 명징하게 설명할 수 있을 거야. 당신의 입술로 말미암아 나는 나 자신에게도 그리고 다른 사람들에게도 납득 가능한 존재가 되겠지. 당신을 찾을 수만 있다면. 어딘가에 있을 당신을 찾아내서, 당신의 손목을 붙잡고, 당신에게 내 이름을 불리울 수만 있다면. 그럴 수만 있다면…….

어느새 차창 밖으로 해가 저물고 있어. 나는 붉게 빛나는 국도를 따라 액셀러레이터를 밟고 있어. 도로 양옆으로는 똑같이 생긴 컨테이너 창고 건물들이 늘어서 있고 화물을 내리는 차량들이 드문드문 보여. 곧 이런 인적조차 사라지겠지. 세금을 피하기 위해 농사를 짓는 척만 하고 있는 황량한 농지와 버려진 무덤들이 초목에 묻혀가는 산봉우리들만 이

어지겠지. 나는 이 길을 이미 잘 알아. 두 번째 소설의 배경이었으니까.

당신의 소설에 나오던 남자도 나는 아주 잘 기억해. 건강하고 활력이 넘치는 남자였어. 그리고 오만했지. 당신의 오만함과는 전혀 다른 방식으로. 그는 자신이 모든 것을 말할 수 있다고, 심지어 죽음까지도 말할 수 있다고 믿고 있었어. 온전한 언어를 정당하게 상속받았으므로 어디에서든 자신의 권능을 내보일 수 있고 누구에게든 자신의 위력을 행사할 수 있다고 믿었지. 한 치의 의심도 없는 믿음 같았어. 그 당연스러움에 나는 이끌리지 않을 수 없었지. 그런 남자의 권능이라면 나를 해방시켜줄 수도 있으리라는 생각이 들었으니까. 물론 나는 그때도 몸이 구속되어 있었어. 오래도록 자유롭지 못했던 내 몸은 갇힌 야생 짐승처럼 순결하면서 불행했고 알 수 없는 이유로 화를 냈고 먹을 것을 주는 사람이라면 누구라도 가리지 않고 경망스럽게 흥분했어. 내 몸은 내 부적절한 언어로는 도저히 분별할 수 없는 수많은 불가사의 중 하나였는데, 다른 불가사의와는 달리 말하고 싶어하는 나의 욕망 자체를 쥐락펴락하는 존재였으므로 공포스럽기 그지없었지. 그래서 나는 내 몸이 풀리지 못하게 더욱 단단히 속박할 수밖에 없었어. 그런 나에게 그는 성큼 다가와, 자신의 말을 연신 웃으며 들어주며 고개를 끄덕이는 내가 좋다고 하더군. 묶인 채로 고개를 끄덕이는 내가. 그래, 그라면 나에게 말하는 법을 가르쳐줄지도 모르겠다고 생각했던 것 같아. 아니, 차라리 침묵 속에서 온전해지는 법을 알려줄지도 모르겠다고 생각했던 것 같아. 모르겠어. 지금도 모르겠군. 그런 어리석음이 나의 잘못이었을까.

알아. 당신은 내 잘못이라고 말하지는 않았지. 당신은 결코 나를 비난하려고 이야기를 시작한 것이 아니었어. 당신은 그저, 어째서 내가 그의 차를 순순히 따라 타고 인적 없는 어둠 속으로 빨려 들어가면서도 아무런 소리도 내지 않았는지를 설명하려고 했을 뿐이야. 당신은 그저, 어째서 내가 그 괴괴한 벌판에 그를 따라 내리고 그의 아래에 누웠는지를 설명하려고 했을 뿐이야. 내가 어째서 그럴 수밖에 없었는지를. 하지만 당신의 그런 설명이 내게……. 나는 몇 번이고 손을 씻었어. 월경이 한 달 동안 계속되었어. 나는 세 시간 동안 몸을 씻었어. 길을 제대로 걸을 수가 없었어. 꽃도 개똥도 짓물러 터진 열매도 날벌레도 견딜 수 없이 징그러워 보였기 때문에. 나를 둘러싼 이 세계가 더럽기 그지없었어. 그리고 당신은……. 내가 마침내 긴 구속에서 풀려났을 때 나는 이미 그의 차에 타고 있었고 내 옆에는 오로지 그만이 존재했어. 도대체 무엇을 어떻게 해야 할지 몰라 우왕좌왕하던 내 몸을 향해 그가 건넨 제안이 그것이었는데 내가 달리 무슨 행동을 할 수 있었겠어. 그래서 나는 그런 선택을, 그런데 그것이 나의 선택이었나? 예 아니면 아니오라는 두 가지 선택지만이 존재하는 세계에서, 누군가가 태워주는 차를 타고 어딘가로 가거나 아니면 차에서 내려 어둠 속에 남겨지는 선택지만이 주어진 세계에서, 내가 택할 수 있는 유일한……. 그런데 당신은 정말로 그렇게 생각하나? 그것이 유일한 가능성이었다고?

물론 당신은 그렇게 생각할 수밖에 없었겠지. 그래야만 말을 할 수 있으니까. 당신은 결코 그 전의 어둠으로 돌아가고 싶지 않았기에, 그가 어딘가 광활하고 깨끗하고 눈부신 곳으로 데려다주리라는 거짓 희망으로, 그의 허울뿐인 권능에 의지하려 했지. 그래서 당신은 내가 그를 사랑한다고, 그 행위가 사랑이라고 믿었고, 아니 믿고 싶어했고, 그래서 "예"라고 대답했을 테지. 하지만 이건 거짓말이야. 실제로는 아무 말도 하지 않았어. 모든 것이 침묵 속에서 이루어졌고, 당신이 사랑이라 믿었던 감정들은 결국 내가 타고난 결여가 사랑일지도 모른다는 착각과, 그것이 사랑이 될지도 모른다는 기대와, 사랑이 무엇인지도 모르는 나의 불능함에 대한 자괴와, 고통조차 선명하게 느끼지 못하는 나의 지리멸렬뿐……. 오, 당신이 뒤늦게 실수를 주워담으려고 낱낱이 그런 설명을 늘어놓아도 헛수고야. 아직도 모르겠어? 당신의 그 터무니없는 오만함은 그 남자를 영락없이 닮았군. 당신은 믿고 싶지 않겠지만 이건 사실이야. 당신은 그 남자가 흘린 권능의 지스러기들을 주워 모으고, 그 남자가 모는 차를 훔치고, 그 남자의 말들을 흉내 내면서 기어이 여기까지 왔으니까. 하지만 그 빌어먹을 차를 부득부득 이끌고서 전조등을 비추며 내가 묻힌 땅의 구석구석을 살피고 흔적을 찾으려 안간힘을 써도, 나의 모든 진실은 어둠 속으로 물러날 뿐이야.

당신도 알지. 당신도 알잖아. 사람들은 나를 용서하지 않아. 나의 흉측한 몸을, 군데군데 구멍이 뚫리고 불타고 부풀어 오른 꼴을 결코 받아들이지 않아. 당신이 아무리 고결한 말을 해왔어도, 아니 그랬기 때문에 더더욱, 내가 당신의 앞에 나타나는 순간 사람들은 일제히 경악하며 앞다투어 돌을 던질 거야. 당신이 자신들을 기만했다고. 저 정당한 계승자들의 성전에서 훔쳐온 단어들을 간악하고 천박한 목적으로 이용했다고. 내가 나타났다는 이유만으로 당신의 모든 말은 흉악한 날조가 되고, 횡설수설이 되며, 귀 기울일 가치가 없어지고야 말겠지. 각종 신문 잡지와 방송사의 기자들이 당신의 얼굴에 카메라를 들이대고, 당신의 팬들은 책을 찢거나 불태우고, 지망생들은 당신을 비웃기 시작할 테지. 어떤 사람들은 못내 믿지 못할 거야. 고작 나 같은 것을, 고작 나 따위를 위해 그 모든 글이 쓰였음을. 그 모든 것이 내 삶을 해명하기 위한, 내 경험을 변호하기 위한, 나를 납득 가능한 존재로 만들기 위한 노력일 뿐이었음을. 그리고 궁극적으로는 그들의 삶 역시 다르지 않다는 사실도. 착각, 기대, 자괴, 지리멸렬로 이루어진 그들의 삶에는 질서도, 제자리도 없으며, 희망을 얻기 위해서는 어마어마한 대가가 요구된다는 사실을. 그 사실을 끝끝내 믿지 못하는 사람들은 나를 조롱하고 짓밟을 거야. 그리고 그 사실을 깨달은 사람들은 나를 죽이고 싶어하겠지. 나만 없으면 자신들이 정당해질 수 있다고 믿을 테니까. 그러니까…… 그러므로, 나는 당신의 눈부신 불빛 뒤의 어둠 속에 남겨진 채 묵묵히 걷고 있어. 당신의 "예"에서부터 시작된 모든 말이 나를 저버릴지라도. 당신이 내 이름을 바꾸고, 내 감정의 일부를 도려내고, 시간의 순서를 뒤바꾸더라도. 순전히 나 아닌 사람들에게 나의 이야기를 완전히 내어주고, 그 사람들을 위해 나를 소외시키더라도. 그래도 나는 당신의 뒤에, 언제나 당신의 뒤에 있어.

나는 갓길에 차를 세우고 당신을 생각해. 어둠이 깔린 들판과 아스팔트에 번지는 전조등 불빛을 바라보며 나는 당신을 생각해. 운전대에 이마를 기대고서 당신의 이름을 생각해. 당신을 부르고 싶어서. 당신을 잡아 세우고 한 번만, 단 한 번만 나를 뒤돌아보게 하고 싶어서. 그러면 비로소 확신할 수 있을 것 같아. 언젠가 당신이 나와 이렇게 돌이킬 수 없는 거리를 두고 떨어지기 전의 시절이 분명 있었다고. 내가 어둠 속으로 숨어들기 전, 당신이 나를 배신하기 전의 시절……
그 시절 우리를 둘러쌌던 침묵을 당신도 기억할까? 예도 아니오도 아닌 침묵 속에서, 당신이 했던 이야기들을 당신은 기억할까? 나는 기억이 나지 않는데. 나는 당신의 이름조차 기억나지 않는데. 당신의 이름을 이토록 애타게 부르고 싶어도 부를 수조차 없는데. 내가 무언가를 말하면 말할수록 나는 그것을 잃고 말아. 내가 무언가를 간절하게 부르면 부를수록 그것은 종적을 찾을 수 없게 되어버려.

내가 당신의 이름을 불렀던 마지막 순간이 기억나. 그때는 정말로 선명하게 기억이 나는군. 수요일이었어. 우리는 부모님과 함께 차를 타고 있었지. 아버지는 운전석에. 어머니는 조수석에. 우리는 뒷좌석에 나란히. 정확히는 당신이 오른쪽, 나는 왼쪽에. 우리는 명절을 맞아 아버지의 부모님 댁으로 향하고 있었어. 오전 일찍 출발한 차는 기나긴 정체 구간을 지나 해안 도시를 거쳐 지선도로를 누비고 나아가다 다시 국도를 타고 있었고, 그 세 시간 내내 아버지와 어머니는 서로에게 한마디도 하지 않았어. 물론 우리가 있었기에 가능한 일이었겠지. 서로에게 부득이하게 해야 할 말이 있으면 우리를 통해서 전하면 되었으니까. "얘, 네 아빠 따라 화장실 다녀오련"이라든지. "그 장난감은 네 엄마가 정신머리가 없어서 못

챙겨왔다잖아"라든지. 두 어른의 화법이 다른 만큼 침묵 역시 달랐어. 무겁게 짓누르는 아버지의 침묵. 서서히 흘러내려 차 바닥에 고이는 어머니의 침묵. 우리는 어머니의 침묵을 이해할 수 없었고 그래서 두려워하고 있었어. 아버지의 침묵은 아버지의 말을 거스르지만 않으면 된다는 신호였지만 우리의 발목까지 차오르고도 점점 더 불어가는 어머니의 침묵으로부터 스스로를 보호할 방법은 없었어. 그래서 당신은 말을 하기 시작했어.

당신은 나에게 끊임없이 말을 했지. 재미있는 이야기를, 무서운 이야기를, 놀라운 이야기를, 이상한 이야기를……. 어느덧 차창 밖으로 해가 저물어갔고 노면이 붉게 타올랐지. 도로 양옆으로는 컨테이너 창고 건물들이 늘어서 있었고 트럭 앞에서 짐을 내리거나 짐을 싣는 남자들이 있었지만 당신은 그런 풍경에 주의를 기울이지 않았어. 이야기를 하느라 바빴으니까. 어느새 어머니의 침묵이 당신의 허리까지 차올라 찰랑거리고 있었어. 나는 당신의 이야기를 듣거나, 웃거나, 감탄하거나, 과자를 먹거나, 졸거나, 창밖의 무언가를 가리키거나 하느라 여념이 없었어. 그 이야기들을 들으며 나는 진심으로 행복했어……. 당신은 차를 타는 동안 조금도 자지 않았어. 자신이 곯아떨어진 사이에 침묵이 머리끝까지 집어삼킬지 알 수 없었으니까. 그래서 당신은 이야기를 했고…….

어떤 이야기를 했더라. 어떤 이야기를 했었지? 다른 기억은 모두 생생한데 그것만은 기억이 나질 않아. 그때 내가 느꼈던 행복과 평화는 기억나는데 그 이야기들은 기억나지 않아……. 창밖으로 황량한 농지와 작고 호젓한 산봉우리들이 이어지는 동안 밤이 되었어. 달이 떴고, 도로에 다른 차는 한 대도 보이지 않았고, 아버지는 끊임없이 운전을 하고 있었어. 점점 더 굳어가는 얼굴로. 당신은 이곳이 어디인지, 할머니댁은 어디인지, 그곳까지 얼마나 남았는지 묻고 싶었지만 물을 수 없었어. 아버지는 밤으로, 캄캄한 밤 속으로 계속 차를 몰기만 했고, 차는 달린다기보다는 빨려 들어가는 듯했고, 어머니의 침묵은 자꾸만 불어갔고…… 당신은 자신이 무슨 이야기를 하고 있는지도 모르는 채로 이야기를 했고, 무한히 이야기하는 동안…… 당신이 아는 모든 단어를 긁어내야 했고, 마지막 한 단어까지 다 써버리면 어쩌나 하는 불안감에 혀가 말라가던 그때…… 아버지가 차를 세웠어. 차를 세우고는 당신을 돌아보았어.

그 순간 우리를 엄습했던 공포를 기억해. 이제 와서 돌이켜보면 내겐 그 공포가 마치 태어나면서부터 늘 함께 있었던 것 같아. 아버지의 얼굴이 분노로 일그러져 있었어. 본래의 얼굴을 알아볼 수도 없을 만큼. 아니 내게 아버지의 얼굴은 처음부터 언제나 그렇게 일그러져 있었던 것만 같아. 아버지는 당신에게 그런 말을 하면 안 된다고 했어. 그게 무슨 말이었지? 그 모든 이야기가 잘못되었다고 했어. 어떤 이야기들이었지? 우리는 까닭도 모른 채 수치스러워졌어. 당신은 아버지에게 말했어. "아니오. 그렇지 않아요." 당신은 다시 말했어. "아니오." 그러자 아버지는 당신에게 차에서 내리라고 했어.

차에서 내리는 것이 무슨 뜻인지 우리 모두가 알고 있었어. 그러나 어머니는 아버지를 막지 못했고, 나는 당신을 잡지 못했어. 당신이 겁에 질린 눈으로 열린 차 문을 돌아보던 것이 기억나. 아버지가 당신의 팔을 휘어잡고 끌어내던 것이 기억나. 당신은 몇 번이고 잘못했다고, 죄송하다고, 잘못했다고, 죄송하다고 빌었지만 소용없었어. 아버지는 당신이 거짓말을 하고 있음을 이미 알았으니까. 우리 모두가 잘 알고 있었지……. 아스팔트를 긁으며 질질 끌려가는 당신의 발 위로 붉은 비상등 불빛이 비치고 있었어. 아버지의 손아귀는 억셌고, 당신은 너무 공포스러워서 몸이 굳는 것 같았지만, 최선을 다해 사투를 벌였지. 그러나 당신의 눈앞에 갓길을 따라 세워진 가드레일과 그 너머의 벌판이 보였어. 버려진 땅인 듯 잡초가 무성히 우거지고, 풀벌레들의 요란한 울음소리가 당신의 비명과 섞여드는 곳……. 나는 당신이 그곳으로 끌려가는 것을 똑똑히 보았어. 이윽고 당신의 비명이 멈추고, 당신의 실루엣이 그 땅의 저 깊은 어둠 속으로 사라져 보이지 않게 될 때까지…….

나는 당신의 이름을 불렀어.

나는 내 것이 아닌, 영영 내 것이 될 수 없을, 낯선 차 안을 둘러봐. 창밖의 어둠을 가르는 전조등의 빛줄기가 아닌, 차 안의 물건들을. 내가 알지 못하는 남자의 취향대로 씌워진 가죽 시트, 좌석과 바닥 곳곳에 흩어진 흙먼지와 뜯어진 풀잎들, 내가 몰지 않은 수많은 거리가 기록되어 있는 주행계, 도무지 작동시킬 방법을 찾을 수 없는 블루투스 표시등이 깜빡이는 액정 화면, 내 손에 익지 않는 기어 다이얼…… 그리고 조수석. 한때 어머니가, 그리고 내가 태워졌던, 이제는 빈자리로 남아 있는 조수석. 나는 그 모든 것을 실내등 불빛 속에 남겨두고 차 문을 열어, 흐릿하게 번지는 어둠 속으로 한 발짝씩 걸어 내려가. 그리고 가드레일 앞으로 다가가, 그 너머에 펼쳐진 들판을 바라보고 있어.

어둠 외에는 아무것도 보이지 않는 그곳. 어둠 속에서 은둔하고 있을 당신. 내가 아는 유일한 천재. 나의 구원. 나의 희망. 나는 A부터 Z까지의 이니셜을 떠올리고 있어. 당신의 이름이 무엇이었던가? 당신이 그날 했던 이야기들은 무엇이었던가? 당신은 결국 어떻게 되었나? 죽었나? 아니면 매장당했나? 입을 틀어막힌 채 악을 쓰고 있나? 고통스럽다고, 살고 싶다고, 기어 나가고 싶다고 말하는데 아무도 듣지 못하고 있나? 아니면 도망쳤나? 도망쳐서, 아무도 당신을 알지 못하고 부를 수 없는 곳으로 끝없이 멀어져가고 있나? 나는 필사적으로 노력해왔어. 세 편의 소설을 쓰는 동안 나는 어딘가에 있을 당신을 위해 이야기를 한다고 생각했어. 그리고 사람들은 하나같이 내 이야기가 완벽하다고 했어. 한결같이 내 이야기에서 자기 자신을 찾을 수 있었다고 했어. 그러나 당신은, 아니 당신들은, 언제까지고 침묵을 지키고 있지. 그 삼엄한 침묵 앞에서 나는 세 차례 모두 패배했고 앞으로도 영원히 패배를 반복할 것 같아. 하지만…… 나는 그날 나를 둘러쌌던 당신의 이야기들을 기억해. 그것은 튼튼한 담장 같으면서도 부드러운 이불 같아서, 세상의 어떤 것도 내게 침범할 수 없을 듯했지. 하지만 그 음절과 음절, 어절과 어절의 결 사이로는 계절의 변화가, 철새의 이동이, 바다의 밀물과 썰물이 투명하게 내다보였어. 어쩌면 그렇게 투명할 수 있었을까. 당신의 이름이 내 것이었고, 내가 당신의 이름이 될 수 있었던 그 시절에는, 사랑이라는 말이, 그 소리와 의미와 글씨가 서로 서로 몸을 포개고서 내 피부에 눈송이처럼 내려앉았어. 아버지가 당신을 끌어내기가 무섭게 그 눈송이들은 모두 녹아 없어졌지만…… 나는, 나만은 기억해, 그것이 결코 수치스러운 거짓이 아니었음을. 당신은 결백과 기만이 구분되기 전부터 나를 안고 있었고 그 체온이 곧 당신의 말이었으며 그것을 들을 수 있는 내가 분명히 있었으니까. 내 손을 맞잡았던 당신의 뜨겁고 단단했던 손길을 돌이키며, 당신이 나를 지키려 얼마나 안간힘을 썼을지, 날이 가고 해가 가도록 간단없이 이야기하기 위해 두려움을 삼키며 얼마나 사력을 다했을지를 생각해. 그러니…….

나도 몇 번이고 다시 싸우려고 해. 내 말들이 아무리 조악할지라도, 모조리 훔쳐온 단어들뿐일지라도, 언젠가는 다 잊힌다 해도…… 단 한 순간이라도 당신을 만나 입을 맞출 수만 있다면.

그래서 지금 나는 당신을 부르고 있어. 이름 없는 당신을 부르는 것이 당신에게 다다르는 데에 아무런 도움이 되지 않을지라도. 내가 이렇게 함으로써 당신을 영영 잃어버릴지도 모른다는 것이 나를 두렵게 하지만 그럼에도. 나는 당신을 부르고 있어.

나는 가드레일에 두 팔을 얹고 들판을 바라보고 있어. 어둠에 익숙해진 눈에 달빛이 미세한 음영을 드리운 수풀이 보여. 맑고 차가운 바람이 자신의 형태와 굴곡을 알리듯 풀들을 휘감고 지나가며 만들어내는 이랑 무늬도. 그리고 그 이랑 사이에서 살아 움직이고 있는 수많은 귀뚜라미와 맹꽁이와 이름 모를 풀벌레들의 소리가 들려. 눈을 감았다 뜨면 저 무성한 수풀 사이로, 어둠 저편으로, 바람에 흩날리는 당신의 머리카락이 언뜻 보인 듯해. 절뚝이는 당신의 걸음걸이를 따라 손에 들린 구두가 규칙적으로 흔들리고 있어.

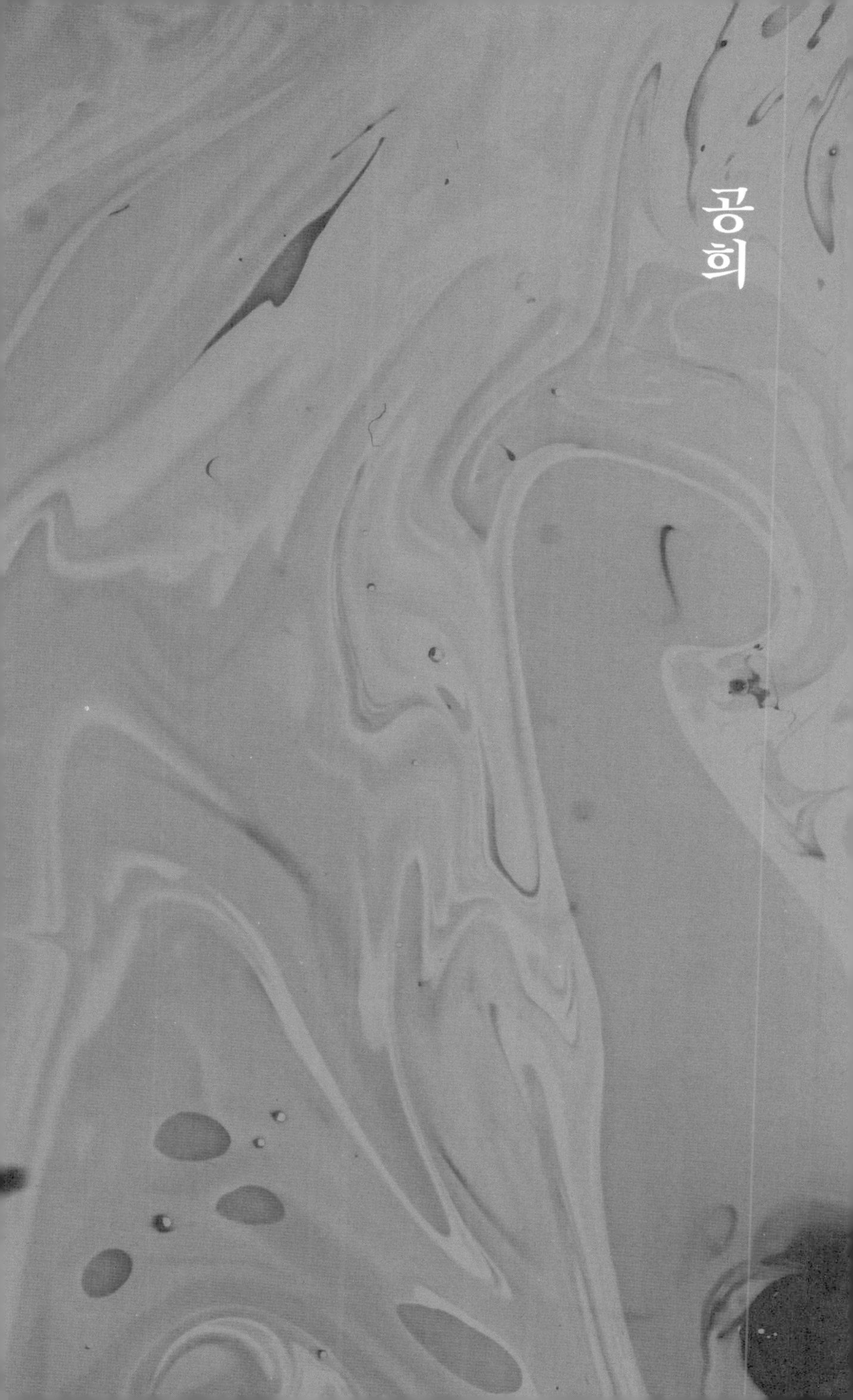
공희

공희

1.

섬이 언제부터 그 자리에 있었는지 기억하는 사람이 없듯이, 신당이 언제 그 섬에 지어졌는지 기억하는 사람도 없다. 누가, 왜, 어떻게 축조했는지에 대한 기록도 남아 있지 않다. 다만 그들이 태어나기 전에도 그리고 죽은 뒤에도 신당은 태초에 섬과 함께 태어난 지질의 일부인 것처럼 거기에 있다. 마치 동굴이나 계곡이나 화산과 같이.

섬은 그리 멀지 않다. 날씨가 맑으면 수평선에 자리 잡은 섬의 모습이 선명하게 드러나서 마을 어디서든 쉽게 볼 수 있다. 그것은 어느 솜씨 좋은 나무꾼이 잘라놓은 나무 밑동처럼 보인다. 야트막하되 윗면이 평평한 원반 모양의 바위섬으로,

그 위에 올라선 거무스름한 목조 건물 외에는 아무것도 없이 황량하다. 섬 자체가 하나의 주춧돌 같은 형태라서 언뜻 보면 신당이 홀로 바다에 떠 있는 것 같다. 날씨가 흐리거나 해무가 짙은 날에는 더더욱 그렇다. 수면에서 피어오른 안개에 섬의 표면은 가려지고 신당 지붕과 박공벽의 윤곽만이 허공에 홀연히 떠오른다. 어떤 사람들은 실제로 신당이 조수에 따라 조금씩 움직이고 있다고 말하기도 한다. 하지만 만약 그렇다고 하더라도 섬의 위치가 그들의 세계 안에서 변하는 것이 아니라 섬의 위치에 따라 세계가 함께 변화하는 것이므로 인력으로 측량할 수는 없는 일이다. 마치 북극성이나 대륙이나 빙하의 움직임과 같이.

마을 사람들은 신당에 신을 모신다. 풍랑을 잠재워주고 뱃길을 이끌며 풍어를 다스리는 그 신은 거대한 바다뱀이라고 알려져 있다. 전승에 따르면 뱀은 배 다섯 척을 통째로 집어삼킬 만큼 크고, 등은 잘 정련된 구리처럼 붉고 배는 상앗빛이며 눈은 호박색인 신수神獸라고 한다. 꼬리를 한 번 치면 파도가 일고, 지느러미를 한 번 흔들면 바람이 일고, 날카로운 엄니 하나로는 죽어가는 물고기를 살릴 수 있고 또 하나로는 산 물고기를 죽일 수 있다.

바다의 주인인 바다뱀은 본디 인간에게 친절하지 않다. 그의 허락을 받지 않고 띄우는 배는 파도의 혀에 말려들어가

암초의 이에 씹혀서 산산이 부서질 것이다. 마을이 철마다 실한 고기를 넉넉히 잡아다가 육지에 내다 팔고 남편과 아들들이 안전하게 집으로 돌아올 수 있는 까닭은 오로지 바다뱀에게 성실히 제사를 올리는 덕택이라고 모두가 한결같이 믿으며, 제사를 중단해서 신의 분노를 시험할 이유는 없다고 생각한다.

언제나 그렇듯이, 마을에서는 신에게 처녀를 공양한다. 바다뱀은 오로지 혼기가 찬 처녀만을 흠향하기 때문에 짐승이나 남자나 아이나 노인은 바쳐봐야 소용이 없다. 그래서 남자들이 외지로 나가 가난한 집들을 돌아다니며 태어난 지 얼마 안 된 여아를 사오면, 여자들이 돌아가면서 아이를 맡아 열여섯 살이 될 때까지 정성껏 키운다. 남자들이 장을 봐 오면 여자들이 요리를 하듯이. 제물이 될 처녀는 운명을 거역하기는커녕 의심을 품을 생각조차 못할 만큼 어린 나이에 팔려와야 한다. 처녀는 정결해야 한다. 몸과 마음에 아무런 흠이 없어야 한다. 그 누구보다도 아름답고 선량해야 한다. 처녀는 신의 신부가 되기에 부족함이 없을 만큼 귀한 영혼을 타고났으며, 신의 신부로서 귀한 대접을 받을 자격이 있다. 마을의 어른들은 자신의 부모에게 그렇게 배웠듯 처녀에게도 그렇게 가르치며, 마을의 다른 사람들도 모두 같은 가르침을 따라 처녀를 보양한다.

막 잡아 올린 것들 중에서도 살이 가장 통통하게 오른 대구, 알을 가장 많이 밴 꽃게, 가장 푸르게 빛나는 전갱이가 처녀의 몫이다. 내륙에서 온 것들 중에서도 윤이 흐르는 햅쌀로 지은 밥, 암소의 부드러운 갈빗살, 달고 진한 매실과 딸기와 배가 처녀의 상에 오른다. 처녀는 가장 고운 비단으로 짠 옷을 입고, 가장 향긋한 꽃과 나무껍질을 우려낸 가장 깨끗한 물로 목욕을 하며, 가장 예쁜 인형과 쌈지와 댕기와 가락지를 가지는 데다 싫증 나면 버려도 아무 타박을 듣지 않는다. 다른 여자들이 언감생심 꿈도 못 꿀 사치가 처녀에게는 지극히 당연한 것이기에 우쭐거릴 필요조차 느끼지 못한다. 여자는 교만과 겸양을 분별하면서부터 타락하는 법이므로, 내내 순수해야 하는 처녀는 책을 펴거나 붓을 잡아서는 안 된다.

그 외에도 수많은 것이 금지된다. 함부로 다치거나 남자를 알아서도 안 된다. 처녀의 몸은 자신의 것도 부모의 것도 아닌 신의 것이기에 늘 행실을 조심히 해서 상하는 일이 없도록 해야 한다. 몸종 없이 홀로 집 밖을 나서면 안 된다. 마을 밖으로 나가는 일은 어떤 상황에서도 금지된다. 처녀는 오로지 마을 안에서 살아야 하며 오로지 섬의 신당에서 죽어야 한다. 여인들이 뙤약볕에 뜨겁게 달아오른 바위 위에 모여 앉아 살을 태우면서 짚과 소금기에 손을 쓸려가면서 명태를 엮고 있을 때, 처녀는 노을빛 베로 얼굴을 가리고 새하얀 손가락으로 치맛자락을 모아 쥐고 꽃신으로 갯지렁이들을 밟아 죽이면서 사뿐히 걸어가야 한다. 소녀들이 모래밭과 소나무 숲을 뛰고 구르고 이 집 저 집 쏘다니면서 사내애들과 함께 강아지처럼 뒤얽혀 잠들 때, 처녀는 돌담과 돌담 안에 감싸인 보석함처럼 은밀한 방 안에서 온종일 수를 놓아야 한다.

마을 전체가 처녀를 감시하고 있다. 처녀는 바깥세상이 어떤지 알지 못하며, 그런 세상에 대한 이야기가 들려온다 하더라도 그것은 가상이고 소문이며 옛날이야기일 뿐이다. 사실상 처녀에게 허락되는 자유는 천에 무엇을 수놓을 것인가밖에 없다. 바다와 섬 외에는 아무것도 내다보이지 않는 창문 앞, 볕이 잘 드는 자리에 처녀는 수틀을 매고 앉아서, 마을 사람들이 아낌없이 마련해주는 비단을 두고 곰곰이 상상한다. 가본 적 없는 초록빛의 초원을, 눈이 하얗게 덮인 산봉우리를, 바람에 물결치는 황금빛의 보리밭을, 도성의 으리으리한 궁궐과 정원을, 떠들썩한 시장 좌판의 사람들을, 매화와 수련과 개나리와 작약과 또 이름 모를 무수한 꽃들의 자욱한 향기를, 머나먼 이국의 코끼리와 원숭이와 살갗이 검은 여인들을, 자신을 팔아넘긴 어머니와 아버지의 얼굴을, 꿈속에서만 만날 수 있는 낭군의 얼굴을. 그리고 마음속에 떠오른 밑그림을 먹으로 옮긴 다음 그 위에 색색의 명주실로 한 땀 한 땀 수를 놓는다. 처녀의 세계는 수틀 위에서 형체와 색채를 한 겹 한 겹 덧입고 마침내 생명을 얻는다. 그곳은 무한히 열려 있으나 동시에 완결된 세계다. 천 위에서 학이 날아오른다. 목련잎이 떨어진다. 복숭아가 익다가 들큼하게 썩어 진구렁에 파묻히고 다시 싹을 틔운다. 처녀는 수틀을 바라보며 가끔씩 빙그레 웃기도 하고 한참 동안 창밖을 바라보기도 한다. 한순간도 멈추는 일이 없는 검푸른 파도 소리가 방 안으로 하염없이 밀려 들어오고 그리는 낭군의 발소리는 들리지 않는다. 광목천이 울어버리는 여름의 장마가 이어지는 나날이면 처녀는 죽고 싶다고 생각하다가, 아니 죽기 싫다고 생각하다가, 수놓은 비단을 갈가리 잘라서 아궁이에 태우기도 한다. 그것이 처녀가 저지를 수 있는 가장 큰 반항인데, 왜냐하면 처녀가 신에게 바쳐지고 나면 생전에 수놓은 직물들은 모두 나라 방방곡곡에 내다 팔려 고스란히 마을의 재정으로 쌓여서 또 다른 처녀를 사들이고 키울 돈으로 돌아올 것임을 알기 때문이다.

그러다가 처녀가 열여섯 살 되는 봄이 오면 풍어제를 지낸다. 배를 가진 집들을 중심으로 비용을 대고, 부정을 겪은 일이 없는 집에서 제관을 내세워 제사를 꾸린다. 풍어제 날은 언제나 화창하고 바람도 잠잠하다. 바다와 하늘이 오늘 무엇이 바쳐질 예정인지 알고서 차분히 기다리는 듯이, 허공에 귀를 기울이면 신의 숨소리가 들릴 듯이. 사람들은 수평선의 섬과 신당을 정확히 마주 보는 위치의 바닷가에 신단을 차린다. 무녀가 섬을 향해 술을 올리고, 노래를 부르고 춤을 추며 바다뱀을 찬미하다 보면 해 질 녘이 된다. 종이꽃과 초롱불로 장식한 배가 준비된다. 깨끗하고 하얀 무명천으로 지은 예복을 입히고 분과 연지로 곱게 치장한 처녀가 신단 앞으로 나온다. 이 순간만을 위해 16년 동안 잘 먹이고 씻기며 키워온 처녀는 완연히 피어나 그 어느 때보다도 아름다워서 이 세상 사람이 아닌 것 같다. 처녀가 배에 타고, 노련한 사공이 탈을 쓰고 노를 잡을 즈음이면 어스름이 내려앉고 썰물이 해안 저편으로 다 빠져나갈 때다. 마치 섬이 배를 이리 오라, 이리 오라고 끌어당기는 듯이. 물만이 아니라 빛과 소리와 공기까지도 섬으로 빨려나가는 듯이. 등불의 빛들이 검은 물 위에서 반딧불이처럼 어른어른 흔들리며 배를 먼 바다로 이끄는 장면은 차라리 호숫가에서 뱃놀이를 하는 것처럼 평화로워 보인다. 새하얀 고깔을 머리에 쓰고 뱃머리에 앉은 처녀의 뒷모습은 밤하늘을 미끄러져 흘러가는 창백한 은색 달 같다. 얼마 뒤면 밤에 먹혀 사라질 달이다. 지켜보는 사람들은 기이한 감동과 두려움에 사로잡힌 채로 숨을 죽이고서 이 순간이 영원히 지속되기를 혹은 당장 끝나기를 바라게 된다. 배가 섬에 닿는 것은 이때 한 번뿐이다. 평소에 물질을 할 때는 늘 다른 길로 멀찍이 둘러가고, 일기가 좋지 않거나 갑판이 부서질지언정

결코 섬에 정박하지는 않던 사공들이 배를 이곳에 대는 일은 평생에 이때 한 번뿐이다. 사공은 처녀가 배에서 내려 신당으로 걸어가 마루에 앉는 것까지 보고 서둘러 배를 돌려 마을로 돌아온다.

사람들은 제삿상을 거두고 흩어져 각자의 집으로 향한다. 길고 고요한 밤이 지나는 동안 처녀는 바다뱀에게 산 채로 먹힌다고 알려져 있다. 그 광경은 수평선을 감싼 어둠에 가려서 보이지 않고, 신당에 한 번 발을 디딘 처녀는 뼈 한 조각이라도 돌아오지 않는다. 어떤 사람들은 철썩이는 물소리 사이에 가끔 기이한 종소리나 노랫소리 같은 것을 들었다고 말하기도 하지만, 비명을 들었다고 말하는 이는 없다.

새날이 밝으면 무녀가 바닷가로 나가서 신이 제물을 만족스럽게 받았는지 확인하고 처녀의 영혼을 축수하는 제사를 지낸다. 그리고 마을 사람들이 모두 모여서 푸진 잔치를 연다. 먹고 마시고 노래를 부르고 춤을 추며 낡은 것이 가고 새것이 온 날을 기뻐하며 즐긴다.

처녀가 남긴 자수품은 남김없이 내다 팔린다. 그 자수품의 내용이나 가치를 마을 사람들은 알아보지 못한다. 다만 장사치들이 때맞춰 찾아와서 병풍이며 이불이며 주머니며 노리개를 비싼 값에 사간다.

곧 새로운 아이가 온다. 마을은 일상으로 돌아오고 섬은 제자리를 찾는다.

2.

한 무사가 있다. 그는 대대로 뛰어난 무사를 배출해 전쟁에서 공을 세워온 귀족 가문의 자제이다. 청백한 가풍 아래 올곧게 자라난 무사는 성정이 선하다. 무모함과 용맹을, 기개와 독선을 구별치 못하는 젊음의 예외 없는 특징 또한 무사에게는 단점이 아닌 미덕이 된다. 바로 그러한 무사만이 처녀를 구할 수 있기 때문이다.

바닷가 마을의 공양 제사에 대한 소문이 퍼져서 마침내 무사의 귀에까지 들어간다. 잔인하고 망측한 풍습에 비분강개한 무사는 활과 화살과 동개를 지고서 먼먼 길을 건너 마을까지 찾아온다. 마을 사람들이 외지인을 반기지 않는 데다 더욱이 무사의 활을 보고 뜨악한 눈치가 역력하자, 무사는 자신이 자수품을 원해서 여기 왔을 뿐이라고 둘러댄다.

"아끼는 궁대를 잃어버렸소. 들리는 소문에 이곳에 자수 명인이 산다기에 걸음한 것이니, 새 궁대를 만들어준다면 값을 원하는 대로 드리고 곧장 떠나리다."

값을 얼마든지 쳐준다는 말에 솔깃한 사람들은 무사의

제안을 받아들인다. 무사는 자수에 대해 상의해야 한다는 명분으로 처녀를 직접 만날 기회를 얻는다.

처녀의 내실에서는 옷감에 바르는 풀 냄새가 풍긴다. 한쪽 구석에는 수틀과 반닫이와 색색의 채죽상자들이 나란히 늘어서 있다. 방석에 다소곳이 앉은 처녀의 얼굴은 발에 가려서 보이지 않는다. 자양화를 곱게 수놓은 감색 치마 위에 모아 쥔 희고 작은 손만 드러날 뿐이다. 그 옆에는 처녀를 충실히 모시는 몸종이자 마을 사람들이 보낸 감시꾼인 계집아이 하나가 앉아 있다.

"미천한 솜씨이나, 귀공이 잃어버리셨다는 궁대에 놓였던 자수의 모양을 그려서 보여주신다면 본으로 삼겠습니다."

처녀가 혼잣말처럼 말한다. 무사는 마을이 보는 눈을 피해 처녀와 자유롭게 의사소통을 할 방법이 여의치 않음을 안다. 처녀는 글을 배우지 못하여 필담을 주고받을 수도 없다. 처녀가 이해할 수 있는 것은 피륙 위의 형태와 색깔들뿐이며, 또 그것들에 관해서라면 누구보다도 잘 이해할 수 있을 것이다. 그래서 무사는 처녀가 내어준 흰 비단 위에 먹으로 그림을 그린다.

무사가 그리는 것은 용과 뱀이 싸우는 장면이다. 뿔을 달고 여의주를 문 거대한 용이, 흉측한 뱀의 꼬리를 발톱으로 움켜쥐고 몸을 물어뜯기 일보직전의 모습이다.

용은 하늘과 땅과 인간을 아우르는 조화와 천리의 상징이다. 한편 뱀은 바닷속에 숨어 살면서 처녀들을 잡아먹고 보신을 꾀하는 사특한 괴물이다. 본래 뱀은 용이 되지 못한 짐승에 불과하며, 제아무리 강력할지라도 전설 속의 고귀한 신이 아니라 백성들을 괴롭히고 자연의 질서를 어지럽히는 한낱 요괴일진대, 이곳 사람들이 몽매해서 요괴를 섬기며 죄를 되풀이하고 있다. 이에 무사가 바다뱀을 무찔러 없애기 위해서 찾아왔으니, 처녀가 이 뜻에 동감하고 도움을 준다면 죽음의 운명에서 벗어날 것이다.

무사는 서화에 과문한 탓에 전하고자 하는 바를 모두 담아낼 수 없지만 그래도 최선을 다한다. 다른 사심도 허영도 없이 오로지 그릇된 것을 바로잡으려는 의지뿐이기에, 무사가 그려낸 그림은 어린아이의 것처럼 조악하면서도 꾸밈이 없다.

처녀는 몸종 아이를 통해 무사의 그림을 전해 받는다. 거뭇한 먹이 번진 비단을 쥔 처녀의 손은 한참을 움직이지 않는다. 침묵 끝에 처녀가 말문을 연다.

"귀공의 자수가 완성되는 데에는 시일이 걸립니다. 존귀한 활을 담아야 할 이 궁대에 합당한 장식을 입히려면 마땅히 천 번의 겨울을 나야 할 터이나, 소녀에게 주어진 시간이 부족하여 그리할 수 없는 것이 죄스러울 따름입니다. 이듬해 봄의 첫 보름달이 뜨는 밤이면 소녀는 뭍을 영영 떠납니다. 그 날 다시 찾아오신다면 힘 닿는 데까지 모든 것을 준비해두겠나이다."

무사는 처녀의 말뜻을 이해하고, 자신의 뜻이 전해졌음을 이해한다. 무사는 처녀의 말대로 하겠노라 약조하고 마을을 뜬다.

한 해가 지나고 봄의 첫 보름달이 뜬 밤, 무사는 다시 마을로 돌아온다. 제사가 한창인 듯 무녀가 부르는 노랫소리와 요란한 구슬 소리가 들리는 가운데 동구 밖에서부터 한 사내가 무사를 맞이한다. 사내는 무사를 빈집 한 채로 안내하더니 옷섶에서 탈을 하나 꺼낸다. 뺨에 연지를 찍고 둥근 눈썹이 도드라진 각시탈은 너무 낡아서 색깔이 다 바래 있다.

"나는 오늘 아가씨를 배에 태워 섬으로 데려가야 할 사공이오. 본디 남자가 발을 디뎌서는 안 되는 섬이라 우리 사공은 늘 이 각시탈을 써서 신의 진노를 피한다오. 그대는 나와 옷을 바꾸어 입고 이 탈을 쓰시오. 그리고 사공인 척 아가씨를 모시고 섬으로 건너가서 신을 죽이시오."

이어서 사내는 단정히 개킨 비단 궁대를 내민다.

"이것은 아가씨가 수놓은 궁대요. 나는 그대에게 이것을 전해주고 물건값을 받아온다는 빌미로 제사에서 빠져나온 참이니, 이제 약속된 값을 치러주시오."

무사는 서둘러 궁대를 챙기고 은화 꾸러미를 내어준다. 사공은 돈을 받고서 자신의 옷을 벗어준다. 사공은 무사의 옷과 갓을, 무사는 사공의 옷과 탈을 걸치고 어둑한 바깥으로 나오니, 누가 무사이고 누가 사공인지 알아볼 수 없다. 마지막으로 사공은 활과 화살을 배 안에 몰래 숨겨두고 나머지는 사람들이 시키는 대로 하라고 이른다.

"모든 것은 아가씨가 준비한 계획이오. 이 사실을 들키면 마을 사람들의 분노를 사 죽음을 면치 못할 것이니, 일을 마치고 나면 속히 배를 돌려 멀리 떠나시오."

사공의 말에 무사는 묻는다.

"우리를 도운 그대는 어찌 이웃의 추궁을 벗어나려오?"

"나는 그대가 준 돈을 가지고 다른 마을로 도망쳐 새로운 삶을 꾸릴 테요. 이 역시 아가씨가 안배한 것이외다."

이 말을 끝으로 사공은 급히 사라진다. 무사는 탄복한다.

"실로 영민한 처녀로다."

바닷가에서는 제사가 절정에 오른다. 북과 금과 징 소리가 지천을 울린다. 갑판 위에 부녀자들이 손수 접은 흰 종이꽃들이 소복이 쌓이고 뱃전을 빙 둘러 달린 청홍의 등롱들이 환하게 빛을 밝힌 거룻배가, 안쪽 깊숙이 무사의 각궁과 화살이 숨겨진 채로 물에 띄워진다. 바닷물 저 깊은 곳은 무엇이 도사리고 있는지 알 수 없이 새카만 거울처럼 배의 빛들을 비춘다.

무사는 사람들의 지시를 따라 묵묵히 처녀를 배에 태운다. 다행히 무사의 정체를 알아보는 사람은 없다. 흰 무명옷을 입고 흰 고깔을 쓴 처녀는 고개를 숙이고 있다. 두려운 듯도 하고 수줍은 듯도 하다. 바람 한 점 없고 돛도 없는데 배는 물살이 이끄는 듯 저절로 섬 쪽으로 향한다. 배가 나아가서 마을 해안선의 사람들의 모습과 소리가 멀어졌을 즈음, 처녀가 고개를 든다.

무사는 깜짝 놀라서 노를 잡은 주먹을 그러쥔다. 처녀는 아름답다. 검은 밤하늘에 떠올라 달빛을 가리는 그 얼굴은 절망에도 희망에도 물들어본 적이 없고 아무도 끊은 일이 없는 순백의 피륙이다. 방바닥에 깔아둔 흑단목 재판 위에 문득 떨어진 목련잎 같다. 대청에 앉아 내다본 밤하늘에 분분 날리는 소한의 눈송이 같다. 청아하고 청아하여 덧없으니 마음이 아픈데, 난생 처음 품는 애잔한 감정을 무사는 어찌할 줄 몰라 당황한다. 그러나 난생 처음이 아니다. 비로소 알 수 있다. 무사는 태어난 뒤에도 태어나기 전에도 처녀를 사랑해왔다. 기억할 수 있고 기억나지 않는 모든 순간들에 걸쳐 처녀를 사랑한다.

처녀는 무사가 쓴 탈을 천천히 벗겨주고 맨 얼굴을 마주한다. 그리고 눈에 눈물이 고이더니 미소를 띤다.

"정녕 님이십니다. 꿈에서 본 내 님이십니다. 귀공을 영원토록 기다렸나이다. 헤아릴 수 없는 죽음을 지나고 헤아릴 수 없는 삶을 건넜나이다."

무사는 처녀가 유폐된 방 안에서 무사의 발걸음 소리가 들리기만을 기다리며 살아온 나날을 볼 수 있다. 처녀가 억겁의 밤이 끝나고 해가 밝아오기만을 기다리며 몇 번이고 차고 기운 나날을 볼 수 있다. 이제 처녀는 무사에게 바치는 궁대를 두 손으로 펼쳐들어, 시간을 실로 삼고 목숨을 바늘로 삼아 한 땀 한 땀 놓은 자수를 내보인다.

무사는 소문으로만 들어온 처녀의 자수 솜씨를 처음으로 목도한다. 한 올 흐트러짐 없는 바늘땀이며, 정교하게 어우러져 자개처럼 오색으로 아른거리는 색깔들도 감탄스럽지만, 무엇보다도 무사의 눈길을 사로잡는 것은 그 내용이다. 금방이라도 포효를 내지르며 비단에서 날아오를 듯한 눈부신 황금색 용이 틀림없이 무사를 닮았다. 사람의 얼굴이 아닌데도 눈매와 표정이 묘하게 같으니 필시 무사를 용에 빗댄 것이다. 왕이 취하는 신령한 형상을 감히 무사에게 덧입힌 셈이지만, 역사와 상징에 대해 전연 무지한 처녀가 천진하게 담은 성심을 놓고 참람함을 운운할 일도 못 될뿐더러, 그 어떤 나라의 깃발이나 단청이나 의복에서도 본 적이 없는 용이라 이것을 용이라고 할 수 있을지부터가 모호하다. 처녀는 무사를 보고 처음으로 용을 알았다. 오로지 무사만이 바다뱀을 무찌르고 처녀를 구해줄 수 있으며, 무사가 곧 저 고귀한 신수일 수밖에 없다.

용의 발톱, 즉 무사의 발 밑에는 붉은색의 추악한 뱀이 고통스럽게 몸부림치고 있어, 역시 금방이라도 비단에서 튀어나와 뱃전 밖의 바다로 뛰어들 듯하다. 처녀는 이러한 궁대에 활을 조심스럽게 집어넣고 무사에게 공손히 받들어 내민다. 그 손을 내려다보며 무사는 그 어떤 전투 때보다도 강력하게 승리를 확신한다. 뽕나무 활채에 물소뿔 두 개를 덧대어 만든 귀한 만궁이, 대대로 숱한 정복 전쟁을 치르며 조상들의 피묻은 손을 거쳐온 그 활이, 오랜 방황을 거쳐 이제야 제 집을 찾은 듯 안온히 감싸인다. 궁대가 활을 위해 만들어진 것인지 활이 궁대를 위해 만들어진 것인지 모를 지경이다.

"공들여 빚은 미주가 제 병에 담기고, 매화분이 저 있을 방에 놓여 비로소 꽃을 피우는 것이 이와 같구나. 장수가 저를 위해 길들여진 준마를 찾은 격이니 어찌 내달리지 않으랴. 낭자가 다한 지성과 노고가 헛되지 않도록, 내 반드시 사악한 요괴를 처단하여 마을과 그대를 옭아매던 굴레를 끊겠소."

두 사람이 탄 배는 유유히 섬에 닿고, 무사는 처녀를 데리고 내린다. 돌보는 이 없어 허물어져가는 신당은 어둠에 잠긴 채로 두 남녀가 하는 양을 다만 묵묵히 지켜본다. 처녀가 마루에 단정히 앉고 무사가 기둥 뒤에 숨어 활을 얹고 기다리고 있으려니, 얼마 뒤 쏴아 바람 소리가 일고 물결이 출렁이면서 커다랗고 어두운 덩어리 같은 것이 해안으로 올라온다.

뱀은 처녀의 자수에 묘사된 그대로다. 거대한 구렁이 같은 몸뚱이는 길고 길어서 섬 전체를 다섯 바퀴 휘감고도 남을 듯하다. 등은 썩어가는 피처럼 검붉고, 배는 옛 전쟁터를 굴러다니는 병사의 뼈다귀처럼 노리끼리하며, 넙적한 머리에 박힌 두 눈은 기름덩이처럼 싯누렇게 번들거리면서 처녀를 쳐다본다. 그 눈은 아무리 채우고 채워도 만족하지 못하는 탐욕스러운 폭군의 눈 같기도 하고, 한편으로는 너무 쇠약해진 나머지 살아도 산 것이 아닌 늙은이의 황달기 든 눈 같기도 하다. 비늘은 결이 고르지 못하고 깔쭉깔쭉 일어서 있거나 벗겨져 있고, 지느러미는 다 찢어져서 너덜거리고, 따개비며 해초가 들러붙은 살점은 군데군데 문드러져 고약한 비린내를 풍긴다.

푸른 파도 사이를 누비고 물고기 떼를 호령하는 지엄한 해룡의 풍모는 추호도 찾아볼 수가 없다. 그보다는 빛도 소리도 닿지 않는 깊고 깊은 바닷속, 아무도 모르게 익사한 사람들의 가장 외롭고 공포스러운 순간들과 오랜 항해에 지친 수부들이 태풍 너머로 보는 환각만을 벗 삼아 영원히 죽지도 못하고 썩어가야 하는 저주에 걸린 괴물의 몰골이다.

뱀이 신당을 한 번 휘감더니 머리를 쳐들고 처녀를 내려다본다. 코가 떨어질 듯한 악취며 금방이라도 처녀를 집어삼킬 듯이 날름거리는 시뻘건 혀를 대하면서도, 흰 옷자락을 여미고 꼿꼿이 앉은 처녀는 흐트러짐 없이 의연하기만 하다. 무사가 뱀을 죽이고 자신을 지켜줄 것을 한결같이 믿으니 두려워할 필요도 없으리라. 그 갸륵한 모습에 무사는 의기가 차오르는 것을 느끼며 화살을 시위에 메긴다.

바람을 읽고 거리를 헤아리며 시위를 당기자, 활이 살아 있는 듯이 꿈틀거리고 촉이 황금빛으로 번뜩인다. 화살이 바다뱀의 눈을 똑바로 겨냥하며 제 날아갈 곳을 알고 있으니 무사가 할 일은 다만 화살을 놓아주는 것뿐이다.

화살이 뱀의 눈에 정통으로 꽂히자 뱀이 비명을 지르며 몸을 비튼다. 파도가 일어 차가운 바닷물이 신당 지붕 위로 내리친다. 부서질 듯한 낡은 신당은 세찬 물벼락에도 외려 끄떡없으나 바다뱀은 쪼개지는 돛대처럼 듣기 싫은 소리를 내며 몸부림친다. 이제야 침입자를 인지한 뱀이 분노와 고통으로 이글거리는 눈동자를 무사에게로 향한다. 뱀이 사나운 쉿소리를 토해내며 무사를 공격하려 하자, 무사는 뱀의 다른 쪽 눈에 또 한 발을 쏘아 명중시킨다.

뱀은 머리를 높이 쳐든다. 비늘이 우수수 떨어져 나오고 입에서 새까만 독즙이 쏟아져 나오고 화살이 꽂힌 두 눈에서는 피가 흘러내린다. 차마 눈 뜨고 못 볼 흉측한 광경에 무사는 낯을 찌푸린다. 뱀은 처녀의 앞을 막아선 무사와 처녀를 번갈아 보더니, 몸을 한 번 크게 부풀리며 부르르 떨고는 머리를 바닥에 쿵 떨어트린다. 그리고 뻣뻣이 굳어 더 이상 움직이지 않는다.

"이 나라에 있어서는 안 될 것이 명을 부지해왔으니 마침내 죽게 된 것을 감사히 여겨야 할 것이다."

무사가 화살을 뽑아내고 말하자 바다가 뱀의 시신을 거두어 삼켜버린다. 그리고 아무 일도 없었다는 듯 사방이 고요해진다. 다음 날 아침이 밝아 마을의 무녀가 바다뱀이 죽은 것을 알고 소식을 전하면, 사람들은 남편과 아들들을 지켜주는 이 아무도 없게 된 광포한 바다를 앞에 두고서 막막함에 겨워 슬피 울 것이다.

무사는 처녀를 다시 배에 태운다. 한 군데도 다치거나 상한 바 없는 처녀는 깨끗한 모습 그대로다. 부모의 행방을 모르고 몸을 의탁할 곳이 없으니 다만 무사만을 따를 뿐이다. 무사가 처녀의 손을 잡고 다정하게 이른다.

"내 지금껏 손으로는 활과 화살만을 쥐며, 발로는 참된 무도만을 찾아 걸으며, 마음으로는 임금과 나라만을 섬겨왔소. 이제 낭자를 만나 연모지정을 깨달으니 이는 인간의 어떤 법도보다 앞서는 자연의 이치라. 그대는 바다가 100년간 품어온 진주를 갓 건져낸 것과 같아 세공하지 않아도 홀로 영롱한데, 진주조개와 백고동도 구분치 못하는 아귀의 이빨에 산산이 부서질 뻔하였으니 생각할수록 참혹하여 치가 떨리는 일이오. 다행히 천지신명이 보살핀 덕에 그대가 이처럼 무사히 내 앞에 있으니 기쁨을 가눌 길이 없구려. 내 그대를 배필로 맞이할 수 있다면 제 빛을 내도록 닦고 닦으며 평생을 귀애할 터이니, 부디 그 처연한 수의일랑 벗고 혼례복을 입은 아리따운 신부가 되어주시오."

무사의 말에 처녀가 머리를 조아리며 읍한다. 신성한 제의를 앞두고 부정탄다 해서 함부로 울 수도 없던 처녀가 처음으로 소리 내어 흐느끼자 그 자태가 가련하면서도 환하게 밝다.

"오늘의 기쁨 앞에서는 실과 바늘만을 벗 삼아 살아온 한스러운 세월도 무색하구나. 천애고아로 팔려와 범절도 모르고 자란 비천한 몸이오나, 귀공께서 아내로 맞아주신다면 기꺼이 지아비로 모시며 평생을 살겠나이다."

보름달만이 지켜보는 바다 위에서 무사와 처녀는 가약을 맺는다. 배는 막힘없이 흘러 무사의 고향땅에 다다르고, 둘은 수많은 사람의 축복을 받으며 혼인을 올린다. 잔치에 찾아온 손님들이 신랑 신부를 보고 나무랄 데 없는 천생가연이라고 입을 모은다.

3.

부부의 연을 맺은 무사와 처녀는 한 쌍의 원앙처럼 정답게 산다. 남편이 아내를 지극히 아끼고 아내는 남편을 정성으로 받드는 의가 한결같다고 근동에 소문이 자자하다. 해괴한 풍속에 갇혀 자란 탓에 법도도 살림도 모를뿐더러 세상일에 어둡기가 열 살 아이 같은 처녀를 어디다 쓸 수 있겠냐고 무사의 모친이 근심을 못내 거두지 못하지만, 선량한 데다 총기가 있는 처녀는 시어머니를 극진히 모시며 무엇이든 금세 따라 익힌다. 전답을 관리하고 노비를 부리는 데에 야무지고, 제사를 지내는 데에 성실하고, 건강한 아들 하나를 낳아서 흠없이 키우자, 무사의 모친은 병으로 숨을 거두기 전 "현철한 며느리를 보아 흡족하다"라며 곳간 열쇠를 기꺼이 넘겨준다.

무엇보다도 침선이라면 근방에서 처녀의 재주를 따라올 여자가 없다. 처녀는 평생에 걸쳐 익힌 바느질 솜씨로 집 곳곳에 멋을 더하고 식구들의 용모에 기품을 더한다. 아들이 입을 조끼에 정연한 길상문을 새겨넣는가 하면, 남편의 사랑채에 병풍을 둘러 푸르른 대나무숲을 우거지게도 하고, 스스로는 치마폭에 노리개를 달아 연꽃 한 송이를 탐스럽게 피워 올리기도 한다. 방석이며 이불이며 수저집이며 주발 덮개 하나하나를 손수 만들어 쓰니 집의 보이는 구석부터 보이지 않는 구석까지 오밀조밀하고 신비로운 운치가 흘러서 사는 사람은 일상이 풍요롭고 방문한 사람은 감탄을 거듭할 수밖에 없다.

무사는 아내가 볼수록 고와서 품 안의 보물만 같다. 아내의 곁에 있으면 편안해서 시름을 잊게 되고, 아내와 떨어져 일할 때는 마음이 늘 든든해서 무관으로서 자신의 소명을 헌연하게 수행해낼 수 있다. 부부의 본분을 정갈하게 지키며 나이 먹어가는 중에도 무사는 종종 아내를 마주하노라면 분 냄새 짙게 풍기며 나귀 타고 지나가는 기녀의 요염한 자태를 처음 본 사내아이처럼 경박하게 가슴이 뛴다. 정작 무사는 기녀에게 마음을 빼앗겨본 적도 없고 아내는 면면이 기녀들과 닮은 구석이 없는데도. 수틀 앞에 앉아 바늘을 놀리며 미간을 살짝 찡그린 채 골몰하는 아내의 흰 이마를 보노라면 새삼 사랑스러워서 무사는 자기도 모르게 미소를 짓는다. 무사는 본래 자신의 허물이든 남의 허물이든 용납하지 않는 강직한 성품으로, 영특한 아들에게는 살갑게 칭찬하는 일도 별로 없이 엄한 아버지인데 유독 아내 앞에서는 온화해지며 때로는 어쭙잖은 소년처럼 머쓱해지기까지 하니, 행랑채에서 계집종들이 숨 죽이고 키득거리면서 점잖은 대감마님의 흉을 보는 적도 많다.

그렇다고 무사가 아들을 아끼지 않는 것은 아니다. 맑은 얼굴과 기름한 손은 제 어미를, 짙은 눈썹과 다부진 체격은

제 아비를 꼭 빼닮은 아들이다. 딱총으로 새를 쏘아 맞추는 모양은 제 아비를, 장작을 다듬어 장난감 칼을 만들어내는 손재주는 제 어미를 닮았다. 무사는 각궁을 아들에게 보여주고 살아 있는 동물처럼 세심히 다루는 법을 일러준다. 아들이 눈을 빛내며 고사리손으로 조물조물 만지면, 무사는 "네가 장성해서 궁도를 깨우치면 이 활을 물려줄 것이다"라고 약속한다.

만인의 부러움을 사던 무사의 집안에 불화가 닥친 것은 궁궐에서 내려온 한 장의 전지傳旨 때문이다.

귀족 가문들이 외국에서 고급 비단과 패물을 사들이고 각종 연회며 경조사를 경쟁하듯 거창하게 치르는 풍조 때문에 나라의 기강이 흔들린다며 임금이 사치스러운 비단과 자수품을 사용하는 일을 금지한 것이다. 더군다나 아내는 수놓은 노리개며 향낭을 다른 집들에 선물하기를 즐겨하는데, 이런 행동이 남편의 출세를 위해 치마폭에 뇌물을 싸들고 다니며 상납한 것이 아니냐는 빈축을 사기까지 한다. 이에 무사는 아내를 긴히 불러서 수놓기를 자제하라고 이른다.

아내는 언제나처럼 무사의 말을 귀 기울여 끝까지 듣고서 입을 연다.

"당치 않습니다. 대감을 질시하는 무리의 모함에 불과합니다. 소첩에게는 귀한 이들에게 기쁨을 주려는 의도 외에 다른 사심이 없다는 것을 모르십니까."

"부인, 내가 어찌 모르겠습니까? 허나 가문의 이름이 욕보이는 것을 두고 볼 수만은 없는 일이고, 무관으로서 지엄한 어명을 따르지 않을 도리가 없습니다. 비단과 자수는 본래 사치품으로 지나치면 흠이 되는 법입니다. 더군다나 부인이 수놓은 것들은 워낙 귀하여 선물로 받은 이들이 고마워서라도 보답하게 되는 것이 사람 마음이라, 제가 본의 아니게 그로써 이득을 누린 일들이 있을 것입니다."

"대감, 소첩이 불민하여 대감의 뜻을 헤아리기가 어렵습니다. 일찍이 소첩이 바느질을 잘하는 것을 두고 부녀자로서 으뜸된 덕목이라 칭찬하시고, 인색하지 않게 사람들을 대접하는 행실이 가상하다 말씀하셨는데, 그때와 지금의 말씀이 사뭇 다른 까닭을 알지 못합니다. 지난날 소첩이 궁대를 지어 대감의 활에 바쳤을 적에 크게 기뻐하시던 모습을 아직도 생생히 기억하는데, 오늘날 의복과 세간으로써 대감의 집을 복되이 하는 것은 기쁘지 않으신 것입니까?"

아내는 단지 무사의 말을 이해하지 못하기에 묻고 있을 뿐이다. 그러나 아내에게 악의가 없다 하더라도 그 말본새가 괘씸한데다가, 무사의 완고한 성정이 불거져 나오기도 해서, 내심 가엾은 마음이 없지 않은데도 퉁명스러운 대꾸가 나오는 것을 막을 수가 없다.

"방적과 침선이 부공婦功인 까닭은, 옷을 지어 입고 집을 청결히 하고 끼니를 마련함으로써 한 가족이 사는 데에 꼭 필요한 일들을 해낼 수 있어야 한다는 뜻입니다. 능란한 솜씨를 뽐내며 화려한 비단에 금실 은실로 치장을 하라는 뜻이 아닙니다. 더군다나, 수를 일절 놓지 말라는 뜻이 아니지 않습니까. 이제부터는 꼭 필요한 일이 아니면 자제하고, 겸양을 갖추어서 피륙과 실을 조심스럽게 다루며, 오해를 살 만한 선물은 안 하느니만 못하니 모쪼록 이를 헤아리라는 말입니다. 부인께서는 이제 자수만을 벗 삼아 유폐되어 살던 처녀가 아니라 한 가문의 어엿한 안주인이 아닙니까. 자리가 다른데 옛날과 지금의 이치가 어찌 같을 수가 있겠습니까?"

남편의 말에 처녀는 어리둥절하고 섭섭하지만, 곰곰이 생각하니 이해가 되며, 그 말이 과연 옳다고 수긍하지 않을 수 없다. 그래서 처녀는 남편의 지침을 그대로 이행한다. 집안의 소품과 장식물 들을 좀 더 간소하게 바꾸고, 주위에 특별한 경사가 있지 않으면 선물을 하지 않으며, 남편과 아들의 의복을 지을 때도 나라에서 내린 금칙령을 준수해서 옷감과 장식을 절제한다.

수놓기는 이전처럼 계속하긴 하되 생활에 사용하는 소품이나 의복이 아니라 혼자서 즐기기 위한 것들을 위주로 만들게 된다. 노리개나 주머니를 만들어봤자 줄 곳이 없고 허리띠나 조끼를 만들어봤자 걸칠 사람이 없고 베갯모나 덮개를 만들어봤자 쓸 집이 없으니 당연한 일이다. 이는 자수로 만드는 회화와 같은 작품으로 본래 수도繡圖로서 내실 벽에 걸어 감상해야 할 테지만, 처녀는 남편의 분부를 충실히 지켜서 애써 만든 것들을 장식품으로도 사용하지 않고 고스란히 쌓아두기만 한다.

이제 처녀의 자수는 가정에도 이웃에도 소용되지 못한다. 누군가의 기쁨을 위해서도 누군가의 보답을 위해서도 전시되지 못한다. 남편의 말에 규정되지 못하며 남편의 말에 바쳐지지 못한다. 이에 처녀는 사랑을 잃어버린 듯이 쓸쓸해지지만, 어쩔 수 없는 일이다. 처녀는 능란한 자수 솜씨를 뽐내며 세간의 명성을 탐하는 여자나, 자신의 비천한 출신을 극복하기 위해 금실 은실로 치장하며 부를 탐하는 여자가 아니라, 남편의 좋은 아내이며 그 아들의 좋은 어머니가 되어야 하기 때문이다. 옛날 보름달이 밝은 어느 고요한 바다에서 거룻배를 타고 그렇게 약속했기 때문이다. 처녀를 구하려 먼 꿈속에서 찾아온 정다운 낭군님의 손을 잡고서 그렇게 약속했기 때문이다.

다만 처녀에게는 천에 무엇을 수놓을 것인가를 결정할 자유가 있다. 집들과 산 외에는 아무것도 내다보이지 않는 창문 앞, 볕이 잘 드는 자리에 처녀는 수틀을 매고 앉아서 곰곰이 상상한다. 동굴과 계곡과 화산이 생겨나는 광경을, 북극성과 대륙과 빙하가 움직이는 궤적을. 그리고 마음속에 떠오른 밑그림을 먹으로 옮긴 다음 그 위에 색색의 명주실로 한 땀 한 땀 수를 놓는다. 처녀의 세계는 수틀 위에서 형체와 색채를 한 겹 한 겹 덧입고 마침내 생명을 얻는다. 그곳은 한때 남편의 말에 닫혔으나 이제는 무한히 열린 세계가 되고, 그곳은 한때 남편의 말이 없이는 완성되지 않았으나 이제는 완결된 세계가 된다.

처녀가 아무도 보지 않는 수도를 아흔아홉 폭 만들었을 때, 무사는 기이한 일을 겪는다.

꿈속에서 무사는 서산을 휘황하게 수놓으며 도성으로 우우 밀려 내려오는 수천 개의 도깨비불을 본다. 도깨비불은 하늘에서 서로 합쳐져 한 덩이의 거대한 불꽃이 되더니 무사의 전토로 너울너울 건너가 내려앉는다. 드넓은 논과 밭이 온통 불길에 휩싸여 온 세상을 환하게 밝히는데, 그 앞에서 새하얀 예복을 차려입은 아내가 덩실덩실 춤을 추고 있다.

선명하고 불길한 꿈에 무사는 식은땀을 흘리며 벌떡 일어난다. 옆을 돌아보니 아내는 창으로 새어 들어오는 푸른 여명에 젖은 채 평온하게 잠들어 있다. 어린아이가 배냇짓을 하듯이 실긋 웃기까지 하는 모양에 무사는 그저 개꿈을 꾸었다 생각하고 애써 다시 잠을 청한다.

다음 날 아침, 마른 하늘에 천둥이 요란하게 내리치더니 보리밭 옆 소로의 아름드리 나무가 번개를 맞고 쓰러진다. 그 바람에 불이 밭에 옮겨붙는다. 무사 부부가 노비들을 부려 물을 끼얹지만 역부족이라 불은 걷잡을 수 없이 번지고, 결국은 수많은 사람들의 손으로 정성껏 일구어왔던 수백 섬지기의 문전옥토가 하룻밤 사이에 시커먼 숯이 되고 만다.

이때는 무사가 재난을 수습하느라 경황이 없어서 간밤의 꿈을 미처 생각하지 못한다.

몇 달 뒤 무사는 또다시 이상한 꿈을 꾼다. 이번에는 꿈속에서 아들이 자는 방에 새 한 마리가 날아든다. 새라기보다는 호랑이의 머리와 독수리의 부리와 까마귀의 날개와 뱀의 몸통을 한 기괴한 짐승이다. 짐승은 아들이 자는 머리맡에 총총 다가와 머리를 갸웃거리더니 꺅 하는 울음소리를 내지른다. 그리고 부리로 아들의 목을 힘껏 쪼아서 숨통을 끊는다. 그때 방문이 열리고 새하얀 예복 차림의 아내가 들어와서는 그 짐승을 정갈히 거두어 창밖으로 날려보낸다. 푸드덕 소리와 함께 방바닥에 피가 점점이 떨어진다.

다음 날 무사는 처음으로 아들을 숲으로 데려가 아버지가 사냥하는 모습을 보여주기로 약속한 참이다. 간밤의 꿈이 불길해서 그만둘까도 싶지만, 무사가 약속을 미룬 적이 벌써 여러 번이라 아들이 떼를 쓰는 데다가, 겨우 꿈 때문에 겁을 내는 것이 어리석다고 생각되기도 해서 결국 아들과 함께 사냥터로 간다. 산짐승들의 기척을 좇는 법이며 활을 얹는 법이며 시체를 수습하는 법을 보여주고, 토끼며 노루도 잡아다가 즐겁게 집으로 돌아가려나 싶었는데, 갑자기 커다란 멧돼지가 나타나 무사 부자와 그들을 모시는 종들을 뒤쫓는다. 그 난리통에 아들이 절벽에서 굴러떨어져 즉사하고 만다.

처참하게 부서진 채 집으로 돌아온 아들의 몸을 보고 아내는 간장이 끊어지도록 운다. 무사 역시 깊은 슬픔과 죄책감에 빠진다. 아이가 좀 더 클 때까지 기다렸더라면, 숲에서 좀 더 조심했더라면, 좀 더 일찍 귀가했더라면 이런 일이 벌어지지 않았으리라는 후회에 젖어, 장례식에 찾아온 사람들이 무사의 아내가 근본없는 출신이라 흉한 기운을 몰고 들어왔나 보다며 쑥덕거리는 소리에 무사는 벌컥 역정을 낸다. 이때는 지난밤의 꿈을 기억하지만, 아들의 주검 앞에 저토록 슬피 우는 아내와 꿈속의 아내를 연결 지을 수가 없으며 연결 짓고 싶지도 않다. 아내는 정결해야 한다. 몸과 마음에 아무런 흠이 없어야 한다. 누구보다 아름답고 선량해야 한다. 망령스러운 꿈속의 내용이 가리키는 대로, 집안에 거듭되는 악재에 아내가 무슨 책임이 있다고는 생각하고 싶지 않다.

그러나 장례를 치르고 아들을 선산에 고이 묻고 난 어느 날, 수를 놓고 있는 아내의 모습을 보고 무사는 문득 충격을 받는다. 시름에 잠겨 유령처럼 이곳저곳을 돌아다니던 아내가 수틀 앞에 앉더니 몸에 힘이 들어가고 얼굴빛에 생기가 돈다. 어떤 사람이나 사물을 볼 때에도 흐릿하던 두 눈이 비단 위를 볼 때만큼은 또렷하게 반짝거린다. 바늘을 놀리며 미간을 살짝 찡그린 채 골몰하는 아내의 흰 이마에 비친 햇살 한 조각이 어여쁘고도 멀다. 초상집에 눈치 없이 날아들어 명랑하게 지저귀다가 사라지는 지빠귀처럼. 무사는 아내가 저렇듯 아름다웠던 적이 아주 오래되었다는 생각이 든다. 혹은 자신이 아내의 아름다움을 아주 오래도록 잊고 있었다는 생각이 든다. 이제는 아내의 아름다움에 미소를 짓기는커녕 두려움을 느낀다. 무사는 아내를 이해할 수 없고, 만질 수도 없으며, 아내에게만 시간이 흐르고 자신은 멈춰 있거나 혹은 아내는 어떤 시간 속에 정박되어 있고 오로지 자신에게만 시간이 흐른다고 느낀다.

무사는 아내가 무엇을 그리도 열심히 수놓는지 궁금해져서 반닫이 안에 쌓인 자수들을 모두 들춰본다. 그리고 대경실색한다. 열 가지의 기법과 백 가지의 색실로 일찍이 본 적이 없는 기기묘묘한 색채와 명암을 펼쳐 보인 솜씨도 놀랍지만, 무사를 가장 놀라게 한 것은 그 내용이다. 산을 수놓는 무수한 도깨비불들의 군무, 호랑이의 머리와 독수리의 부리와 까마귀의 날개와 뱀의 몸통을 한 짐승. 무사가 꿈속에서 보았던 바로 그 장면들이 고스란히 담겨 있어, 무사의 꿈이 자수에서 비롯되었는지 자수가 무사의 꿈에서 나왔는지 모를 정도이다. 그뿐만이 아니다. 극락의 밤에 내린 별빛, 저승의 임금과 가신들과 유형수들, 뿔과 꼬리가 달린 요괴들이 흘리는 눈물, 꽃이 피어나기 전 봉오리 안에서 벌어지는 일들, 개미들이 그들의 여왕을 모시는 거대한 궁궐의 미로, 천상에서 지상으로 유배된 어느 외로운 왕손의 얼굴.

"망측하기 이를 데 없구나. 무엇 하나 올바른 것이 없고 온갖 허황하고 요사스러운 것들만 가득해 차마 보고 있기가 민망하다."

무사는 아내가 그간 수놓은 물건들을 모조리 아궁이에 넣고 태워버린다. 가치를 헤아릴 수 없는 수도와 병풍과 노리개와 주머니와 이불이 모두 불에 탄다. 고약한 냄새와 함께 검은 연기가 굴뚝으로 올라와 하늘을 자욱하게 뒤덮는다. 자수가 실오라기 하나도 남지 않고 잿더미가 되는 데에 일곱 날이, 집 안팎의 탄내가 바람에 흩어져 사라지는 데에 일곱 날이, 연기가 다 걷히고 하늘의 빛깔이 드러나는 데에 꼬박 일곱 날이 걸린다. 그 모든 것이 사라진 집은 너무 휑해져서 이전과 같은 집으로 보이지 않는다.

무사는 아내에게 더 이상 수를 놓지 말라고 엄하게 명령하고 수틀과 바늘과 실도 모두 내다버린다.

"부인의 자수가 이 집을 망치고 있습니다."

아내가 눈물을 흘리며 "자수만을 오랜 낙으로 삼아왔음을 잘 아시면서 어찌 이토록 매정하십니까?"라고 애원하지만 무사는 들어줄 생각이 없다. 무사가 무엇보다도 용납할 수 없는 것은 아내에게 자수만이 삶의 낙이라는 바로 그 사실이기 때문이다.

이후 변고는 더 일어나지 않지만, 아내는 시름시름 앓다가 그예 몸져눕는다. 음식을 제대로 삼키지 못하고 몸이 불타는 듯 뜨거워지다가 송장처럼 차가워지기를 반복하며 간혹 하는 말들은 알아듣기 힘든 헛소리가 대부분이다. 무사가 이름난 의원들을 불러들여 뜸을 뜨고 침을 놓아도 아내의 병세는 나아지지 않는다. 온갖 좋다는 약재를 달여 먹이고 귀하다는 약수를 구해 먹여도 낫지 않는다. 무사가 곁에서 뜬눈으로 밤을 지새우며 이런저런 이야기를 들려주고 아내가 평소에 좋아하던 차와 과자를 내주어도 낫지 않는다. 햇살이 좋은 날 가마를 태우고 나가서 광대들의 곡예와 탈춤을 구경시켜도, 축제 날 저녁 도성을 돌아다니는 풍물패의 노래와 재담을 구경시켜도, 그때만 잠시 웃는다 뿐 집에 돌아오면 다시 어두워진다. 아내는 오로지 수를 놓고 싶어할 뿐이다. 아내가 만지고 싶어하는 것은 오로지 실과 바늘뿐이다. 아내가 그리워하는 사람은 산 남편도 죽은 아들도 아니라 오로지 비단 위의 인물들뿐이다. 그러면 그럴수록 무사는 더욱 화가 나고 안절부절 못한다. 무사는 아내가 병이 난 원인이 자수 탓이라고 믿으며, 아내가 낫기 위해서는 그것을 깡그리 잊어야 한다고 믿는다.

아내의 병세가 깊어갈수록 집도 덩달아 망가져만 간다. 아내의 손길이 미치지 못한 마룻바닥에는 먼지가 쌓여가고, 종들은 게을러지거나 거짓말을 하고, 곳간 안의 씨앗과 채소들은 썩어가고, 밖에서는 무사의 집을 두고 흉흉한 소문이 돈다. 무사가 아내의 출신을 천하게 여겨서 구박하는 바람에 병이 났다는 둥, 사실 아내가 병이 난 것이 아니라 노비와 정분이 나서 애를 배는 바람에 집에 가둬둔 것이라는 둥. 친척들도 오며가며 한마디씩 건넨다. 이런 약을 써 보라거나 저런 무녀를 찾아보라거나 첩이라도 들이라거나 하는 말들이 시끄러워서 무사는 귀를 닫다가 이내 대문도 걸어 잠근다. 무사는 아내와 더 오래 함께 있고 싶을 뿐이다. 무사가 한 모든 말과 행동은 아내를 곁에 두기 위해서일 뿐이다. 재산도 잃고 아들도 잃었는데 아내마저 잃고 싶지 않기 때문이다. 그러나 아무도 긇은 일이 없는 순백의 피륙 같고, 흑단목 재판 위에 문득 떨어진 목련잎 같고, 밤하늘에 분분 날리는 눈송이 같던 아내는 그토록 덧없게 고왔던 것만큼이나 덧없이 시들어가서, 사람의 힘으로는 막을 수가 없는 일 같다.

겨울을 힘겹게 넘기는 동안 처녀는 방에서 한 발짝도 나가지 못하고 창밖만 물끄러미 바라보며 시간을 보낸다. 한순간도 멈추는 일이 없는 북풍의 울음소리가 방 안으로 하염없이 새어 들어오는데, 처녀는 죽고 싶다고도 죽기 싫다고도 생각하지 않고, 다만 꽃이 피는 것을 보고 싶다고 생각한다. 그러다 봄의 문턱에 이른 어느 보름밤, 처녀는 이상한 꿈을 꾼다.

밖에서 대문을 두드리는 소리가 들린다. 남편이 두루마기를 걸치고 나가보니 어떤 아낙이 다소곳이 서 있다. 종이에 싼 물건을 들어 보이며 처녀의 병환에 좋은 약을 구해 왔노라고 하는 말에, 남편은 흔쾌히 아낙을 안방으로 들여보낸다.

방문이 열렸다가 다시 닫히는 소리가 몽롱한 와중에 들려온다. 처녀가 눈을 떠보니 방 한가운데에 한 아낙이 서서 부리부리한 눈으로 처녀를 쳐다보고 있다. 그러다가 말없이 자신의 이마에 손을 가져가서 얼굴 가죽을 북 뜯어낸다. 가죽이 뜯겨나간 곳에는 아낙이 아니라 한 사내의 얼굴이 있다. 처녀는 사내가 누구인지 대번에 알아본다. 일전에 남편이 저잣거리에서 탈춤과 곡예를 보여주었을 때, 허공에서 부채를 쥐고 아찔하게 줄타기를 하던 바로 그 광대다.

"이곳까지는 어찌 오셨습니까? 저는 더 이상 수를 놓지 못합니다. 병이 깊어 어떤 약도 듣지 않습니다. 당신이 도와

주실 것도, 제가 도와드릴 것도 없습니다."

처녀의 말에 광대가 껄껄 웃는다.

"나같이 천한 놈에게 귀한 자수가 무슨 소용이며, 또 나같이 무지한 놈이 무슨 재주로 병을 고치리이까?"

광대는 거무스름한 얼굴에 흙터가 있고 손이 거칠다. 비천하고 또 비천하기에 자유로운 광대가 처녀에게 다가와서 뺨을 어루만진다.

"나와 같이 갑시다. 내 당신에게 초록빛의 초원을, 눈이 하얗게 덮인 산봉우리를, 바람에 물결치는 황금빛의 보리밭을 보여드리지요. 으리으리한 궁궐과 정원으로, 떠들썩한 시장 좌판의 사람들 틈으로, 매화와 수련과 개나리와 작약의 자욱한 향기 가운데로 데려가드리리다. 이국의 코끼리와 원숭이와 살갗이 검은 여인들을, 그대를 팔아넘긴 어머니와 아버지를 만나게 해드리리다. 내 부채와 탈과 춤으로 그리 해드리리다."

광대의 말을 들으면서 처녀의 몸은 점점 가벼워진다. 열이 가라앉고 흐릿하던 시야가 맑아지고 호흡이 편안해진다. 처녀는 광대가 내민 손을 잡고서 묵은 병의 찌끼들이 쌓인 병석을 털고 가뿐히 일어선다.

광대가 종이로 싼 물건을 꺼내 포장을 푸니, 그 안에는 약이 아니라 커다란 부채가 하나 들어 있다. 광대가 부채를 펼쳐서 한 번 부치자 방 안에 회오리바람이 인다. 자양화를 곱게 수놓은 처녀의 감색 치마가 휘날리며 작고 흰 손이 공기 속에 번져든다. 바람이 잦아들었을 때, 광대와 처녀는 온데간데 없이 사라지고 빈방에는 어렴풋한 햇살 한 조각만 비친다.

4.

아내가 죽은 뒤 무사는 칩거하며 아무도 만나지 않는다. 재취는 생각도 않고 종들도 쫓아내고 전답과 노비는 죄다 내다 팔고는 그 돈으로 술만 마시면서 혼자 시간을 흘려보낸다. 지나는 사람들이 무사의 집을 가리키며 혀를 찬다. 옛 영화가 부질없다고 말하는 사람도 있고, 얼마나 아내를 지극히 사랑하면 저러냐고 말하는 사람도 있지만, 어떤 말들도 무사에게가 닿지 않는다.

우물에 낙엽이 쌓인다. 마당에는 민들레와 별꽃과 명아주가 자라나 바람에 흔들린다. 관리하지 않은 활은 습기에 차 방 한구석에서 썩어간다. 무사는 늙어가고, 아내는 넓어진다. 온 사방이 아내로 가득하다. 하늘에는 아내의 얼굴이 떠 있고 공기에는 아내의 숨이 흘러다니고 흙에는 아내의 뼛가루가 뒤섞여 휘돌며 물속에는 아내의 눈망울이 가라앉아 있다. 무사는 태어난 뒤에도 태어나기 전에도 아내를 사랑해왔다. 기억할 수 있고 기억나지 않는 모든 순간들에 걸쳐 아내를 사랑한다. 그 사랑에 비해 무사가 아내를 만난 시간은 찰나에 불과하며 무사가 안은 아내의 몸은 한 톨에 불과하다.

어느 날 아침, 무사는 다 썩은 활과 화살과 동개를 지고 경첩이 부스러지는 대문을 열고서 집을 나선다. 금방이라도 고꾸라질 듯한 몸을 이끌고 길을 떠나는 무사를 보고 마주치는 사람마다 미쳤다고 하지만 무사는 아랑곳없이 걷고 또 걷는다. 도적떼를 만나 여비를 빼앗기고, 호랑이에 쫓기다 한쪽 발을 물어뜯기고, 아이들의 돌팔매질에 살갗이 문드러지고, 강물과 빗물에 젖고 모래바람에 쓸린 쾌자가 넝마가 되었을 즈음에야 무사는 바닷가의 마을에 도착한다.

이번에는 궁대를 지어달라는 구실을 댈 필요가 없다. 마을에 들어오는 무사를 아무도 막아서지 않는다. 무사가 진 다 썩어가는 나뭇가지들이 활과 화살인 줄 알아보는 사람도 없고, 더러운 잿빛 머리에 검버섯투성이의 얼굴에 한쪽 발이 없는 노인이 수십 년 전 그들의 신을 죽이고 제물을 빼돌린 청년인 줄 알아보는 사람도 없으며, 설령 알아본다고 해도 해코지할 이유가 없기 때문이다.

마을이 지켜야 할 바다뱀은 죽은 지 오래다. 사람들은 신에게 제물을 바치지 않고도 자연의 변덕에 맨몸으로 맞서며 살아가는 법을 익히고 있다. 섬에 우뚝 선 신당만이 변함없이 묵묵히 마을을 지켜보고 있을 뿐이다.

무사는 아내의 흔적을 찾아헤맨다. 이곳에 팔려 왔던 고아에 대해, 신의 제물로 키워졌던 처녀에 대해, 무사와 함께 도망쳤던 신부에 대해 마을 사람들을 일일이 붙잡고 물어본다. 언제 어디에서 태어났는지, 어느 필부의 딸인지, 이름이 무엇인지를. 사람들은 모르겠다고도 하고, 기억이 잘 안 난다고도 하고, 글쎄 아마 북쪽 산자락에서 나물 캐던 여자 딸이었을 거라고도 하고, 그러면 옆에서 고개를 내저으며 남쪽 농촌의 미친 여자가 낳은 사생아였다고도 하고, 그러면 맞은편에서 또 고개를 내저으며 서울 거지굴에서 왕 노릇을 하던 부부가 낳은 딸이었는데 그 부부는 지난 겨울 싸리눈 내리던 날 부둥켜안은 시체로 발견되었다고도 한다. 그들에게 처녀는 오로지 처녀로서 존재하기에, 처녀가 아닌 삶의 이력들은 가상이고 소문이며 옛날이야기일 뿐이다.

그러나 섬은 알고 있을 것이다.

무사는 바닷가에 서서 섬을 바라본다. 처녀를 구출하며 거룻배에 몸을 실었을 적에는 그리도 멀어 보이던 섬이 이제 보니 그리 멀지도 않아서 맑게 갠 수평선에 자리 잡은 신당의 모습이 선명하게 보인다. 섬이 언제부터 그 자리에 있었는지 기억하는 사람이 없듯이, 신당이 언제 그 섬에 지어졌는지 기억하는 사람은 없다. 다만 신당은 태초에 섬과 함께 태어난 지질의 일부인 것처럼 거기에 있다. 마을이 없어지고 자수가 불타고 어떤 기록도 남지 않게 될지라도 신당은 섬에 있을 것이다. 무사는 구해야 할 처녀도 싸워야 할 뱀도 활을 잡아야 할 자신도 사라졌는데 사랑이 그 자리에 여전히 존재한다는 사실이 두렵지 않다.

무사는 바다로 걸어 들어간다. 바다는 무사를 살갑게 맞이하는 여인숙 주인처럼 옷자락을 슬슬 끌어당긴다. 실은 바다만이 아니다. 이제껏 무사를 가로막던 온갖 장애들이 사라진다. 공기와 물의 저항마저 희미해진다. 석양의 빛에 물든 무사의 백발이 바닷물에 물감처럼 퍼져나간다. 몸에 구리 비늘이 돋아나고 뱃가죽이 상아로 뒤덮이고 등에 지느러미가 자라나고 두 손이 점점 작아지다가 마침내 없어진다. 바다뱀은 푸른 파도 사이를 누비고 물고기 떼를 호령하며 빛도 소리도 닿지 않는 깊은 바닷속으로 내려간다.

바다로 허위허위 들어가는 노인을 구하러 달려나온 몇몇 사람들이 그 광경을 목격한다. 육지가 지척에 보이는 연안에서 아무도 모르게 익사한 몇몇 사람들이 가장 외롭고 공포스러운 순간에 바다뱀의 하얀 엄니를 붙잡는다. 긴 항해에 지친 몇몇 수부들이 태풍 너머에서 번뜩이는 바다뱀의 호박색 눈동자를 본다. 그리고 요행히 고향으로 돌아온 사람들이 술 한

잔을 앞에 두고 모험담을 풀어놓으며 그 사실을 증언한다. 폭풍우가 몰아쳐서 배를 띄우지 못하는 날이면 사람들은 삼삼오오 모여 앉아서 무사에 대해, 바다에 걸어 들어간 외지인에 대해, 죽은 아내를 잊지 못해 실성해버린 노인이 마을 앞바다를 지키는 수호신이 된 전설에 대해 이야기한다. 어부들은 종종 섬에 들러서 치마저고리를 입힌 짚인형과 술과 떡을 신당에 올리고 뱃길의 안전과 한 해의 풍어를 기도하고 간다. 짚인형을 바치는 풍습은 언젠가부터 살아 있는 처녀를 바치는 풍습으로 변한다.

마을이 처녀 공양을 시작하게 된 기원은 이와 같다.

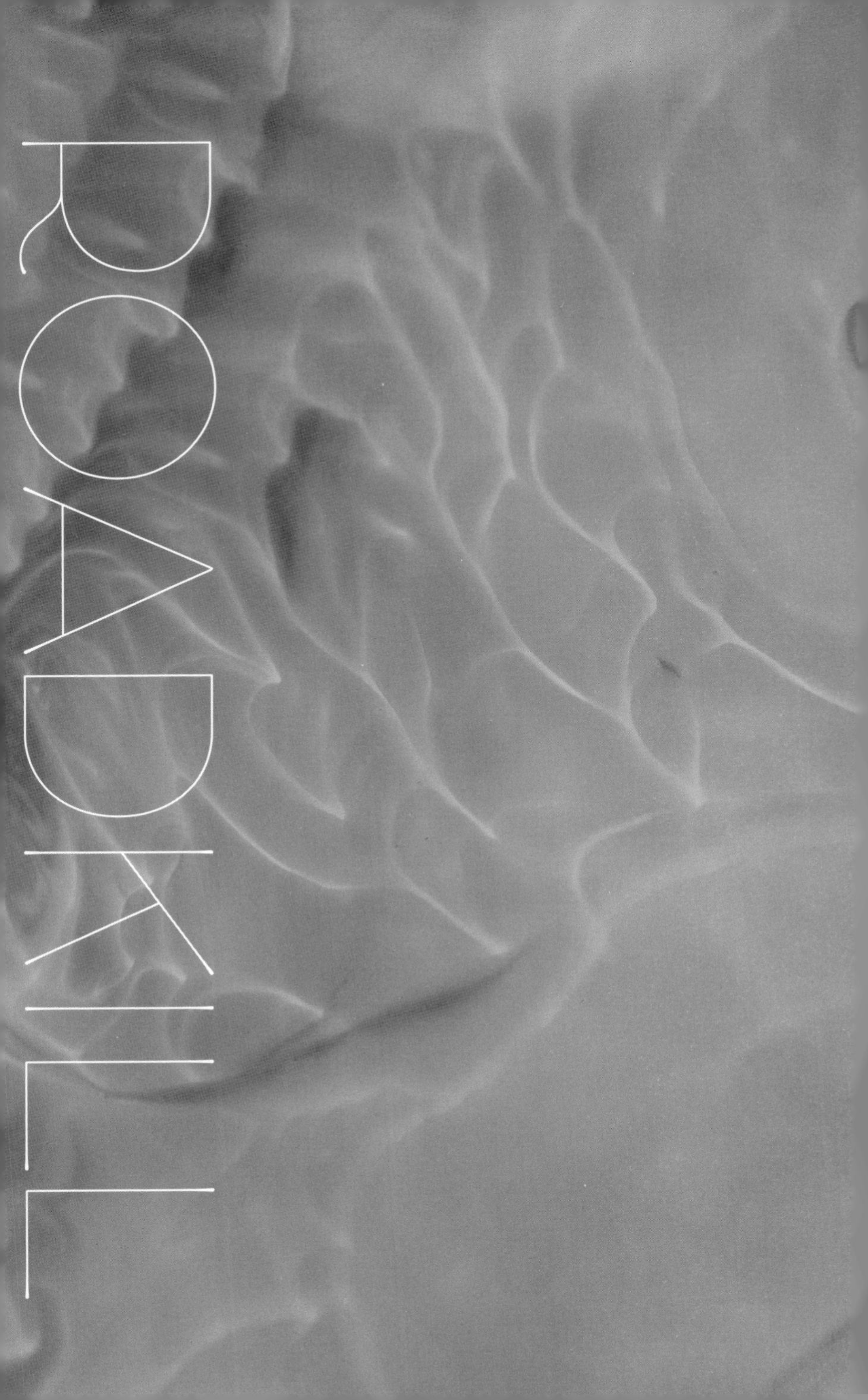

· 작가의 말 ·

나는 '곤경에 빠진 처녀'들의 이야기에 오랫동안 얽매여 있었다. 이 슬픈 처녀들을 어떻게 하면 구할 수 있는지가 나의 화두였고, 이 문제를 풀어보려다가 거듭 실패했다. 나는 언제나 실패한 영웅이었다.

그 실패의 기록들을 책으로 엮고 보니, 비로소 내 안의 처녀가 오랜 곤경에서 빠져나온 것 같다.

이제 다음 이야기를 쓰겠다.

2021년 6월

아밀

로드킬

1판 1쇄 인쇄 2021년 6월 23일 **1판 1쇄 발행** 2021년 7월 7일

지은이 아밀
펴낸이 고세규
편집 박규민 **디자인** 윤석진
마케팅 이헌영 **홍보** 이혜진

발행처 김영사
주소 경기도 파주시 문발로 197(문발동) 우편번호10881
등록 1979년 5월 17일(제406-2003-036호)
구입 문의 전화 031)955-3100 **팩스** 031)955-3111
편집부 전화 02)3668-3290 **팩스** 02)745-4827 **전자우편** literature@gimmyoung.com
비채 카페 cafe.naver.com/vichebooks **인스타그램** @drviche **카카오톡** @비채책
트위터 @vichebook **페이스북** facebook.com/vichebook
ISBN **978-89-349-8873-1 03810** 책값은 뒤표지에 있습니다.

비채는 김영사의 문학 브랜드입니다.